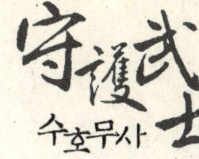

守護武士
수호무사

FANTASTIC ORIENTAL HEROES

각사 新무협 판타지 소설

수호무사 1

각사 新무협 판타지 소설

초판 1쇄 찍은 날 § 2011년 4월 13일
초판 1쇄 펴낸 날 § 2011년 4월 21일

지은이 § 각사
펴낸이 § 서경석

총괄팀장 § 유경화
편집책임 § 어정원
편집 § 주소영

펴낸곳 § 도서출판 청어람
등록번호 § 제1081-1-89호
등록일자 § 1999. 5. 31
어람번호 § 제2-2076호

주소 § 경기도 부천시 원미구 심곡2동 163-2 서경B/D 3F (우) 420-822
전화 § 032-656-4452 팩스 § 032-656-4453
http://www.chungeoram.com
E-mail § chungeoram@chungeoram.com

ⓒ 각사, 2011

ISBN 978-89-251-2485-8 04810
ISBN 978-89-251-2484-1 (세트)

※ 파본은 구입하신 서점에서 교환하여 드립니다.
※ 저자와 협의하여 인지를 붙이지 않습니다.
※ 이 책은 도서출판 청어람과 저작자의 계약에 의해 출판된 것이므로,
  무단 전재 및 유포·공유를 금합니다.

각사 新무협 판타지 소설

FANTASTIC ORIENTAL HEROES

守護武士
수호무사
①

目次

서(序)		7
제1장	이상한 비질을 하다	11
제2장	검술을 펼치다	37
제3장	상대를 얻다	67
제4장	쥐를 사냥하다	97
제5장	용혈검을 들다	127
제6장	심감으로 기억하다	147
제7장	호덕을 혼내다	179
제8장	위기를 맞다	209
제9장	깨어나다(상)	255
제10장	깨어나다(하)	281

서장

"이럴 수밖에 없었던 것입니까, 영주?"

희끗한 노인이 침상에 누워 있는 검은 낯빛의 사내에게 안타까운 음성으로 말했다.

"그 누구도 눈치채서는 안 될 것입니다."

사내가 힘겹게 입을 열었다.

"왜 이제야 말씀하시는 것입니까? 그 아픔을 왜 혼자 짊어지고 계셨느냔 말입니다. 왜……."

"부영주께서도 마지막 힘을 감추신 채 지금껏 힘겹게 사시지 않았습니까?"

"한 가닥 부평초처럼 떠도는 힘이거늘, 그것을 어찌 감추었다 말할 수 있을 것이며, 힘겹다 말할 수 있겠습니까?"

"형님의 희생이 아니었다면 제 어찌 천문을 이끌 수 있었겠습니까? 형님께 모든 짐을 떠넘기고 떠나는 것 같아 그저 죄송할 뿐입니다. 저 홀로 편히 감을 용서해 주십시오. 이 아우, 형님과 함께할 수 있어 정말 행복했습니다. 후후."

"형님이라니요. 끝까지 이 속하에게 못난 모습을 보이는구려."

"윤이를 부탁드립니다. 그리고 천문을 지켜주십시오."

'못난 사람. 영주 없는 세상에 천문이 무슨 의미가 있단 말이오. 무슨 의미가……'

나흘 뒤.

등불의 격한 춤사위처럼 무진강의 숨결도 불규칙하게 일렁였다.

"윤이를 불러다오."

삶을 다한 무진강의 음성이 빠르게 그 형체를 잃어갔다.

얼마 뒤,

산발을 한 제법 큰 소년 하나가 정갈한 내실로 들어섰다.

아마도 윤이라는 소년인 듯싶었다.

"가까이 오너라."

무진강이 힘겹게 손짓했다.

엉거주춤 다가선 소년이 잔뜩 겁에 질린 듯 자신을 빙 둘러싼 많은 사람들을 힐끔거렸다.

"너의 이름이 무엇이더냐?"

"유, 윤."

소년이 더듬더듬 대답했다.

"나이는?"

"여, 열일, 일곱. 어, 얼마 안 있으면 여, 열여덟이다."

대답하는 소년은 말더듬이였고, 남들이 흔히 말하는 바보였다.

"그래, 그렇지."

무진강이 힘겹게 미소 지었다.

"네 유화를 이 세상에서 가장 좋아한다 하질 않았더냐?"

유화라는 말에 소년은 자신이 언제 겁을 먹었냐는 듯 히죽 웃으며 고개를 크게 끄덕였다.

"내가 없어도 유화를 끝까지 지켜줄 수 있겠더냐?"

"유, 윤이는 유, 유화를 꼬, 꼭 지, 지킨다. 히히!"

"그래, 그래야지. 윤이는 유화를 꼭 지킬 것이다."

소년의 바보 웃음과 생을 다한 무진강의 검은 미소가 묘한 대조를 이루었다.

하지만 그 누구도 알 수 없었다.

소년의 먹먹한 가슴이 더없이 깊은 슬픔에 잠긴 것을.

第一章 이상한 비질을 하다

수호무사

중원에 날고 기는 문파들이 많다 하나 감히 단독으로 철혈무가의 힘을 뛰어넘는 곳은 없었다.
 강북의 무림맹과 강남의 삼합회, 그리고 철혈무가.
 철혈무가는 현 강호를 대표하는 삼대 거대세력 중 하나로 백도련을 대표하는 명문정파다.
 그런 철혈무가의 사람들은 그를 용노야라 부르며 극진한 대접을 했다. 무진강과 그의 존재로 철혈무가가 천하제일의 검가(劍家)로 클 수 있었기 때문이다.
 하지만 모두 옛말일 뿐이었다.
 가주였던 무진강이 죽고 난 후 모든 것이 변해 버렸다.
 가계의 중심 구도가 변해 버렸단 뜻이다.

"쓸면 뭐 하누. 또 어지러이 쌓일 것을……. 쯧쯧!"

용노야가 하루 종일 떨어지는 잎사귀를 비질하는 윤을 향해 혀를 끌끌 찼다.

따스한 햇살이 내린 어느 늦가을 오후였다.

"헤헤."

억지없는 웃음만 지을 뿐, 윤의 비질은 멈추지 않았다.

저러다 마당이 모조리 쓸려 혹 땅이 꺼지지는 않을까 하는 말도 안 되는 걱정이 문득 용노야의 머리를 스쳤다.

"껄껄!"

자신이 생각해도 우스웠는지 용노야가 껄껄대며 웃었다.

덩달아 윤의 얼굴에도 바보 웃음이 더욱 커졌다.

한참 비질하던 윤이 손을 멈춘 건 한 소녀의 등장 때문이었다.

"유, 유, 유화다."

빗자루를 내팽개치곤 두 팔을 크게 휘적거리며 달려가는 윤의 모습이 꼭 덩실덩실 춤을 추는 것만 같았다.

"헤헤."

온몸을 비비 꼬며 무유화의 눈치를 살피는 윤. 그를 보며 무유화가 예쁜 미소를 지어 보였다.

"우리 바보무사는 오늘도 비질이구나."

"어, 어. 헤헤."

무유화의 말에 윤이 쑥스러운 듯 웃음 지었다.

어찌나 웃음이 헤픈지 하루 종일 웃기만 하는 윤이었다.

"어쩐 일로 귀하신 우리 공주 마마께서 이 누추한 처소를 다

방문하셨을꼬."

"왜요. 싫으세요?"

"싫긴, 이 깊은 가을에 그윽한 꽃망울을 보는데, 그걸 마다할 놈이 세상천지에 어디 있을까. 껄껄!"

언제부터인가 그늘진 헛웃음만 짓는 용노야였다. 아마도 무진강의 병세가 악화되었을 때부터일 것이다.

하지만 무유화를 볼 때면 그 미소가 확연히 달라졌다.

그늘진 어둠에 하얀 빛이 내린 것처럼.

"이 시간에 어쩐 일이더냐?"

"지는 석양을 바라보며 할아버지께서 우려내신 차 한잔 얻어 마실까 하고 달려왔지요."

"언제까지 이 늙은이를 부려먹을 참이더냐. 이젠 다기를 들 힘도 없구만. 고얀 것 같으니."

"그럼 다기는 제가 거둘 것이니 할아버지께선 가벼운 차만 우려내시면 될 것이 아니어요?"

"허허! 그런 고상한 방법이 있었구나. 네 한 해를 더 살더니 제법 똑똑해졌구나. 껄껄!"

그윽한 빛깔의 다기와 따스한 햇살이 내린 대청이 마치 금실 좋은 부부처럼 잘 어울렸다.

그 때문인지 오늘따라 다향이 더욱 진하게 느껴졌다.

"윤이도 이리 와 차 한 잔 하자꾸나. 그나저나 이놈아, 침 좀 닦아라. 제발 좀! 아주 더러워 죽겠다."

"헤헤헤."

이상한 비질을 하다 15

대청 아래에서 헤벌쭉 입을 벌린 채 웃고 있는 윤.

용노야의 말처럼 그의 입 주변으로 걸쭉한 침이 뚝뚝 흘러내렸다.

"차, 차, 차는 뜨, 뜨겁다. 유화는 차, 차를 좋아하고, 유, 윤이는 고기를 좋아한다. 으헤……."

용노야가 더듬더듬 말을 하는 윤을 바라보며 고개를 절레절레 흔들었다.

"내 죽거든 반드시 나를 가주 옆에 묻어주거라."

"아직 창창하신데 벌써 묏자리를 생각하세요. 할아버지도 참. 근데 그건 왜요?"

"저놈을 내게 맡긴 값을 톡톡히 받을 참이니 말이다. 세상천지에 저런 바보를 무사로 키우라니. 정말 기가 막혀 말이 다 막히는구나."

"그래도 하신다고 그랬잖아요."

"다 죽어가는 인간에게 뭔 말인들 못해줄까."

"호호호. 차 식어요. 어서 드세요."

"이놈아, 내 침 좀 닦으라고 몇 번을 말을 하느냐."

"헤헤. 차, 차는 뜨, 뜨겁다."

"하아~"

용노야의 입에서 깊은 탄식이 터져 나왔다.

그래도 약속인지라 그 약속을 지키기 위해 용노야는 무던히도 애를 썼다.

하지만 늘어나는 건 한숨이요, 깊어가는 건 시름이었다.

가을이면 하루 종일 비질만 하고, 겨울이 와도 하루 종일 비질이었다.
 새해가 되어 봄이 와도 비질이었고, 천하를 달굴 듯 뜨거운 여름날에도 역시나 비질이었다.
 한번은 신기하여 용노야가 어느 무더운 여름날 물은 적이 있었다.

"쓸 것도 없는데 웬 비질인고?"

그랬더니 윤이 이렇게 대답했다.

"헤헤……."

그때부터였을 것이다.
용노야의 한숨과 시름이 깊어진 것은.

* * *

 그 용모만 본다면 여자깨나 울릴 외모였다.
 그럼 무얼 할까.
 "쯧쯧!"
 용노야가 혀를 끌끌 차며 오늘도 비질에 열중인 윤의 곁으로 다가갔다.
 "어제 가르쳐 준 자세를 취해보거라."
 무공의 기본인 기마자세를 말함이었다.

"어, 어제?"

"그나저나 아무리 바보라도 그렇지, 이놈아, 내 나이가 벌써 일흔이 넘었거늘 말끝마다 반말이더냐. 하아~ 말을 말자. 말을 하면 뭐하누. 또 웃기만 할 것을."

"헤헤."

역시나 헤픈 웃음이 윤의 입가에 매달렸다.

"해보거라."

"이, 이, 이거?"

"꽤 쓸 만하구나."

의외였던지 용노야가 고개를 끄덕였다.

"그게 무슨 자세라고?"

"그, 그건 모, 모르는데."

윤이 고개를 갸우뚱거리며 떡이 진 뒷머리를 긁적였다.

"따라하거라. 기마자세라는 것이다."

"기, 기마자세라, 라는 것이다."

"하아~"

용노야의 입에서 또다시 깊은 시름에 새어 나왔다.

"것이다는 빼고. 아, 아니, 따라하거라. 기마자세!"

"기, 기마자세!"

"그렇지. 기마자세다. 알겠느냐?"

"아, 알겠다."

"그래, 그래. 똑똑하구나. 아… 주 똑똑하구나."

용노야가 기마자세를 유지하고 있는 윤의 얼굴을 물끄러미 바라봤다.

보기 드문 근골을 가진 아이다.

그리고 그 끈기는 타의 추종을 불허했다.

일 년 내내 비질만 하는 것만 봐도 알 수 있는 사실이었다.

타고난 근골과 불굴의 끈기를 가졌다는 것은 정말 무공을 익히기에는 더없이 좋은 조건을 가졌다는 의미다.

"계속 그러고 있거라. 알겠느냐?"

"계, 계, 계속?"

"그렇다. 무공의 기본은 하체의 힘이니라. 하체의 힘을 키우는 가장 효율적인 방법이 바로 그 기마자세이다."

근엄한 표정으로 용노야가 말했다.

그런 그에게 한참을 고민하던 윤이 더듬대며 말했다.

"그, 그럼 비, 비질은 어떡하지?"

*　　　*　　　*

용노야의 거처는 북으로 한참 치우친 철혈무가의 외진 한편에 자리했다.

예전 중전에 있던 거처와 비교한다면 지금의 위치는 거지의 그것이라 해도 과언이 아니었다.

하지만 힘이 사라진 지금 철혈무가에서 쫓겨나지 않은 것만으로도 다행이라 할 수 있었다.

예전처럼 힘이라도 남아 있다면 이런 괄시는 안 받을 테지만, 지금의 용노야는 예전의 그가 아니었다.

무진강과 강호를 질주하던 시절 철혈무가의 사활이 걸린 대혈투에서 얻은 내상으로 인해 단전이 파괴되고 간신히 목숨만을 부지한 그였다.
 그 후 범인과 하등 다를 것 없는 삶을 살아온 용노야였다.
 그래도 무진강이 살아 있을 당시엔 철혈무가에서 좌호법이란 직책과 극진한 대접을 받았다.
 하지만 그의 바람막이가 되어주었던 무진강이 죽자 그의 삶은 곧바로 고달파지기 시작했다.
 자존심에 살고 죽는 것이 무인이라지만, 용노야는 기꺼이 이 고달픈 현실을 받아들였다.
 이유는 하나.
 무진강과 맺은 약속 때문이었다.
 무진강의 단 하나뿐인 혈육인 무유화를 지키고, 윤을 무사로 키우기 위함이었다.

 슥슥!
 능숙한 손놀림에 경쾌한 비질이었다.
 한 번의 비질에 온갖 티끌이 싹 사라지는 느낌이다.
 누가 보더라도 고개를 끄덕일 만큼 그 솜씨가 일품이었다.
 그런데,
 "저 바보, 지금 뭐 하는겨?"
 용노야의 거처를 한참이나 벗어난 곳까지 옮겨와 비질에 열중인 윤을 바라보며 철혈무가의 한 경계무인이 고개를 갸우뚱거렸다.
 "하하! 저 바보 놈이 나보고 배꼽을 잡으라 하네. 하하하!"

또 다른 경계무인이 허리가 휘어져라 웃어댔다.

"헤헤."

윤이 그런 무인들을 바라보며 덩달아 헤벌쭉 웃음 지었다.

"어이, 바보야! 너 지금 뭐 하냐?"

"비, 비, 비질한다."

"이놈아, 누가 비질하는 걸 몰라서 묻느냐? 비질을 하려면 편히 서서 할 것이지. 대체 그 자세가 뭐냔 말이더냐? 하하하! 누가 바보 아니랄까 봐서! 하하!"

경계무인의 웃음은 점점 커졌다.

그때였다.

"뭔고?"

우연인지 필연인지 때마침 그 길을 지나던 용노야의 음성에 화들짝 놀란 경계무인들이 잽싸게 용노야를 향해 깊은 읍을 해 보였다.

"노, 노야, 강녕하십니까."

"뭔고?"

무인의 겉치레를 무시하곤 용노야가 재차 물었다.

그의 눈빛에는 싸늘한 한광이 어려 있었다.

그에 당황한 무인들이 뭐 마려운 강아지마냥 안절부절못하며 말을 잇지 못했다.

아무리 발톱과 이빨이 다 빠진 호랑이라지만 호랑이는 호랑이었다.

한낱 경계무인이 어찌할 수 있는 존재가 아니었다.

"볼일 다 봤으면 그만 물러들 가라."

용노야의 음성에 거부할 수 없는 위엄이 묻어났다.
"예, 노, 노야."
용노야의 말에 두 경계무인이 깊은 예를 취하곤 이내 쏜살처럼 사라졌다.
"좋구나."
무인들이 사라진 후 용노야가 윤의 비질을 바라보며 고개를 끄덕였다. 조금 전 위엄 서린 표정은 온데간데없고 어느새 초로의 늙은이로 돌아온 그였다.
"안 힘들더냐?"
하루 온종일 기마자세를 유지하며 비질을 하는 윤을 두고 하는 말이었다.
"재, 재밌다."
"그놈 참."
기특한지 용노야가 자상한 웃음을 지었다.
'아파도, 힘들어도, 그럴수록 더욱 참고 견뎌야 한다. 알았느냐, 윤아……'
용노야의 얼굴에 웃음이 맺히기가 무섭게 사라졌다.
"잠깐 바람 좀 쐬고 올 터이니 절대 요령을 피워서는 아니 될 것이다. 알았느냐?"
"어, 어. 아, 알아."
더듬대며 웃는 윤의 모습에 용노야의 얼굴로 알 수 없는 안타까움이 스며들었다.
차라리 요령이라도 피웠으면 좋겠다 싶었다. 하지만 결코 그런 일은 벌어지지 않을 것이다.

윤의 머릿속엔 애당초 요령이란 단어가 존재하지 않을 터였다.

"그리고 어지간하면 이제 존대 좀 사용해라, 이놈아. 내 나이가 일흔이 넘었다고 내 몇 번을 말하느냐. 그리고 뭐하러 이 먼 곳까지 와서 비질을 하는 게냐? 남우세스럽게. 하아~ 네게 말하면 뭘 하겠느냐. 그냥 네놈 편할 대로 하거라."

용노야가 고개를 절레절레 흔들며 느릿느릿 걸음을 옮겼다.

그날 밤.
폭풍우가 휘몰아치듯 콧바람이 거세게 불었다.
윤의 코고는 소리에 좁다란 방이 쩌렁쩌렁 울릴 정도였다.
"그놈 코 고는 소리 한번 우렁차구나. 껄껄!"

해가 지기 무섭게 깊은 꿈나라로 빠져든 윤의 얼굴을 물끄러미 바라보며 용노야가 껄껄 웃었다.

한숨도 쉬질 않고 온 집안 구석구석도 모자라 저 먼 철혈무가의 곳곳까지 쓴 윤이었다, 그것도 기마자세로.

당연히 피곤할 만도 했다.

"그래도 참으로 기특하고 대견하구나. 아무런 군소리 없이 보잘것없는 이 노인네의 말을 무조건 따라주니 말이다."

마구 헝클어진 윤의 앞머리를 가지런히 쓸어주며 용노야가 홀로 중얼거렸다.

'늦으면 어떠한가. 남들보다 조금 덜 자고 더 노력하면 될 것을. 그래, 한번 해보자꾸나. 너와 내가 한번 이뤄보자꾸나. 그래, 한번 해보는 것이다. 너와 내가 말이다.'

＊　　　＊　　　＊

붉은 여명이 달아오르는 새벽녘.

윤이가 기지개를 쭉 펴며 찢어져라 하품을 했다.

그렇게 수마의 유혹을 말끔히 떨쳐 낸 윤이 느릿하게 신형을 일으키곤 방을 나섰다.

"어, 어. 할, 할아버지."

윤이 앞뜰에 뒷짐을 진 채 서 있는 용노야를 바라보며 놀라 더듬댔다.

해가 뜨지 않은 꽤 이른 시각이었다.

보통 때라면 반 시진, 또는 한 시진 후라야 기침을 하는 용노야인데 오늘따라 기침이 빨랐다.

아무리 윤이 바보라지만 반복되는 일상의 기본 정도는 그도 충분히 인지하고 있었다.

"항상 이 시간에 일어났던 것이냐?"

"헤……."

윤이 크게 고개를 끄덕였다.

"이 이른 시각부터 비질을 한 게로구나."

"아, 아니, 비, 비질은 나중에."

"나중에?"

용노야가 의아한 듯 반문했다.

"비질도 안 할 거면서 이토록 빨리 일어난 연유가 무엇이더냐?"

"저, 저기……."

용노야의 물음에 윤이 백암산 중턱을 검지로 가리켰다.

백암산은 철혈무가 근처의 산으로 험하지도 순하지도 않은 대머리 돌산이었다.

"저기 뭐?"

"가, 간다."

"이 새벽에 저 백암산을 오른다고? 아니, 이 새벽에 저곳을 오르는 이유가 무엇이더냐?"

다소 놀란 표정으로 용노야가 물었다.

"해, 해 보러. 히히!"

"해? 해를 보러 간다고? 하하하!"

뭐가 그리 우스운지 용노야가 해도 뜨지 않은 새벽녘에 파안대소를 터뜨렸다.

하지만 그 웃음에 왠지 모를 미안함이 묻어 있었다.

'내 벌써 너와 함께 한 해를 넘게 같이 살았건만, 내 너를 몰라도 너무 모르고 있었구나.'

"이, 이놈아! 조금 천천히 가자꾸나! 이 늙은이를 죽일 참이냐!"

가파른 오르막을 뛰다시피 오르는 윤을 향해 용노야가 숨을 헐떡이며 말했다.

"헤……."

그에 한참을 앞서 오르던 윤이 용노야의 음성에 그를 향해 쏜 살처럼 뛰어내려 왔다.

그리곤 그의 앙상한 오른팔을 두 팔로 감싸 안으며 부축했다.
"하아……. 볼 때는 별거 아니었는데 직접 오르니 왜 이리 힘든 게냐. 아이구야!"
용노야가 왼팔로 욱신거리는 허리를 두드리며 연신 가쁜 숨을 몰아쉬었다.
예전이라면 한달음에 오를 산이건만 이제는 너무도 버겁기만 했다.
"윤아, 넌 안 힘든 게냐?"
"아, 아, 안 힘들다."
"그래, 그런데 언제부터 백암산을 오른 것이더냐?"
용노야의 물음에 윤이 꼬질꼬질한 손가락을 꼼지락거렸다.
"그, 그건 모, 모르겠는데."
"그래, 그것이 그리 중요한 건 아니니까. 그나저나 아직 먼 게냐?"
"다, 다 왔다."
"그럼 어서 가자꾸나."

백암산 중턱이 이토록 평온한 분위기를 자아낼 줄은 정말 꿈에도 몰랐다.
삭막한 분위기의 대머리 돌산인 줄로만 알았는데.
단단한 바위틈에 뿌리를 내린 기형적으로 자란 노송들의 자태는 감히 말로 표현 못할 만큼 고고했고, 오랜 세월의 풍파가 고스란히 묻어 있는 암반의 모습은 그 자체가 숭고함이었다.
"좋구나. 정말 좋구나. 너로 인해 나의 눈과 귀를, 아니, 이 늙은 몸뚱이를 호강시키는구나."

"조, 좋지?"

덩달아 기분이 좋아진 윤이 헤벌쭉 웃으며 말했다.

"좋다마다……."

용노야가 구부정한 허리를 곧게 펴곤 숨을 크게 들이마셨다.

그때 윤이 저 먼 동녘을 가리키며 소리쳤다.

"나, 나, 나온다!"

붉은 태양이 조금씩 솟아오르고 있었다.

자연이 만들어낸 너무도 아름다운 광경이었다.

윤이 그 모습을 멍한 시선으로 바라봤다. 일출의 장관에 완전 넋이 나간 모양이었다.

'그놈 참, 보면 볼수록 신기하구나.'

용노야가 일출에 푹 빠진 윤의 옆모습을 물끄러미 바라보며 생각했다.

정확한 날짜는 기억이 나질 않았다.

아마도 삼 년 전 어느 겨울날이었을 것이다.

유독 그 해엔 눈이 많이 내렸다.

하루가 멀다 하고 내린 눈으로 옴짝달싹 못한 날도 많았다.

용노야와 윤이 처음 조우한 날도 그 해 겨울 중 어느 날이었다.

용노야는 그날의 기억을 잊을 수가 없었다.

무진강의 손을 꼭 잡고 하얀 눈밭을 헤치며 걸어오던 한 소년의 모습을.

그 해 겨울 초입.

그 누구도 무진강이 철혈무가를 떠났던 사실을 몰랐다.

아무런 기별도 남기지 않은 채 떠났던 무진강은 달포가 지나서야 철혈무가로 돌아왔다. 그리고 그의 옆에 윤이 서 있었다.

그 당시 철혈무가에 돌던 분위기는 말 그대로 초상집이었다.

무진강의 생사를 도무지 확인할 길이 없었기 때문이다.

철혈무가의 식솔들은 무진강이 사라진 달포란 시간과 윤의 존재에 대해 무척 궁금해했다.

하지만 무진강은 침묵으로 일관했고, 그렇게 발을 들인 윤은 그 후 무진강의 시종으로 철혈무가의 생활에 적응해 나가기 시작했다.

철혈무가의 사람들은 무진강이 넉넉한 인품을 가졌기에 추위와 굶주림에 죽어가는 어린 거지 하나를 거둔 것이라 생각했다.

윤의 존재는 그렇게 사람들의 관심에서 조금씩 멀어졌던 것이다.

그가 정상이 아닌 바보였기에 그에 대한 궁금증과 관심은 더욱 빨리 지워질 수 있었다.

"……."

과거의 기억을 더듬던 용노야의 시선 속으로 안면을 찡그리는 윤의 모습이 들어왔다.

어느새 태양의 강렬함이 세상을 비추고 있었기 때문이다.

"끄, 끝났다."

윤이 아쉬운 듯 풀 죽은 음성으로 중얼거렸다.

"서운하더냐?"

끄덕.

용노야가 묻자 윤이 느릿하게 고개를 끄덕였다.

"하루만 참으면 또 볼 수 있질 않더냐? 저 태양은 언제나 너의 곁에 있을 테니 말이다."

용노야가 윤의 아쉬운 마음을 달래주려 포근하게 말했다.

"헤……. 유, 윤이는 내일, 내, 내일 또 올 거다!"

"아무렴. 내일도, 모레도, 그리고 그 다음날도 계속 오자꾸나. 껄껄!"

유쾌한 웃음이 백암산 중턱을 시작으로 잔잔히 퍼져 나갔다.

"그런데 윤아."

"어, 어?"

"내 아무리 생각을 해봐도 말이다, 네 걸음이 너무 빨라 내 너를 도무지 쫓아갈 수가 없더구나. 그래서 말인데……."

용노야가 대체 무슨 말을 하는지 몰라 윤이 고개를 연신 갸우뚱거렸다.

"앞으로는 내가 가르쳐 준 기마자세로 산을 오르고 내려가거라. 아무래도 그래야 너와 내가 다정하게 보폭을 맞추며 산을 즐길 수 있을 것 같구나. 어떠하냐? 그게 좋지 않겠느냐? 다정하게 보폭을 맞추는 게."

"다, 다정하게? 헤헤! 조, 좋다!"

생각도 없이 무턱대고 대답부터 하는 윤이었다.

기마자세로 산을 오르고 내려가는 게 도대체 얼마나 힘든 일인데.

역시 바보는 바보였다.

윤이 산을 내려가고 얼마 지나지 않아 숨을 헐떡이며 더듬거렸다.
"하아! 하아! 히, 히, 힘들어 주, 죽겠다. 유, 윤이 히, 힘들어 죽겠다. 하아!"

    *   *   *

 무진강이 죽고 난 후 철혈무가를 실질적으로 이끌고 있는 사람은 염화탁이란 인물이었다.
 강북구성(江北九星)의 일인인 그는 무진강, 용노야와 함께 철혈무가를 일으킨 장본인 중 하나다.
 장대한 덩치의 염화탁.
 굵직한 눈썹과 각진 턱, 그리고 처진 입꼬리에서 남아의 고집이 묻어났다.
 외관상으로만 본다면 그 나이 사십 중, 후반으로 보이나, 실제 나이는 환갑을 넘은 터였다.
 "언제까지 가주 자리를 공석으로 비워둘 참이십니까? 가주께서 돌아가신 지 벌써 한 해가 지났습니다."
 화려한 비단옷 차림을 한 미모의 중년 여인이 말했다.
 값비싼 옷차림이 결코 허영이라 느껴지지 않을 만큼 아름다운 여인이었다.
 여인의 이름은 음서서였다.
 그녀는 염화탁의 첩실로 처음 철혈무가에 발을 들였다.
 그런데 염화탁의 본처가 병마로 생을 다한 후 정실이 되어 현재는 철혈무가의 실세가 되어버린 아주 운 좋은 여인이었다.

"상공만이 철혈무가의 가주가 될 수 있음을 만인이 다 알고 있습니다. 모든 가솔이 충심으로 그날을 기다리고 있습니다. 상황이 이럴진대 무엇이 문제란 말입니까. 아니, 상공의 마음을 이토록 흔들고 있는 것이 대체 무엇이란 말입니까. 혹 아가씨 때문입니까?"

음서서의 음성엔 답답함과 다급함이 뒤죽박죽 엉켜 있었다.

철혈무가를 이끌 수 있는 사람은 오직 염화탁뿐이었다.

힘이면 힘, 철혈무가를 일으킨 공로면 공로, 그 무엇 하나 염화탁을 따를 인물은 없었다.

더구나 대부분 철혈무가의 가솔들은 음서서의 말처럼 이미 염화탁을 철혈무가의 가주로 인정하고 그의 말을 따르고 있었다.

정작 본인만 이 현실을 거부하고 있었던 것이다.

"상공……."

음서서가 답답한 마음으로 염화탁을 재촉했다.

"크흠! 그만 하시오. 아직은 때가 아니라 하질 않았소."

염화탁이 가벼운 헛기침을 한 후 음서서의 재촉을 묵살해 버렸다.

하지만 이대로 물러설 음서서가 아니었다.

"그렇군요. 역시 아가씨가 문제로군요."

염화탁은 부정도 긍정도 하질 않았다.

하지만 그의 침묵은 분명 긍정을 의미했다. 그것을 모를 리 없는 음서서가 또다시 말했다.

"강호의 이목이 두려운 것이겠지요."

"크흠!"

염화탁이 크게 헛기침을 했다. 음서서가 정곡을 찔렀기 때문이다.

사실 염화탁이 철혈무가의 가주가 된다 해도 세상이 그를 향해 손가락질할 수는 없었다.

통상 가주의 직계손이 가주 직을 물려받지만 무진강의 유일한 혈육인 무유화는 어렸다.

더구나 남아도 아닌 여식이 아니던가.

"만약 세간의 이목이 걱정이시라면 방법이 없는 것도 아니겠지요."

음서서가 화색을 밝히자 염화탁의 미간이 살짝 좁혀졌.

분명 그녀의 뒷말이 궁금한 표정이었다.

"이제는 기댈 곳이 하나 없는 아가씨입니다. 당연히 상공께서 아가씨의 아버지가 되셔야 할 것입니다. 가솔들도 당연히 그리 생각하고 있을 것입니다."

"그거야 당연한 일이 아니겠소."

"암요. 당연하지요. 사형의 여식인데 당연히 상공께서 거두셔야지요. 그래서 말씀을 드리는 것이 아니겠습니까."

음서서의 미소가 진해지기 시작했다.

영민한 두뇌를 가진 여인이었다.

염화탁의 두뇌가 감히 따라가지 못할 정도의 영특함을 가졌기에, 어찌 보면 이 둘은 너무나도 잘 어울리는 한 쌍이었다.

무진강이 죽고 난 후 철혈무가의 대소사를 관장한 사람도 사실 알고 보면 염화탁이 아닌 음서서였다.

염화탁의 영민함이 부족해서 그런 것이 아니었다. 그저 음서서의 영민함이 염화탁보다 월등하여 그랬을 뿐이다.

"대체 무엇을 말하려는 게요?"

대충 짐작은 가지만 모르는 척 염화탁이 물었다.

"이왕 아버지가 되실 거라면 진짜 아버지가 되시면 될 것 아니겠습니까."

"그 말은……."

"그렇습니다. 부심이와 혼인을 시키면 모두가 기뻐할 일이 아니겠습니까."

"혼사를 거론하기엔 아직 이르다 생각되거늘. 더구나 부심이는……."

염화탁이 내키지 않는 표정으로 말끝을 흐렸다.

"이르다니요. 아가씨의 나이 벌써 열여섯입니다. 조만간 이곳저곳에서 혼담이 들어올 나이입니다. 이젠 기댈 곳 하나 없는 아가씨인데 당연히 우리가 거둬야 되질 않겠습니까. 제 생각엔 이른 것이 아니라 늦었다는 느낌을 지울 수가 없습니다. 그리고 우리 부심이가 대체 뭐가 부족하기에 그러십니까."

"으흠."

염화탁의 말에 음서서가 서운한 빛을 비추자, 염화탁이 가벼운 신음성을 내뱉었다.

"좀 더 시간을 두고 생각해 봅시다."

여전히 내키지 않는 표정으로 염화탁이 말했다.

* * *

무유화가 자신의 혼사 소식을 전해 들은 건 햇살이 따사로운 어느 오후나절이었다.

음서서로부터 자신의 혼사 계획을 전해 듣고도 무유화는 아무런 내색도, 말도 꺼내질 못했다.

그 누구도 아닌 자신의 혼사이건만.

"……"

오늘따라 아버지 무진강의 그늘이 더없이 그리웠다.

슬픔과 아픔을 감추며 잘 참아온 날들인데.

한순간에 그 모든 것이 무너져 내리는 기분이었다.

"우리 공주, 오늘 안색이 영 아니올시다로구나. 무슨 일이 있었던 게냐?"

축 처진 어깨로 금지의 영역을 들어서는 무유화에게 용노야가 걱정스런 음성으로 물었다.

그런데,

"하, 할아버지……"

꾹 눌러 참았던 서러움이 기어코 무유화의 두 볼에 아롱지어 흐르기 시작했다.

한없이 자상한 용노야의 음성에 힘겹게 참아왔던 그녀의 슬픔과 아픔이 일시에 터져 나온 듯싶었다.

"……"

구부정한 용노야의 품을 파고든 무유화가 서럽게 울고 있었다.

그동안 너무 많은 눈물을 참아왔던 것일까.

쉼없이 흐르는 그녀의 눈물에 용노야의 허허로운 가슴은 금세 흠뻑 젖어들었다.

자그마한 등짝을 쓰다듬는 용노야의 거친 손끝으로 천근의 힘겨움이 느껴졌다.

얼마나 아프고 힘겨웠을까.

그 감정을 모두 알고 있으면서도 모르는 척 눈감을 수밖에 없었던 자신의 무능함이 용노야는 그저 원망스러울 뿐이었다.

그래도 잘 참고 견뎠거늘, 그것이 늘 대견하고 고마웠거늘.

'이러면 내 네게 너무 미안하지 않더냐?'

메마른 노안에도 기어코 안타까움이 어리기 시작했다.

이 어린 두 어깨에 얹힌 삶의 무게를 덜어주지 못한 미안함에 초로의 늙은이 또한 결국 주름진 두 어깨를 들썩이기 시작했다.

그리고 저 멀리 담 모퉁이에 숨어 쪼그려 앉아 있는 덩치 큰 한 소년, 그의 불끈 쥔 두 주먹이 부르르 떨렸다.

슬퍼하고 있는지, 분노하고 있는지, 소년이 고개를 푹 숙인 채 어깨를 들썩였다.

때 묻은 그의 두 무릎 또한 어느새 흠뻑 젖어 있었다.

행여 들킬세라 소리조차 낼 수 없는 울음이었다.

그렇게 아무도 모르게 소년은 울고 있었다.

다시는 울지 않으려 했건만.

*　　　*　　　*

용노야의 거처에 웃음이 사라진 건 무유화가 오고 간 후였다.

하루가 멀다 하고 찾아온 무유화지만, 그 후 그녀는 용노야의 거처로 발길을 주지 않았다.

윤의 비질은 오늘도 열심이지만 예전처럼 경쾌하지 않았다.

항상 그의 비질을 신중히 바라보던 용노야의 시선도 어느새 저편 백암산의 중턱으로 옮겨졌다.

하루하루 무거운 침묵이 용노야와 윤의 두 어깨를 짓눌렀다.

지켜야 하지만 그럴 수 없는 현실을 바보 윤은 본능적으로 느낄 수 있었다.

그렇기에 웃으면 안 된다는 것 또한 느낄 수 있었다.

"윤아……."

힘없는 용노야의 음성에 윤이 고개를 들었다.

"목검이라도 하나 있어야 않겠느냐."

용노야의 말에 윤이 고개를 갸우뚱거렸다.

"가자꾸나. 내 저 백암산에 보아둔 나무가 하나 있구나. 그놈이면 될 것이다."

말을 마친 용노야가 걸음을 옮겼다.

그러자 윤이 어미를 따르는 병아리처럼 그의 뒷등에 바짝 달라붙었다.

그런 윤의 귓가로 작지만 거역할 수 없는 위엄 서린 음성이 느릿하게 흘러들었다.

"이젠 검이 너의 비를 대신할 것이다."

第二章 검острь을 펼치다

수호무사

쉬이익—
"하, 한 번."
쉬이익—
"하, 한 번."
"이천. 그만!"
"나, 나온다!"
비 오듯 땀을 흘리는 윤이 검지를 곧게 뻗어 떠오르는 태양을 가리켰다. 첫닭이 울고 백암산에 올라 이천 번의 검을 휘두른 후의 일이었다.

첫날은 고작 백 번도 채 되질 않았다.
둘째 날은 그보다 두 배나 더 많은 이백이십 번이었다.
셋째 날은 삼백 번이었고, 넷째 날은 사백두 번이었다.

그리고 한 달이 기운 오늘.

윤은 이천 번의 일 초식을 해가 뜨기 전에 마쳤다.

"좋구나."

용노야가 멋지게 떠오르는 태양을 바라보며 짧게 말했다.

저 태양도 좋지만 바보가 휘두른 가장 단순한 검술도 좋았다.

다른 사람이었다면 벌써 기본 검술을 다 익혔을 테지만, 윤은 여전히 베기의 일 초식만을 한 달간 반복하고 있었다.

그래도 용노야는 좋았다.

비록 더딘 걸음이지만 윤은 그 누구도 할 수 없는 일을 해내고 있었다.

"빠르다 하여 빠른 것이 아니며, 느리다 하여 느린 것이 아니다."

조반을 마친 후 용노야가 윤에게 던진 말이었다.

바보 윤이 알아들을 리 만무했지만, 용노야는 진심을 다해 그에게 검술을 설명했다.

진심이 닿으면 통하지 않는 일이 없다는 말을 믿기 때문이었다.

"비록 느린 걸음이지만 이 할아비는 장담할 수 있다. 네 걸음보다 빠를 순 있겠지만 결코 따라잡을 순 없다는 것을."

확고한 신념이 담긴 음성이었다.

"헤헤……."

윤의 얼굴에 미소가 매달렸다.

정확한 뜻은 헤아릴 수 없지만 질책이 아닌 칭찬이란 걸 본능적으로 느낄 수 있었던 까닭이다.

"온몸으로 직접 겪으면 될 터. 이제부터 그 누구도 이루지 못한 일을 윤이 네가 이룰 것이다. 내 장담컨대 네가 가진 우직함과 끈기라면 못 이룰 일은 없을 게다. 알겠느냐?"

"아, 알겠다!"

아는지 모르는지 종잡을 수는 없지만, 어쨌든 윤의 대답만큼은 당찼다.

"따라오너라."

윤의 대답을 듣고, 용노야가 말했다.

용노야가 윤을 데리고 간 곳은 널찍한 뒤뜰이었다.

윤이 얼마나 이곳저곳을 쓸어댔는지 잡티 하나 없을 정도로 말끔했다.

저벅—

뒤뜰 중앙으로 걸음을 옮긴 용노야가 시선을 돌려 윤을 바라봤다.

"검을 다오."

용노야의 말에 윤이 잽싸게 달려가 그에게 목검을 건넸다.

스윽—

검을 넘겨받은 용노야가 검끝으로 대략 반경 석 자의 원을 바닥에 그리곤 말했다.

"오합지검이란 검술이다."

간단한 말과 함께 용노야가 검술을 펼쳐 보였다. 다섯 호흡도 안 되는 지극히 단순한 검술이었다.

검술을 펼치다 41

하지만 용노야의 표정은 진지하기 그지없었다.

오합지검(烏合之劒)은 범인들도 다 아는 가장 기초적인 검술이었다.

좀 더 과장해서 말하자면, 걸음마를 뗀 아이들이 마을 어귀에서 막대기를 들고 전쟁놀이를 할 때나 사용하는 마구잡이 검술이었다.

말이 좋아 검술일 뿐이지, 형식이랄 것도 없었다.

굳이 말하자면 사방을 돌며 베고, 막고, 찌르기를 반복하면 그만이었다.

"세상 사람들에게 버림받은 검술 중 하나가 바로 이 오합지검이다. 너를 만나기 전까지 나 또한 이 검술을 검술이라 부르지 않았다. 하지만 너를 만나고 난 후 어리석었던 나 자신을 꾸짖을 수밖에 없겠더구나. 따라 할 수 있겠더냐?"

자신은 없었지만, 윤이 고개를 끄덕였다.

"해보거라."

"그, 근데 이, 이건 뭐, 뭐지?"

"그 원을 벗어나지 말라는 뜻이다."

윤이 바닥에 그려진 원을 가리키며 묻자 용노야가 대답했다.

윤의 장점 중 하나는 시키면 아무런 의심 없이 무조건 따른다는 점이었다.

용노야는 그런 윤의 장점을 최대한 이용하고 있었다.

검술을 연마하기 위해선 고단한 수련이 부수적으로 따르는 법이다.

하체의 근력도 그중 하나였고, 보법의 수련도 그중 하나였다.

바닥에 그린 원은 기본적인 보법을 익히기 위해 용노야가 고안한 방법 중 하나였다.

"아, 아하!"

그제야 알았다는 듯 윤이 손바닥으로 자신의 이마를 철썩 때렸다.

그 시각.

무유화는 난을 치고 있었다.

잘 치는 것은 아니었지만 조금이나마 마음을 진정시킬 수 있었다.

바보가 아니었기에 어느 정도 예상한 일이었다.

하지만 막상 닥치고 보니 무유화는 눈앞이 캄캄했다.

나약한 모습을 보이지 않겠노라 아비의 묘 앞에서 굳은 다짐을 했건만.

"……."

순간 우수에 힘이 들어갔는지 잘 펼쳐진 한지에 진한 먹물이 보기 흉하게 번졌다.

마음먹은 대로 이 세상이 굴러간다면 좋으련만.

세상은 무유화에게 너무나도 힘겨운 짐이 되어버렸다.

의지할 데라곤 없었다. 홀로 버텨야만 하는 이 세상이 더욱 야속할 뿐이었다.

"아가씨."

복잡한 상념이 무유화의 머릿속을 사정없이 긁던 어느 순간 밖에서 어린 시녀의 음성이 들렸다.

"무슨 일이냐?"

"염 공자께서 뵙기를 청하십니다."

"염 공자가?"

시녀의 말에 무유화의 고운 아미가 잔뜩 좁혀졌다.

그를 만나고 싶지 않았다.

염화탁과 음서서, 그리고 염부심.

무유화는 그들과 연관된 모든 것이 싫었다.

그래서 점점 더 싫은 것들이 많아졌다.

자신의 삶의 터전인 철혈무가도 이제는 대부분 싫어지고 있었다.

무진강이 죽고 난 후 본색을 드러낸 염화탁과 음서서는 철혈무가의 모든 구조를 바꾸어놓았다.

아버지의 향기가 묻어나는 철혈무가이건만 이제는 모든 것이 낯설게만 느껴졌다.

시녀가 내온 찻잔을 음미하는 염부심.

"향이 좋군요."

염부심이 만족한 듯 고개를 끄덕이며 말했다.

음서서의 피를 물려받아 그런지 여인처럼 고운 얼굴을 가진 사내였다. 새하얀 얼굴이 너무도 고왔지만 어찌 보면 고질적인 병마를 앓고 있는 환자처럼 보이기도 했다.

"어머니께 이야기는 전해 들었습니다."

염부심이 살짝 미소를 지으며 입을 열었다.

무유화는 아무런 대꾸도 하지 않았다.

"뭐라고 말을 해야 할지……."

"아무 말 않으셔도 됩니다."

무유화가 어금니를 꽉 깨물며 말했다.

염부심이 자신을 찾아온 것조차 싫은 이 마당에 대체 무슨 이야기를 한단 말인가.

자신의 의견조차 피력할 수 없는 나약한 존재.

무유화는 자존심이 상했다. 아니, 그녀의 마음은 비참해져만 갔다.

"아가씨의 심정을 제가 어찌 모를 수 있겠습니까."

차분히 말하는 염부심의 얼굴엔 감미로운 미소가 맴돌았다.

그 미소가 마치 음서서의 화사한 미소를 보는 듯했다.

"십분 이해합니다."

"지금 제 심정을 이해한다 했습니까? 아니요. 절대 그럴 수는 없을 것입니다. 절대요. 지금 제 기분이 어떤 줄이나 알고 말하는 것입니까? 이 세상에 발가벗겨진 채 능욕을 당하는 기분입니다. 그런데 이런 제 심정을 십분 이해를 한다구요?"

무유화의 음성에 한기가 느껴졌다.

"물론 마음이 많이 상하셨을 테지요. 하나 이 모두가 아가씨를 위함임을 왜 모르신단 말입니까?"

"지금 저를 위함이라 했습니까? 정녕 저를 위하는 게 무엇인지나 알고 떠드는 것입니까?"

무유화는 눈물이 왈칵 솟구칠 것만 같았다.

하지만 나약한 모습을 보이지 않으려 입술을 꽉 깨물었다.

아무리 아프고 힘들어도 꿋꿋이 버텨야만 했다.

검술을 펼치다

비록 힘은 없지만, 무가의 자존심까지 굽힐 수는 없었던 까닭이다.

'떠드는 거라고? 흥! 감히 나를 향해 떠든다고!'

염부심의 얼굴엔 불쾌한 기색이 역력했다.

어머니로부터 혼사 이야기를 들었을 때 내심 드디어 올 것이 왔구나 하며 쾌재를 불렀다.

그 기쁜 마음에 달려온 걸음이건만 이런 푸대접이라니.

무유화가 그런 것처럼 염부심의 자존심 또한 크게 상했다. 은근히 화까지 치밀어 올랐다.

멀쩡한 몸뚱이로 태어나지 못해 그런 것인지 염부심은 자신을 향한 자그마한 홀대에도 그 마음이 크게 요동을 쳤다.

"오늘은 날이 아닌 것 같군요. 다음에 다시 찾아뵙지요."

염부심이 냉랭한 음성으로 말했다. 그의 기분이 그대로 묻어났다.

"아니요. 다시 찾아올 필요 없습니다. 더 하실 말씀이 있나요?"

무유화가 앙칼지게 말했다.

'북호정이나 들락거리며 바보와 놀아나는 것도 너그러이 봐준 나인데. 건방진!'

무유화의 음성에 염부심이 이맛살을 잔뜩 좁혔다.

하지만 그것도 잠시.

염부심이 싸늘한 미소를 지으며 미련없이 등을 돌려 버렸다.

* * *

올 겨울은 예전과 달리 빨리 찾아온 듯싶었다.

작은 미풍마저 차갑게 느껴지니 사람들의 옷차림도 덩달아 두꺼워졌다.

"철혈무가의 절정고수이신 우리 바보무사님께서 납셨네그려."

용노야가 직접 깎아준 목검을 보물처럼 가슴에 꼭 품고 걷는 윤을 향해 철혈무가의 무인들이 이죽거렸다.

한두 명도 아닌, 그가 가는 곳곳마다 어김없이 윤은 놀림감이 되었다. 하지만 윤은 뭐가 그리 좋은지 실실 웃기만 할 뿐이었다.

그 어떤 기연보다 더욱 매력적인 기연은 훌륭한 스승을 모시는 것이다.

이런 사실로 미뤄볼 때 윤은 분명 엄청난 기연을 얻은 것이다.

하지만 수많은 부러움을 사야 할 윤이 철저한 무시를 당했다. 부러움은커녕 예전보다 더욱 많은 조롱을 받고 있었다.

"아, 안녕."

윤이 한 손으론 검을 품고 남은 한 손을 흔들며 철혈무가의 무인들을 향해 인사했다.

"안녕은 안녕이고. 그나저나 바보야, 요즘 용노야께 검술을 배운다며. 이리 와 한번 보여줄 수 있겠느냐?"

장난기가 발동한 무인 하나가 윤에게 부탁했다.

그러자 윤이 잠시 망설이다 히죽 웃으며 무인들 곁으로 다가

검술을 펼치다 47

섰다.

"하하! 그놈 참, 제법 무사 티가 나는구나."

검의 손잡이를 단단히 부여잡은 윤을 향해 너나 할 것 없이 무인들이 왁자지껄 떠들었다.

"아, 아참! 도, 도, 동그라밀 그, 그려야 되는데."

"······?"

무인들이 뜬금없이 바닥에 둥그런 원을 그리는 윤을 바라보며 고개를 갸우뚱거렸다.

"바보야, 너 지금 무얼 하는 게냐?"

한 무인이 궁금한지 물었다.

"이, 이걸 버, 벗어나면 안 된다."

무인들이 윤의 행동을 이해할 리 없었다.

하기야 정상적인 시각으로 바보의 행동을 이해하기란 결코 쉬운 일이 아니었다.

"오! 제법 자세 나오는데? 하하하!"

조롱 섞인 감탄이 곳곳에서 튀어나왔다.

"······."

검끝을 노려보는 윤의 눈매가 제법 매서웠다.

하지만 철혈무가의 무인들에게 비친 그 모습은 어제도, 오늘도, 그리고 내일도 영락없는 바보의 모습일 뿐이었다.

쉬이익―

순간 목검이 공기를 거침없이 갈랐다.

연이어 살짝 비틀리던 검끝이 허공의 한 점을 정확히 꿰뚫었다.

스윽—

윤의 발끝이 느릿하게 직각으로 틀어졌다.

그리고 이어지는 일검.

비록 검술이라고 말하기도 뭐한 오합지검이지만 군더더기 하나 없는 깔끔한 동작이었다.

"엥! 저 바보 지금 뭐 하는 겨?! 저거 오합지검 아녀?"

"뭐야! 용노야께 배운 검술이 고작 오합지검인 거야?"

윤을 둘러싼 무인들이 웅성거렸다.

그래도 한 가닥 기대를 가졌던 무인들이다.

예전 용노야에 대한 일화들이 워낙 유명하기에 그런 그가 과연 어떤 검술을 가르쳤을까 호기심이 발동했기 때문이다.

그런데 고작 오합지검이라니.

실망이 이만저만이 아니었다.

이런 무인들의 마음을 아는지 모르는지 윤은 더없이 진지할 뿐이었다.

"참나! 네가 바보가 아니라 행여 기대를 했던 내가 바보로구나. 이거야 원."

"거봐. 내 뭐라 했나? 아무리 훌륭한 스승을 두면 뭐 하나. 고작 오합지검이 다인 것을. 하하! 됐다, 이놈아. 그만두어라. 눈 버리겠다."

혹시나 했던 무인들의 조롱이 더욱 짙어졌다.

그런데 그때였다.

"지금 뭐 하는 짓들이죠?"

"아, 아가씨."

검술을 펼치다

도도한 위엄이 담긴 음성이 허공에 깔리는 순간 너나 할 것 없이 무인들이 깊숙이 허리를 숙였다.

"……"

무유화가 싸늘한 눈초리로 윤을 노려봤다.

"불렀으면 냉큼 와야지, 바보같이 지금 거기서 뭐 하는 거야?!"

무유화가 냉기가 뚝뚝 떨어지는 음성으로 윤을 질책했다.

"유, 유, 유화……"

항상 미소 짓던 무유화가 화를 내자, 윤이 눈도 마주치지 못하고 몸을 비비 꽜다.

"대체 뭐 하는 거냐고!"

무유화가 다시금 귀청이 찢어져라 소리를 질렀다.

무유화는 윤이 철혈무가의 식솔들에게 조롱을 당하는 모습을 볼 때마다 화가 솟구쳤다. 아니, 가슴이 찢어질 듯 아픔이 밀려왔다.

무유화는 그 모습을 보는 것이 너무도 힘들었다.

마치 자신이 조롱을 당하는 기분이 들었기 때문이다.

더욱 싫은 건 그런 윤을 챙겨줄 수 없는 자신의 나약한 모습이었다.

"뭐 해, 따라오지 않고!"

무유화가 고운 두 주먹을 말아 쥐곤 신형을 세차게 돌려세웠다.

아담한 정원이 딸린 전각은 넓지도, 그렇다고 좁지도 않았다.

한마디로 표현하자면 포근함이 느껴지는 아담한 곳이었다.
이곳이 바로 무유화가 머무는 거처였다.
"다과 좀 준비해 줘."
"예, 아가씨."
무유화의 걸음에서 찬바람을 느꼈는지 어린 시녀가 공손히 대답하곤 줄행랑을 치듯 자리를 떴다.
내실로 들어온 무유화가 문간에서 그녀의 눈치만 살피는 윤을 째려봤다.
윤은 가슴이 콩알만 해져 어찌할 바를 몰랐다.
"아까 그게 할아버지께 배운 검술이야?"
화는 났지만 그래도 검술을 펼친 윤이 대견했는지 무유화가 기분을 풀며 다정한 음성으로 물었다.
"어, 어."
고개를 반쯤 숙인 채 윤이 무유화를 힐끔거리며 대답했다.
"훗! 제법이던데?"
무유화의 입에서 더없이 상냥한 음성이 흘렀다.
"뭐 해. 이리 와 앉아."
"서, 서 있어도 되, 되는데."
"시키면 제발 시키는 대로 좀 해."
"아, 아, 알았어."
마지못해 자리에 앉은 윤이 연신 주위를 두리번거렸다.
화려하진 않지만 고급스럽게 꾸며진 내실이었다.
무유화와 함께 있는 건 좋았지만, 윤은 이런 장소가 정말 싫었다. 자신이 있어서는 안 될 것만 같은 이질적인 거부감이 윤의 가슴을 답답하게 만들었기 때문이다.
"배고프지 않아? 먹어."
무유화가 보기에도 군침이 도는 다과가 가득 담긴 그릇을 윤 앞으로 내밀며 말했다.
"바, 밥 머, 먹었어. 배, 배 안 고프다."
"다과 좋아하잖아. 어서 먹어."
무유화가 계속 재촉하자 윤이 어쩔 수 없다는 듯 다과를 하나 집어 들곤 입안으로 쏙 집어넣었다.
그리고 하나를 다 먹기가 무섭게 때 묻은 손이 연신 다과 그릇을 오갔다.
역시 맛이 좋았다.
윤이 세상에서 고기 다음으로 제일로 맛있어 하는 다과였다.
그 모습을 무유화가 흐뭇한 표정으로 한참을 바라보다 입을 열었다.
"윤아, 너, 그거 알아? 아버지께서 널 얼마나 생각하셨는지? 난 늘 그게 궁금했어, 바보인 너를 아버지께서 왜 그리 챙기셨는지."
과거를 들추는 무유화의 말에 윤이 집었던 다과를 슬며시 그릇에 다시 내려놓았다.
"아버지께선 나에게 이런 말씀을 자주 하셨어. 이 세상 끝까지 나를 지켜주고 보살펴 줄 사람은 오직 너뿐이라고. 정말 귀가 따갑도록 들은 이야기야. 근데 이상하지. 처음엔 그 말이 너무도 싫었던 거야. 너에게 보살핌을 받는다는 게 너무도 속상했던 거지. 아니, 그게 아니라 이해하기 힘든 이야기였어. 어찌 바보인 네가 나를 지켜주고 보살펴 줄 수 있을까. 도무지 이해가 되지 않았던 거지. 푸훗!"

말을 하다 말고 무유화가 웃었다.

온 세상이 얼어 있던 어느 겨울 철혈무가가 발칵 뒤집혔던 사실을 무유화는 생생히 기억했다.

아버지가 사라졌다는 소식에 얼마나 울었던지.

하지만 언제나 그랬듯 무진강은 활짝 웃는 얼굴로 그녀 앞에 다시 나타났다.

그때 처음 보았다.

너무도 어눌하게 보였던 윤이라는 소년을.

그때를 생각하자 무유화는 옛날이 너무도 그리웠다.

"솔직히 지금도 아버지의 말씀이 난 이해가 안 가. 그런데 아버지께선 마지막까지 너에게 나를 지켜달라고 부탁하시더라고. 내가 알고 있는 아버진 절대 허튼소릴 하실 분이 아닌데."

무유화는 윤에게 말을 하는 것이 아니었다.

그녀는 혼잣말을 하고 있었다.

혼란스런 그녀의 마음이 고스란히 그 음성에 묻어났다.

"……."

고운 얼굴에 맺혔던 미소가 어느새 어두운 그늘로 바뀌었다.

잠깐의 침묵이 흐른 뒤 무유화가 입술을 잘근 깨물곤 짧게 말했다.

"나 시집가."

서글픔이 배인 무유화의 음성에 윤의 손끝이 순간 움찔거렸다.

*   *   *

 빛 한 점 스미질 않는 어둠 속에 공기를 가르는 예리한 파공음이 연달아 울려 퍼졌다.
 그 모습을 저 멀찍이서 지켜보던 용노야가 깊은 주름을 만들며 홀로 중얼거렸다.
 "들은 게로구나. 그래서 아픈 게로구나."
 무유화를 만나고 온 후 저녁도 거르고 이 한밤중까지 오로지 검만 휘두르는 윤이었다.
 그 모습이 너무도 안쓰러운 용노야였다.
 '언젠간 겪어야 할 일, 아파야 하느니라. 더욱 아파야 하느니라. 그리고 그 아픔을 잊지 말고 기억하거라. 네 가슴 깊은 곳에 쌓아두어야 하느니라. 그것이 바로 무사가 되는 길임을 너는 곧 알게 될 것이니 말이다.'

 그리 말이 많은 아이가 아니었지만 무유화를 만나고 온 후부턴 그 말수가 더욱 줄어든 윤이었다.
 말 못하는 벙어리마냥 그 모습이 답답하기까지 했다.
 "……."
 날씨가 꽤 쌀쌀한데 윤의 온몸이 벌써 땀으로 흥건했다.
 자신의 몸뚱이를 학대라도 하려는 것일까.
 새벽바람부터 만월이 차오를 때까지 무식할 정도로, 밥도 먹는 둥 마는 둥 오직 미친 사람처럼 검만 휘두르는 그였다.

그 모습이 늘 걱정인 용노야였다.

하지만 굳이 말리고 싶진 않았다.

어차피 이겨내야 할 것이라면 스스로 이겨내는 것이 최선임을 알고 있었기 때문이다.

"검끝이 흔들리지 않더냐? 집중하지 못할까!"

윤의 검술을 예리하게 지켜보던 용노야가 말했다.

힘든 윤에게 오히려 냉혹한 일침을 가하는 그였다.

오합지검을 시행하는 윤의 자세가 하루가 다르게 변하고 있었다.

베고, 막고, 찌르는 극히 단순한 검술이었지만 윤의 동작 하나하나를 바라보는 용노야의 눈빛엔 적지 않은 감탄이 어렸다.

칭찬에 인색한 용노야는 윤의 이해할 수 없는 발전에 고개를 절레절레 흔들었다. 하지만 그 발전을 인정할 수밖에 없었다.

"하아, 하아……."

얼마나 많이 검을 휘두른 것일까.

윤의 입에서 거친 단내가 마구 쏟아졌다.

"잠깐 쉬고 다시 할 터이니 목이나 좀 축이거라."

지쳐 죽지 않을 만큼만 쉬도록 배려하는 용노야의 모습이 무척 야박해 보였다. 하지만 그의 진심은 진정으로 윤을 배려하고 있었다.

정말 달콤한 휴식은 눈 깜짝할 새 지나갔다.

"이번엔 세 호흡이다. 만약 세 호흡 안에 완벽한 오합지검을 펼치지 못할 경우엔 저녁이고 잠이고 모두 공염불이 될 줄 알아라. 알겠느냐?"

용노야의 매몰찬 음성에 윤은 아무런 대꾸도 하질 않았다. 그저 용노야를 한 번 힐끔거릴 뿐.

이내 그의 시선은 예리한 검끝으로 향했다.

결국 저녁도 거르고 으슥한 새벽녘이 되어서야 윤은 고단한 육신을 뉘일 수 있었다.

하루하루가 고단함의 연속이었다.

이토록 고단한 적이 과연 있었을까 싶을 정도로 육신의 고통이 말이 아니었다.

그런데 이상하게도 윤은 피곤함을 느낄 수 없었다.

온 몸뚱이가 너무 힘들다고 매 순간 아우성을 치지만 정작 윤의 정신은 아무런 피곤함도, 고단함도 느끼질 못했다.

조금이라도 눈을 붙여야 내일의 고단함을 견딜 수 있을 텐데 윤은 쉽사리 잠을 이룰 수 없었다.

그렇게 한참을 뒤척인 후에야 윤은 힘겹게 잠에 빠질 수 있었다.

     *   *   *

윤의 하루는 첫닭이 울면서부터 시작된다.

매번 똑같은 하루지만 그 느낌만큼은 매번 달랐다.

첫닭이 울면 오르는 백암산 행만 보더라도 어제와 오늘이 확연히 달랐다.

기마자세를 유지한 채 산을 오르는 것은 엄청난 힘을 소진시켰다.

윤이 기마자세로 처음 백암산을 올랐을 땐 거의 초주검이 되다시피 했다. 하지만 하루하루 지나면서 백암산을 오르는 속도는 점점 빨라졌다.

그리고 지금, 윤은 뛰다시피 백암산을 올랐다.

산을 오르는 속도가 빨라지니 백암산에서 휘두르는 일 초식의 검술 횟수도 늘어날 수밖에 없었다.

첫날 고작 백 번도 채 되질 않던 횟수가 이제는 그에 사오십 배에 달하는 사천 번을 넘어서고 있었다.

태양이 뜨면 백암산에서의 수련은 끝이 나고 윤은 미련없이 산을 내려왔다.

그리고 거처에 돌아와 조반을 마친 뒤 뒤뜰에 마련된 자그마한 연무장에서 오합지검을 수련했다.

그렇게 늘 변함없던 그의 일상에 자그마한 변화가 일어났다.

"알 것이다. 인사드려라."

용노야가 중년의 사내를 가리키며 말했다.

용노야의 거처는 금지의 영역이나 다름없었다.

용노야와 윤, 그리고 무유화를 제외하면 그 누구도 발을 들일 수가 없었다.

그런데 오늘 그의 거처에 다른 이가 거침없이 발을 들였다.

다름 아닌 철혈무가 무인들의 수련을 담당하고 있는 훈련대장 이주하였다.

"오랜만이구나."

이주하가 먼저 윤에게 인사를 건넸다.

그러자 윤이 고개를 끄덕이는 것으로 답했다.

"바로 시작해도 되겠습니까, 노야?"

이주하가 묻자 용노야가 입을 열었다.

"뒤뜰로 가시면 되네."

"알겠습니다, 노야."

용노야를 대하는 이주하의 태도는 무척 깍듯했다.

내공과 힘을 다 잃은 용노야를 예전처럼 대하는 철혈무가의 무인은 많지 않았다.

하지만 옛날과 같이 용노야를 극진히 떠받들고 있는 사람이 몇몇 있었으니, 그중 하나가 바로 이주하였다. 그는 평범한 키에 다부진 체격을 가진 사십 후반의 인물이었다.

검으로 일가를 이룬 철혈무가라 그의 병기 또한 검이었다.

이렇다 할 사문은 없지만 이주하의 검술은 꽤 고강한 편이었다.

철혈무가 무인들의 수련을 담당할 정도이니 더 설명할 필요도 없었다.

그렇다고 그가 처음부터 검술을 연마한 것은 아니었다.

사실 이주하는 뒷골목 파락호 출신의 무인이었다.

불우한 환경에서 자란 탓인지, 아니면 소싯적 힘 좀 썼던 까닭인지 자연스럽게 그의 인생은 뒷골목으로 이어졌다.

하지만 그의 인생은 무진강과 용노야를 만난 이후 완전히 뒤바뀌었다.

우연찮게 이주하의 자질을 알아본 무진강이 그를 뒷골목 음지에서 빛 좋은 양지로 이끌어주었기 때문이다.

물론 처음부터 손쉽게 일이 진행된 것은 아니었다.

파락호 출신답게 이주하의 성격은 무척이나 거칠고 잔악했다.

무인으로서 자질은 뛰어났지만 그의 성격을 바꾸는 것은 무진강에게도 꽤 어려운 일이었다.

그런 이주하의 심적 변화에 커다란 도움을 준 사람이 바로 용노야였다. 그를 만난 이후 이주하는 알게 되었다.

무사란 무엇인지, 그리고 의협이란 무엇인지.

뒤뜰로 자리를 옮긴 세 사내.

윤이 우두커니 서서 뭔 일인가 싶어 고개를 갸우뚱거렸다.

이주하가 그런 윤을 착잡한 시선으로 바라봤다.

용노야의 부탁이 아니었다면 일언지하에 거절했을 일이다.

애송이를 상대로 비무를 펼쳐 달라니.

차라리 애송이라면 그나마 나았다.

그런데 이주하가 비무를 펼쳐야 할 상대는 철혈무가의 모든 식솔이 다 아는 바보였다.

만약 이런 사실을 누군가가 안다면 이주하의 명성에 커다란 누가 될 것은 분명했다. 하지만 다른 누구도 아닌 스승과도 같은 용노야의 부탁이었다.

자신의 명성이 저 끝 나락으로 떨어진다 해도 수락했을 일이다.

"검을 겨누어라."

잠깐의 시간이 흐른 후 이주하가 윤을 향해 입을 열었다.

하지만 그의 말을 이해 못했는지 윤이 눈알을 데굴데굴 굴리

검술을 펼치다 59

며 용노야의 눈치를 살폈다.
"겨누어라."
용노야가 고개를 끄덕이자 그제야 윤이 조심스럽게 이주하의 인중을 향해 검끝을 겨냥했다.
"네 마음대로 공격해 보거라."
"마, 맞으면 아, 아플 건데……."
윤이 걱정스런 낯빛을 보였다.
"후후, 걱정하지 말고 전력을 다해 공격해 보거라."
이주하가 검도 뽑지 않은 채 대꾸했다.
"괘, 괜찮겠어? 아, 아플 텐데……."
"괜찮으니 걱정 말거라. 후후."
감히 훈련대장을 걱정하다니.
졸지에 강자와 약자가 뒤바뀌어 버린 우스운 상황이었다.
"워, 원 밖으로 버, 벗어나도 돼?"
윤이 용노야에게 묻자 그가 고개를 살짝 끄덕였다. 그리고 윤이 왼발을 조심스럽게 어깨 반 넓이로 벌렸다.
"……!"
윤의 검끝을 바라보는 이주하의 두 눈에 이채가 발했다.
마치 시공이 정지된 양 그 어떤 흔들림도 없는 자세였다.
무인들이 떠드는 이야기기로는 오합지검을 연마한다 들었다. 한편으론 무진강의 안목과 용노야의 가르침을 믿었는데 그 이야기를 듣곤 솔직히 실망을 한 것이 사실이다.
그런데 이건…….
검끝을 바라보던 이주하의 시선이 저절로 용노야를 향했다.

그런 이주하를 바라보며 용노야가 어깨를 가볍게 으쓱거렸다.
"오거라."
다시금 윤을 보며 이주하가 말했다.
그 순간 윤이 움직였다.

분명 윤은 오합지검을 펼치고 있었다.
그런데 이걸 과연 오합지검이라고 말할 수 있을까.
이주하는 혼란스러웠다.
그리고 스승처럼 떠받들던 무진강과 용노야를 의심했던 자신을 질책했다.
또 하나, 자신의 눈앞에서 오합지검을 펼치는 윤을 과연 바보라고 말할 수 있을지 의문이 들었다.
아무런 변화도 없고 지극히 단순한 검술이었다.
눈을 감고도 상대할 수 있는 검술이었다.
그런데 윤이 뿌려대는 검의 속도가 생각 이상으로 너무나 빨랐다. 그래서인지 베고, 막고, 찌르는 삼 변화가 마치 동시에 펼쳐지는 듯 착각이 들었다.
비록 이주하의 옷깃조차 건드리지 못했지만, 예상외의 결과였다. 아무도 모르는 사실이었지만 이주하의 등골에는 이미 아까 전부터 굵직한 땀방울이 흘러내리고 있었다.
"그만 되었다. 물러나라."
이주하가 저돌적인 윤의 검을 가볍게 튕겨내며 말했다. 이에 윤이 참았던 가쁜 숨을 한꺼번에 몰아쉬었다.

"으음……."

이주하의 입에서 미묘한 심경이 담긴 장탄식이 터져 나왔다.

아무리 새끼라도 맹수는 맹수였다.

이주하는 마치 사나운 맹수 새끼와 싸운 느낌이었다.

대부분의 맹수들은 삶의 방식을 본능적으로 타고난다.

물론 어미로부터 하나둘 배워가는 맹수도 있지만 대부분은 그렇지 않다.

이주하는 윤으로부터 그런 맹수의 냄새를 맡았다. 마치 마치 자신이 무진강을 처음 만났을 때처럼.

"고맙네, 훈련대장."

"별말씀을 다 하십니다. 속하, 언제든 노야의 부름을 받잡겠습니다."

* * *

초라했다.

하지만 정갈하게 꾸며진 내실에 용노야와 훈련대장 이주하가 마주했다.

윤과 이주하가 비무를 마친 직후의 일이었다.

"역시 노야께서 우려내신 차의 향은 일품입니다. 하루 일과가 끝나고 날이 저물 때면 항상 노야께서 우려내신 이 차가 생각이 났습니다. 후후."

"껄껄! 그럼 자주 오시게나. 내 기력이 다하는 그날까지 성의를 다해 우려줌세."
 "노야께서 허락만 하신다면 속하에게는 더없는 영광이 아니겠습니까."
 "영광은 무슨. 그나저나 훈련대장이 보시기엔 어떠한가?"
 윤에 관한 질문이었다.
 "단도직입적으로 말씀을 드리겠습니다."
 "그러시게. 나도 그게 좋으니 말일세."
 "놀라울 뿐입니다."
 "훈련대장이 보시기에도 그러한가?"
 이주하가 대쪽 같은 눈빛을 빛내며 고개를 끄덕였다.
 "어찌 수련을 시키셨기에……. 역시 노야이십니다."
 바보 윤의 실력에 놀란 이주하가 용노야를 추켜세웠다.
 그로서는 당연한 생각이었다.
 용노야가 아니었다면 감히 그 누가 있어 바보에게 검술을 가르칠 생각이나 할 수 있었겠는가.
 "아닐세. 내가 대단한 게 아니라 윤이가 대단할 걸세."
 "그 무슨 말씀이십니까. 노야께서 지도하셨기에 가능한 일이 아니겠습니까."
 바보가 아무리 대단한들 바보일 뿐이거늘.
 용노야의 겸손에 이주하가 손사래를 쳤다.
 "정상과 좀 거리는 있지만 몸뚱이 하나만큼은 타고난 아이일세. 노력 또한 엄청나니 그 성취가 배가 될 수밖에."
 윤을 이야기하는 용노야의 얼굴에 흐뭇한 미소가 피어났다.
 마치 친자식의 성취를 뿌듯해하며 즐거워하는 모습이었다.

"훈련대장께서도 알다시피 가주께서 고르신 아이일세. 처음엔 반신반의했지만 이젠 믿을 수밖에 없겠더군."

"으음."

용노야의 말에 이주하의 미간이 살짝 좁혀졌다.

지금껏 살아오며 무진강의 안목이 빗겨간 적을 본 적이 없었다. 자신 또한 그의 안목에 의해 인생이 딴판으로 바뀌지 않았던가.

"하지만 내 힘이 미천하여 저 아이를 끝까지 지켜줄 수가 없다네."

"노야, 그 무슨 말씀이십니까. 말씀을 거두어주십시오."

용노야의 말에 이주하가 씻지 못할 죄를 지은 양 몸 둘 바를 몰라 했다.

"지금이야 외부의 시선 때문에 내 이렇게나마 행세를 할 수 있네만, 저들이 명분을 찾게 되는 날이면 퇴물이 된 내가 내 몸뚱이 하나 건사할 수나 있겠나."

"노, 노야……."

이주하가 미안한 마음 금할 길이 없어 그만 눈시울을 붉히며 고개를 떨어뜨렸다.

용노야가 중전에서 쫓겨나다시피 거처를 옮길 때도 아무런 말도 꺼내지 못한 이주하였다.

이번 무유화의 혼사 이야기가 나왔을 때도 꿀 먹은 벙어리마냥 침묵을 지켰던 그다.

"자네를 탓하고자 꺼낸 말이 아니거늘, 훈련대장께서 그러면 내가 너무 미안하지 않은가. 어서 고개를 들게."

"죄, 죄송합니다, 노, 노야."

이주하가 슬쩍 눈가를 문지르곤 고개를 들었다.

"다 큰 어른이 울긴. 내 그리 키우지 않았거늘. 예전 파락호 시절의 성질은 다 어디 갔누. 쯧쯧!"

용노야가 혀를 끌끌 차며 말을 했다.

"노야께서 이리 키우시질 않았습니까. 후후."

"껄껄! 내 그랬나."

아픔은 깊지만 이내 그 아픔을 감추며 두 사람이 웃음 지었다.

"훈련대장."

용노야가 웃음기를 거두며 망설이다 어렵게 입을 열었다.

"말씀하십시오, 노야. 속하, 언제든 노야의 명을 받잡을 준비가 되어 있습니다."

"으음."

용노야는 쉽사리 입을 열지 못했다.

그것이 오히려 서운했음인가.

이주하가 다시금 용노야를 재촉했다.

"노야께서 자꾸 그러시면 제가 너무 죄송하지 않겠습니까."

"알겠네. 내 그럼 염치불구하고 훈련대장께 어려운 부탁 좀 하겠네."

"하명만 하십시오. 속하, 신명을 다해 따르겠습니다."

주군을 대하듯 이주하의 태도는 극도로 정중했다.

그런 그에게 결심한 듯 용노야가 말했다.

"훈련대장도 아시겠지만 내 몸뚱이로는 저 아이와 검을 섞을 수가 없네. 창피한 이야기지만 사실 검을 들 기력조차 없다네."

용노야의 말을 가만히 듣고 있던 이주하의 목울대가 순간 울컥하여 움찔거렸다.

"그래서 이렇게 부탁하는 걸세. 해서는 안 될 줄은 알지만, 내 죽기 전까지 가주와 맺은 약속을 꼭 지키고 싶어……."

"……."

"윤이의 상대가 되어줄 수 있겠는가? 염치없는 부탁인 줄은 아네만……."

"……."

"그리고 오늘과 앞으로 일어날 모든 일에 대해선 비밀을 좀 지켜주게나. 윤이에 관한 모든 것에 대해서 말일세."

용노야가 주름진 두 손을 마주 잡고 초조한 듯 물었다.

그 모습에 이주하의 눈시울이 또다시 급작스레 붉어졌다.

예전 용노야는 결코 이렇지 않았다.

언제 이토록 늙은 것일까.

이주하는 가슴속에 커다란 무언가가 무겁게 내려앉는 느낌이었다.

너무도 죄송스러워 석고대죄라도 하고 싶었다.

"속하, 좌호법의 명을 받잡습니다."

눈시울이 붉어진 이주하가 낮지만 우렁찬 음성을 내뱉었다.

그런 그의 가슴속으로 뜨거운 피가 끓어올랐다.

무진강과 용노야와 함께 강호를 질주하던 그때 끓던 그 뜨거운 피가 말이다.

第三章 상대를 얻다

수호무사

시간은 빠르게 지나갔다.
 그 춥던 겨울이 어느새 지나가고 초록의 물결이 곳곳에서 꿈틀거리며 기지개를 펴기 시작했다.
 철혈무가도 빠르게 변했다.
 무진강이 죽고 혼란스러웠던 나날이 지난 후 염화탁을 중심으로 철혈무가의 새로운 구도가 견고히 자리를 잡아가고 있었다.
 하지만 한편으론 변하지 않은 것들도 있었다.
 그중 하나가 바로 염부심과 무유화의 혼사였다.
 그 중심엔 염화탁이 있었다.
 아직은 때가 아니라며 철혈무가의 실질적인 가주인 염화탁이 극구 혼사를 반대하는 바람에 진즉 올렸어야 할 혼인이 유야무야 없었던 일로 치부되었던 것이다.

　윤의 하루 중 가장 즐거울 때는 당연히 무유화와 글을 읽을 때였다.
　무유화의 혼사가 없었던 일로 여겨지면서 용노야의 거처에도 크게 변한 것이 있었다.
　첫째는 용노야의 거처에 다시 웃음이 찾아온 것이고, 둘째는 용노야가 결국엔 포기했던 윤의 글 스승을 무유화가 두 손을 걷어붙이고 자처했던 것이다.
　"어제 배웠던 거잖아! 정말 모르겠어?"
　"으, 으으……. 모, 모, 모르겠는데."
　"지, 진짜 몰라? 너, 알면서 모른다고 하는 거지?"
　곁에 있으면 닮는다 했던가.
　간혹 흥분할 때면 무유화의 말투가 자신도 모르게 변했다.
　마치 말더듬이 윤처럼 그녀 또한 더듬더듬거린 것이다.
　"아휴~ 다, 답답해."
　"헤헤!"
　"왜 웃어! 남은 답답해 죽겠는데!"
　무유화의 뾰족한 음성이 저편 봄날 따사로운 햇살을 쬐는 용노야의 귀청까지 쩌렁쩌렁 울렸다.
　"쯧쯧! 거 봐라. 내 뭐라 했더냐. 글은 안 된다고 몇 번이나 말했더냐. 아이고, 내 금쪽같은 시간이 아까워 죽겠구나. 지금쯤이면 보법을 밟아도 수천 번은 더 밟았을 텐데."
　용노야가 잔뜩 골이 난 표정으로 불평을 토로했다.

하지만 내실에 있는 무유화가 용노야의 불만을 들을 리 만무했다.

그때였다.

"하아~ 답답해."

결국 답답함을 이기지 못한 무유화가 내실을 박차고 뛰쳐나왔다.

그녀의 입에서 커다란 한숨이 나오는 것은 당연지사.

그 모습이 고소한 듯 용노야가 무유화를 바라보며 중얼댔다.

"내 그 마음 알다마다. 아암! 내 그 마음 십분 이해하니라. 좀 답답할 것이니라. 아니, 좀 많이 답답할 것이니라. 끌끌끌!"

"할아버지, 쟤 왜 저래요? 정말 미치겠네. 아휴~ 아휴~"

무유화가 용노야에게 답답함을 쏟아내다 말고 이내 내실 쪽을 째려보며 깊은 한숨을 폭폭 내쉬었다.

"내 뭐라 했더냐. 그래도 이름이나마 쓸 줄 아는 게 어디더냐. 기특한 놈. 껄껄껄!"

용노야가 그래도 기특한지 껄껄댔다.

그때 윤이 뒷머리를 긁적이며 내실에서 모습을 드러냈다.

"끄, 끝난 거야?"

"끝나긴 뭘 끝나! 아까 외우라는 거 빨리 들어가서 안 외워!"

"조, 좀, 쉬, 쉬었다 하면 아, 안 될까?"

"쉬긴 뭘 쉬어! 대체 뭘 했다고! 한 시진 동안 달랑 글자 두 개를 외워놓고! 그것도 내일이면 또 까먹을 거잖아!"

"모, 모, 목마른데. 배, 배도 고프고……."

"아휴~"

머리가 지끈거리는지 무유화가 고운 손으로 이마를 덥석 짚곤 고개를 절레절레 흔들었다.

"아, 아까 내가 싸온 그 많은 다과 혼자 다 먹었잖아."

이마를 짚은 채 고개도 들지 않고 무유화가 나지막이 속삭이듯 말했다. 화가 날 때 무유화가 행하는 버릇 중 하나였다.

"그, 그건 다, 다과고. 바, 밥은? 모, 목도 마른데."

"휴우~ 휴우~."

"껄껄껄!"

윤은 배고프다 계속 칭얼댔고, 무유화는 연신 한숨을 폭폭 내쉬었다. 그리고 용노야는 뭐가 그리 즐거운지 껄껄 대소를 터뜨렸다.

"그만 했으면 손들 때도 되었는데. 이쯤에서 그만 포기하는 것이 어떻겠느냐? 그 정도만 해도 대성공이란다, 유화야."

"포기는 무슨 포기예요! 난 저, 절대 포기 못해! 너, 빨랑 안 들어가! 아까 외우라고 한 거 못 외우면 오늘 밥은 없는 줄 알아! 알았어?"

"오, 오늘 후, 훈련대장 오는 나, 날인데."

"훈련대장이고 뭐고. 아까 시킨 거 못 외우면 오늘 밥 없어! 알았어? 당장 안 들어가!"

무유화의 고성에 용노야가 고개를 절레절레 흔들며 입맛을 쩝쩝 다셨다.

"글 스승이 저리 쉽게 흥분해서야 누가 겁나서 글을 배우겠나. 외울 글도 못 외우겠구만."

*　　*　　*

정갈하게 차려진 상차림.

범인이라면 일 년 내내 구경조차 할 수 없는 진귀한 음식도 많이 보였다.

정말이지, 절로 군침이 도는 상차림이었다.

하지만 누구 하나 군침을 흘리는 자는 없었다.

"사내의 젓가락질이 그게 무엇이더냐? 오늘도 입맛이 없는 것이냐?"

염화탁이 부실하게 젓가락질을 하는 염부심을 향해 꾸중하듯 말했다.

"아, 아닙니다."

염화탁의 핀잔에 주눅이 든 염부심이 말을 더듬었다.

무유화와 혼인이 없었던 일로 되어버린 후 그의 표정은 늘 어두웠다.

"오늘도 훈련대장 이주하가 용노야의 거처로 향했다 합니다. 용노야의 거처로 가는 발길이 요즘 들어 부쩍 늘었더군요."

다소곳한 자세로 음식을 먹는 음서서가 지나가는 말투로 말을 건넸다.

"크흠! 그게 뭐 어쨌다는 거요? 친분이 두터웠던 사이이니 당연한 것이 아니겠소."

"그러니 문제가 아니겠습니까?"

"그건 또 무슨 말이오?"

"아무리 이빨과 발톱이 빠졌다 하나 범은 범이지요. 아직까지도 예전의 향수에 젖은 철혈무가의 식솔들이 제법 많답니다."

말은 모호했지만 그 뜻은 명확했다.

철혈무가의 재편에 용노야가 큰 걸림돌이 될 수도 있다는 말이었다.

"중전에서 쫓겨나다시피 떠난 형님이오. 그 일로 반감을 가진 무인이 한둘이 아니었소. 더 이상의 간섭은 오히려 화를 자초할 수 있음이오."

"그래서 더 큰 문제가 아니겠습니까. 훈련대장이 기웃거리니 이제는 너도 나도 기웃거릴 기세가 아니겠습니까."

"크흠!"

염화탁이 거북한 헛기침을 내뱉었다. 대화의 화제를 돌리고 싶은 의중이었다.

하지만 화제를 바꿀 음서서가 아니었다.

"듣자 하니 한동안 뜸하던 아가씨도 하루를 거르지 않고 용노야의 거처에 든다 합니다. 그 이유가 아주 가관이더군요."

음서서가 무유화를 언급하자 순간 염부심의 귀가 쫑긋 세워졌다.

"아십니까, 그 이유를?"

물론 염화탁도 알고 있었다. 단지 염부심만 모를 뿐이었다.

"시종에게서 듣자 하니 그 바보에게 글을 가르치고 있다 하더이다. 그 바보에게 말이지요. 아가씨의 시종을 다그치니 용노야의 거처에 갈 때마다 그 바보에게 주려고 손수 다과도 챙긴다 하더이다. 정 글을 가르치고 싶다면 글 스승을 따로 부르

면 될 일이거늘, 체통도 없이. 혹 딴 뜻이 있는 건 아닌
지……."

'혹 딴 뜻이 있는 건 아닌지'란 말에 염부심의 미간이 심하게
좁혀졌다.

"비록 바보이나 가주께서 유독 아끼시던 아이요. 더군다나
돌아가시기 전 가주께선 그 아이의 안녕을 유언하셨소. 그 뜻을
유화 또한 거부할 수 없었을 테고. 다른 뜻이라니. 당치 않은 소
리요."

"당치 않은 소리인지 아닌지는 지켜봐야 알 일이 아니겠습니
까. 곰곰이 생각해 보면 너무도 의문스럽지 않습니까. 대관절
그 바보가 뭐기에 가주를 비롯해 그토록 지극 정성이랍니까. 그
놈을 놓고 대체 몇 명이 달라붙은 것이란 말입니까."

듣고 보면 그럴싸한 말이었다.

하지만 고개를 절레절레 흔드는 염화탁이었다.

그런 그에게 음서서가 또다시 달라붙었다.

"정녕 상공께선 그 바보의 정체가 궁금하지 않더란 말입니
까? 철혈무가의 그 누구도 그 바보의 정체를 모르고 있습니다.
그 이름조차 모르질 않습니까. 가주께서 붙여준 윤이라는 이름
을 제외하면 대체 아는 것이 무엇이란 말입니까. 그저 추운 어
느 겨울날 가주의 손을 잡고 나타났다는 것이 그 바보에 대한
전부입니다. 그런 하찮은 바보에게 지금 사람들이 달라붙고 있
질 않습니까. 용노야께서는 한술 더 떠 그 아이를 무사로 키우
고 있다 하질 않습니까. 대체 이게 말이나 될 법한 소리입니까.
체통이 있는 것인지……."

"그만하오!"

또다시 체통 운운하는 음서서에게 짐짓 화난 듯 염화탁이 낮게 소리쳤다.

"……."

염부심은 고개를 숙인 채 애꿎은 젓가락만 만지작거릴 뿐이었다.

하지만 그런 그의 두 눈은 분노로 이글거렸다.

"그만하시라면 그만해야겠지요. 그나저나 어서 드십시오. 아랫것들에게 신경을 좀 쓰라 했습니다. 무엇 하는 게냐, 어서 들지 않고."

"예, 어머니."

음서서의 재촉에 염부심이 힘없이 대답했다.

자신의 거처로 돌아온 염부심은 들끓는 감정을 주체할 수 없었다.

그 시작은 음서서가 무유화의 이야기를 꺼내면서부터였다.

뭐라 표현해야 할까.

어쩌면 분노일 수도 있고 또 어쩌면 질투일 수도 있었다.

꽈득—

바보를 상대로 질투라니.

염부심이 어금니를 꽉 깨물며 고개를 세차게 흔들었다.

그런 것이 아니라고 주문을 걸 듯 외쳐 보지만, 그는 분명 바보 윤에게 질투심을 느끼고 있었다.

"그럴 리가 없어. 그럴 리가 없다고……."

염부심이 파리한 두 주먹을 불끈 쥐고는 미친 듯 중얼거렸다.

무유화가 바보 윤을 많이 챙겨준다는 사실은 예전부터 익히 알고 있었다.

그 사실이 달갑진 않았지만 너그러운 마음으로 이해해 주었다. 그런데 부글부글 들끓는 이 감정은 대체 무엇이란 말인가.

자존심이 상했다.

분노와 질투심이 치밀어 올랐다.

연신 고개를 도리질 쳐보지만 한번 들끓은 염부심의 감정은 쉽사리 식지 않았다.

"천치 바보 놈이 감히 무공도 모자라 글을 배워?"

바보 윤을 떠올리자 염부심의 분노가 더욱 끓어올랐다.

'왜?! 왜! 바보 놈도 할 수 있는 것을 나는 못하는 것이란 말이냐! 왜! 왜!'

꽝!

염부심이 점점 더 타오르는 질투심과 분노로 거칠게 탁자를 후려쳤다.

고질적인 병마를 안고 태어난 반쪽짜리 육체가 염부심의 발목을 잡고 있었다.

그토록 익히고 싶은 무공이건만, 바보 놈조차 수련하는 무공이건만, 그런 무공을 염부심은 결코 익힐 수가 없었던 것이다.

* * *

그 모습을 언뜻 보니 이제 다 큰 어른의 몸집이었다.

움직일 때마다 꿈틀대는 근육을 보고 있노라니 젊음의 혈기가 절로 느껴졌다.

"그놈 참! 하루가 다르게 빨리도 자라는구나."

이주하와 대결을 펼치는 윤을 바라보며 용노야가 중얼대곤 이내 시선을 옆으로 돌렸다.

그런 그의 시선에 넋이 나간 사람처럼 두 사내의 대결에 푹 빠져 있는 어여쁜 미소녀가 들어왔다.

"뭘 그리 넋이 나간 사람처럼 쳐다보느냐? 저 무식한 결투가 재밌더냐?"

"예, 예? 할아버지, 지금 뭐라 하셨어요?"

무유화가 당황하여 물었다.

"내가 네게 뭘 물었다고 그러느냐? 그냥 혼자 중얼거렸을 뿐이다."

머쓱한 표정으로 용노야가 말했다.

"아, 그러셨어요. 와! 그나저나 윤이 정말 대단하네요. 훈련대장을 상대로 저 정도라니."

용노야에게 정말 놀랍다는 듯 무유화가 자그마한 입을 딱 벌리곤 감탄했다.

"언제 저런 실력을 만들었대요?"

아무리 여아일지라도 철혈무가의 핏줄이라면 의당 손쉬운 무공이라도 익힐 법도 한데, 거짓말 하나 안 섞어 무유화는 무공의 무 자도 모르는 상태였다.

무유화가 무공에 전혀 관심을 두지 않은 것이 그 이유가 될 수 있지만, 결정적인 것은 뭐니 뭐니 해도 철혈무가의 가주였던 무진강이 무유화를 자유롭게 키웠기 때문이라 할 수 있었다.
 사실 무유화의 근골은 무공을 익히기에 아주 부적합한 몸이었다.
 그 근골을 못 바꾸는 것은 아니지만 무진강은 굳이 근골까지 바꿔가며 무유화에게 무공을 가르치고 싶지 않았다.
 더구나 장본인인 무유화가 무공을 익히는 것을 아주 싫어했다. 어릴 적부터 글을 읽고 서화를 그리는 것을 무척이나 좋아하는 무유화였다.
 무진강은 그것으로 만족했고, 행복했다.
 무유화 자신의 인생이었다.
 자신이 진정 좋아하는 것을 해야 그 인생도 행복할 수 있음을 무진강은 알고 있었던 것이다.
 "와! 바보가 바보 같지 않으니 너무 이상해요."
 처음으로 윤의 비무를 봐서일까, 무유화가 연신 감탄을 연발했다.
 이주하와 윤의 비무는 종국으로 치닫고 있었다.
 지금껏 헤아릴 수도 없이 많은 비무를 펼쳤던 윤이다.
 물론 상대는 이주하였다.
 그 많은 비무를 펼치는 동안 윤은 어느 정도 이주하의 장단점을 파악하고 있었다.
 물론 윤의 생각일 뿐이지만 놀라운 변화가 아닐 수 없었다.
 바보가 그런 생각까지 하고 있었다니.
 그럼에도 불구하고 여전히 이주하의 옷깃조차 건드리지 못하는 윤이었다.

아무리 윤이 용을 쓰고 발버둥을 쳐도 결과는 매번 똑같았다.
오늘 같은 날 멋지게 공격이 먹혀들면 좋으련만.
그저 꿈같은 망상일 뿐이었다.

"수고하셨네."
비무가 끝난 후 용노야가 이주하에게 고마움을 표했다.
"저야 쉬엄쉬엄 노는 것인데 수고라니요. 매번 전력을 다해 땀을 흘리는 윤이가 수고가 많지요. 후후."
아무리 바보라지만 오늘만큼은 자존심이 상했다.
오늘은 너무도 특별한 날인데.
그 누구도 아닌 무유화가 직접 자신을 지켜보고 있었는데.
"……."
순간 윤의 얼굴이 창피함에 벌겋게 달아올랐다.
검술만큼은 그래도 자신 있었는데.
"어라? 윤아, 네 얼굴이 왜 그리 빨개지는 것이더냐? 너 어디 아픈 게냐?"
눈치없게도 용노야가 갑작스럽게 변한 윤의 얼굴색을 물고 늘어졌다.
하지만 용노야가 정말 눈치가 없어서인지 의문이 들었다.
"허허! 점점 더 빨개지는구나. 우리 윤이가 정말 많이 아픈 모양이로구나. 이 일을 어찌 할꼬."
"아, 아픈 거야?"
용노야의 놀림에 순진한 무유화가 걱정스런 얼굴로 윤의 곁으로 다가가 그의 뜨끈뜨끈 달아오른 이마를 살포시 짚었다.

"어머! 열이 너무 많아. 윤이, 너 정말 어디 아프구나. 할아버지, 열이 너무 많은데요."
"훈련대장, 우리 윤이가 아픈데 이 일을 과연 어찌하면 좋겠나?"
"후후, 그만하십시오, 노야. 표정을 보아하니 안 그래도 밤을 새울 기세인데 저러다 정말 몸이라도 상할까 걱정입니다."
"밤새 검을 휘둘러 몸이 상할 정도라면 과연 젊음이라 할 수 있겠는가. 이보시게, 훈련대장."
"하명하십시오, 노야."
"나 같으면 말일세, 옷깃 하나 건드리지 못한 창피함에 얼굴도 들지 못하고 일 년 내내 밤을 새워 검을 휘둘렀을 걸세. 남아라면 그 정도의 자존심은 있어야 않겠나. 벌써 반년이 훌쩍 지났거늘. 쯧쯧!"
탄식하듯 용노야가 말했다.
그에 윤이 안절부절못하며 어찌할 바를 몰라 했다.
그러면 그럴수록 그의 얼굴은 더더욱 벌게지며 뜨거워졌다.

그 시각.
한 사내가 들뜬 표정으로 걸음을 재촉했다.
오후 햇살을 가르는 그의 발걸음이 꽤나 경쾌했다.
"공자님, 가모입니다."
"들어오세요."
공손한 어투의 음성이 밖에서 울렸다.
이에 염부심이 나지막한 음성으로 화답하자 날렵한 외모의 한 사내가 허리를 굽실거리며 내실로 들어섰다.
"부르셨습니까, 공자님."
염부심의 호출을 받기는 또 생전 처음이라 중전무사 가오성이 얼떨떨한 표정으로 염부심 곁으로 조심조심 다가갔다.
그 걸음걸이가 지극히 공손했다.
당연한 일이었다. 상대는 철혈무가 소가주의 신분이었다.
"편히 앉으세요."
"서 있는 것이 편합니다."
"내가 불편해서 그래요. 앉으세요."
"그, 그럼 무례를 용서하십시오."
가오성이 무례란 말까지 운운하며 자리했다.
하긴 무례라는 표현이 어울릴 법도 했다.
중전의 하급무사인 가오성에게 있어 염부심은 하늘이나 마찬가지였으니 말이다.
'나에게도 기회가 올 수 있음이다. 오성아, 잘해야 한다. 한 치의 실수라도 하는 날에는 천당으로 갈 수 있는 길목에서 자칫 저 끝 나락으로 떨어질 수도 있음이다. 오성아, 오성아, 정신 바짝 차려야 한다.'
가오성이 마음속으로 주문을 걸 듯 외쳐 댔다.
반드시 성공하리란 커다란 꿈을 품고 철혈무가에 몸을 담은 가오성이다.
품은 뜻이 크기에 가오성은 시간이 모자랄 정도로 불철주야 뛰었다.
하지만 안타깝게도 그의 꿈은 쉽사리 이루어지지 않았다.

아니, 점점 더 요원해지기만 했다.

열심히 뛰고 열심히 노력해서 되는 일이 있고 그렇지 않은 일이 있음을 그는 몰랐던 것이다.

무림이란 세계는 무공이 뒷받침되지 않고서는 감히 성공을 운운할 수 없는 곳이다.

아니, 하늘의 별 따기처럼 불가능에 가깝다 할 수 있었다.

가오성이 지금껏 그의 뜻을 이루지 못한 이유가 바로 여기에 있었다.

아무런 근본도 없는 가오성이 자신의 무공을 절정으로 발전시켜 줄 기연을 얻는 것은 실로 어려운 일이었다.

그런데 뜻하지 않은 기회가 온 것이다.

중전의 하급무사 따위에겐 절대 올 수 없는 기연이 지금 눈앞에 펼쳐진 것이다.

염부심의 두 눈에만 들 수 있다면.

철혈무가 소가주의 두 눈에만 들 수 있다면.

가오성에게 있어서는 이 하나의 사건만으로도 엄청난 기연을 얻은 것이나 진배없었다.

"부탁할 일이 있어 그대를 불렀습니다."

부탁이라니 말도 안 되는 소리였다.

목숨만 잃지 않는다면 가오성은 지금 당장에라도 자신의 배알을 꺼낼 판이었다.

"당치 않습니다. 부탁이라니. 이 가 모, 몸 둘 바를 모르겠습니다. 그러니 말씀을 거두어주십시오. 공자님의 명이시라면 이 하찮은 목숨, 언제든 걸 각오가 되어 있습니다."

"그 말 믿어도 되겠습니까?"

목숨을 건다는 가오성의 말에 염부심이 진지한 음성으로 되물었다. 그 음성에서 결코 장난기는 찾을 수 없었다.

가오성의 두 어깨가 움찔거렸다.

하지만,

"이 가 모, 어찌 공자님께 거짓을 아뢰겠습니까."

가오성의 변화를 놓칠 리 없는 염부심이었다.

하지만 가오성의 우렁찬 대답만으로도 만족한 눈빛을 보이는 그였다.

한 번도 눈여겨본 적이 없는 자다.

얼굴을 마주한 적도 없고, 당연히 말을 섞은 적도 없다.

그런데 그런 자가 자신에게 목숨까지 운운하고 있다.

권력이란 것이 이런 것인가.

염부심의 입가에 만족스러운 미소가 매달렸다.

"그럼 말하겠습니다."

"이 가 모, 공자님을 명을 받잡겠습니다."

"지금 오가는 대화는 죽는 그 순간까지 함구해야 할 것입니다."

"여, 여부가 있겠습니다."

죽음이란 말에 가오성이 켕기는 것이 있는지 말을 더듬거렸다.

'이, 이런 제길! 치, 침착해라., 오성아. 제발 침착해라, 오성아.'

자신의 실수를 깨달았는지 가오성이 다시금 마음을 굳게 고쳐 잡았다.

"그대가 할 일은 다름이 아니라 용노야의 거처를 아무도 모르게 염탐하는 것입니다. 그리고 염탐한 내용을 나에게 보고하는 것입니다."

'이, 이런! 샤, 썅! 썅! 썅……!'

설마 하니 용노야란 이름이 나올 줄은 꿈에도 몰랐는지 가오성이 마음속으로 마구 욕을 퍼부었다.

염부심이 죽음까지 운운한 이유가 확연히 드러나는 순간이었다.

용노야의 거처는 철혈무가의 모든 식솔들에게 있어 절대 넘봐서는 안 될 금지의 장소였다.

철혈무가의 가주가 될 염화탁조차도 용노야의 허락 없이는 그의 거처에 발길을 줄 수 없었다.

그런 용노야의 거처를 마음대로 드나들 수 있는 사람은 오직 용노야 자신과 바보 윤, 그리고 무유화뿐이었다.

아니, 이제는 한 사람이 더 늘었으니, 그는 다름 아닌 훈련대장 이주하였다.

들리는 소문에 의하면 용노야가 중전에서 쫓겨나던 날 염화탁과 독대를 하는 자리에서 이루어진 약속이라 했다.

그리고 그 약속이 지켜지는 조건으로 용노야는 자신에게 귀속되어 있던 모든 권한을 염화탁에게 넘겼다 한다.

용노야와의 독대 후 염화탁은 철혈무가의 모든 식솔을 불러 모아 불문율의 공언을 내렸다.

가오성 또한 그 자리에 있었기에 염화탁의 웅혼한 내력이 담긴 음성을 똑똑히 들을 수 있었다.

"지금 이 순간 이후로 좌호법께서 거처하시게 될 북호정으로 발길을 주는 자는 그 인물과 직위를 막론하고 엄벌에 처할 것을 명하노라. 이는 여기 서 있는 본인 또한 해당되는 말임을 명심해야 할 것이다."

*   *   *

정말 그 특별한 날 이후로 윤은 밤을 새워가며 검을 휘둘렀다.

여전히 오합지검을 펼칠 뿐이지만 윤에게 있어 검술의 종류는 중요하지 않았다.

아니, 그에게 있어 오합지검은 가장 소중한 검술이었다.

다른 검술을 아는 게 없으니 당연한 일이었다.

어떻게든 이주하의 옷깃을 건드리기 위해 윤은 손바닥이 짓무를 정도로 검을 휘둘렀다.

그 오기와 끈기에 용노야가 혀를 내두를 정도였다.

그저 윤에게 동기를 좀 더 부여하려고 던진 농이었는데 그만 커다란 사단이 터지고 말았다.

식음을 전폐하다시피 검에만 몰두하는 윤의 건강이 우선 걱정이었다. 그 좋아하던 글공부도 패대기친 지 오래였다.

무유화의 말이라면 저승길도 마다않던 윤인데 그날 이후론 검을 빼곤 모든 게 아니올시다였다.

사실 윤은 철혈무가의 하급무사와 실전을 펼쳐도 전혀 꿇리지 않을 실력이었다.

물론 이 사실을 윤이 알 턱이 없었다. 그의 상대는 오직 훈련대장 이주하였으니 말이다.

하지만 이주하가 대체 누구이던가.

무공 실력만 따진다면 철혈무가에서 열 손가락 안에 드는 절정고수가 바로 그였다.

무진강이 그 자질을 알아보고 직접 키웠을 정도이니 그 실력을 따로 설명할 필요도 없었다.

그런 자를 상대로 옷깃 하나 건드리지 못했다고 억울해하는 윤을 누가 봤다면 정말 기가 차서 말도 못할 일이었다.

더구나 이주하를 상대하는 윤이 단순한 오합지검만 펼쳤다는 사실을 안다면 입을 쩍 벌릴 일이었다.

만약 윤이 용노야의 절기를 조금이라도 배웠다면 상황이 또 어찌 변했을지 아무도 장담할 수 없었다.

심지어 용노야조차도 가끔 그 상황을 상상할 때면 고개를 절레절레 젓곤 했다. 상상 이상으로 빠른 성취를 보이는 윤이었다.

과연 그 누가 있어 그 단순한 오합지검만으로 훈련대장을 상대할 수 있을까.

그러나 윤은 불가능할 것 같던 일을 가능으로 이끌어내고 있었다.

이젠 훈련대장 이주하도 검을 뽑지 않고서는 윤을 상대할 수 없었다.

어찌나 검이 빠르고 정확한지 시시각각 감탄이 터져 나올 정도였다.

더 놀라운 사실은 그 검속을 유지하면서도 검끝에 흔들림이 없다는 사실이다.

이주하 자신 또한 손바닥이 헤아릴 수 없이 찢기고 나서야 얻을 수 있던 성취를 윤은 채 일 년도 되지 않는 시간에 이뤄냈던 것이다.

그 성취를 이루기 위해 윤은 과연 얼마나 많은 검을 휘둘렀던 것일까.

그의 오기와 끈기, 그리고 근성을 인정할 수밖에 없는 용노야와 이주하였다. 아니, 비록 바보라지만 윤이 타고난 자질을 고개 숙여 인정할 수밖에 없는 그들이었다.

"아휴~ 안 아파?"

거칠게 갈라진 손바닥 곳곳에서 흐르는 핏물을 발견하곤 무유화가 고운 아미를 팍 찡그렸다.

"헤헤! 아, 안 아프다."

"피가 이렇게 흐르는데 안 아프긴 뭘 안 아파. 그리고 손이 이렇게 망가졌는데 수련은 무슨 수련이야."

걱정이 과하면 짜증이 섞인다 했던가.

하지만 그녀의 고운 눈빛은 진한 걱정으로 잔잔히 흔들리고 있었다.

"금창약이라도 발라야겠다. 잠깐만 기다려. 내 얼른 다녀올 테니."

무유화가 서둘러 뒤뜰을 벗어났다.

그렇게 얼마의 시간이 지났을까.

그녀는 헉헉대며 떠나기가 무섭게 다시 돌아왔다.

그런 그녀의 우수엔 귀한 비단 주머니가 들려 있었다.

"……."

요사이 안쓰러울 정도로 푸석해진 윤의 옆얼굴을 바라보던 무유화가 입술을 잘근 깨물곤 그의 곁으로 서둘러 다가가 앉았다.

"아휴~ 미련한 곰도 이러진 않을 거야. 대체 왜 이렇게 미련한 짓을 하는 거야."

무유화가 울먹이는 표정으로 미련한 바보 윤을 다그쳤다.

하지만 그의 손바닥에 금창약을 바르는 그녀의 손길만은 조심스럽기 그지없었다.

"바, 바보같이……."

고개를 숙인 무유화의 퉁방울만 한 두 눈이 어느새 붉게 물들었다.

윤이 왜 이리 미련한 짓을 하는지 너무도 잘 알고 있었기 때문이다.

대체 자신이 뭐라고 이토록 미련한 짓을 하는 것일까.

무유화는 가슴이 미어질 듯했다.

여생을 편히 마감해야 할 용노야도, 모든 이들이 바보 천치라 놀리는 윤도 결코 자신들을 위한 삶을 살지 않았다.

그들이 살아가는 이유는 오직 무유화 자신뿐이었다.

'제발 이러지 마. 그럼 내가 너무 미안해서 너에게 고개를 들

수 없잖아, 이 바보야.'
 미안함에 젖은 눈망울에서 기어코 아련한 눈물이 흘렀다.
 "우, 울지 마. 유, 유화는 웃는 게 이, 이쁘다. 헤헤."
 "우, 울긴 누가 운다고 그래, 이 바보야!"
 무유화가 짐짓 쾌활한 척 소란스런 음성을 내뱉었다.
 하지만 쉽사리 멈추지 않는 눈물 때문에 그녀의 고개는 더욱 깊숙이 숙여졌다.

 그날 밤.
 부르르―
 가오성을 만난 후 염부심의 파리한 입술이 부르르 떨렸다.
 마치 모든 감정이 일시에 폭발한 듯 그 모습이 위태해 보였다.
 "어, 어찌……."
 뭉개진 자존심을 일으키려 함일까.
 염부심의 두 눈이 화마가 타오르듯 이글거렸다.
 "나를 어찌 이토록 초라하게 만든단 말인가. 그대가 어찌!"
 너무도 억울해서일까.
 시뻘게진 염부심의 두 눈에서 원망에 가득 찬 눈물이 흘러내렸다.
 그토록 좋아하는 여인이건만, 그토록 같이하고픈 여인이건만.
 "대체, 대체! 내가 그 바보보다 못한 게 대체 무엇이란 말인가! 대체 무엇이란 말인가!"

염부심이 가슴을 쥐어짜듯 낮게 울부짖었다.

                    *   *   *

다음날.

구슬땀을 흘리던 윤이 뒤뜰 저편을 바라보며 고개를 갸웃거렸다.

사내.

북호정과 전혀 어울리지 않는 염부심의 등장 때문이었다.

윤의 얼굴에 혼란스러움이 가득했다.

"오랜만이구나."

"······?"

어리둥절한 윤.

"그간 잘 지냈느냐? 할아버지께서는 출타를 하셨느냐?"

윤에게 다가온 염부심이 파리한 입술을 달싹이며 입을 열었다.

"어, 어······. 아, 아까."

당황한 표정으로 윤이 더듬댔다.

어지간해서는 거처를 벗어나지 않는 염부심이었다.

그 이유가 무엇 때문인지는 모르지만, 염부심의 얼굴을 본다는 것 자체가 기적에 가까울 정도로 폐쇄적인 생활을 하는 그였다.

그런 그가 북호정을 찾았으니 놀라운 일임에 분명했다.

더구나 북호정은 금지의 영역이 아니던가.

"무공을 수련하고 있었나 보구나."

염부심이 땀으로 흠뻑 젖은 윤의 상체를 바라보며 말했다.

잘 발달된 몸이었다.

마치 장인의 조각을 보듯 완벽해 보였다.

얼마나 고된 수련을 했기에 저런 몸을 가질 수 있을까.

그토록 아니라고 부정했던 질투심이지만, 바보의 몸뚱이를 보니 절로 끓어올랐다.

더불어 모멸감에 가까운 수치심이 그의 가슴을 진탕시켰다. 하지만 애써 속내를 감추며 염부심이 물었다.

"힘들지 않느냐?"

"재, 재밌다. 헤헤."

윤이 뒷머리를 긁적이며 대답했다.

그의 표정이 정말 즐거워 보였다.

"한번 보여줄 수 있겠느냐?"

윤의 검술 수련을 보고자 함이었다.

염부심이 부탁하자 윤이 망설였다.

하지만 그것은 잠시뿐이었다.

쐐애액―

윤의 매서운 일검에 공기가 거침없이 갈라졌다.

그 검속이 얼마나 빠른지 염부심의 눈으로는 감히 쫓을 수가 없었다.

순간 염부심의 표정에 놀라움이 어렸다.

아니, 부러움과 질투심이 범벅이 된 묘한 감정이 그의 머릿속을 어지럽혔다.

염부심 또한 지금 눈앞의 윤처럼 굵은 땀방울을 흘리며 미친 듯 검을 휘두르고 싶었다.

하지만 그럴 수가 없었다.

찬바람도 함부로 맞을 수 없는 몸뚱이일진대 검이라니.

당치도 않은 일이었다.

"후우……."

눈 깜짝할 새 오합지검을 펼친 윤이 긴 숨을 내쉬었다.

목검 끝을 바라보는 윤의 눈빛은 태양을 머금을 정도로 진지하기 그지없었다.

그의 눈빛과 부러움 가득한 염부심의 두 눈빛이 극명한 대조를 이루고 있었다.

'바보라도 좋으련만…….'

"크큭."

순간 염부심의 입꼬리가 길게 찢어졌다.

자신의 모습이 너무도 초라해 보였다.

바보보다 못한 삶이라 생각하니 더욱 그랬다.

지위가 높으면 무엇 할까.

썩은 몸뚱이로 태어나 썩은 삶을 살아가고 있는데.

차라리 바보였음 싶었다.

아무것도 모르는 천치였다면 이리도 비참하고 초라하지는 않을 텐데.

"아가씨가 그리 좋으냐?"

"유, 유화?"

"그렇다. 유화 아가씨가 그리 좋더냐?"

"유, 유화 좋다. 유, 유화는 유, 윤이가 지킨다. 헤헤."

'바보 놈 주제에! 감히!'

분노가 들끓었지만, 염부심은 내색하지 않았다.

감정을 표출한다 한들 바보가 그 상황을 알 리 만무했기 때문이다.

"남은 시간이 얼마 남지 않았으니 부지런히 익혀야 할 것이다. 후후……."

염부심이 독백과도 같은 음성을 내뱉곤 싸늘한 미소를 지어 보였다.

이에 윤이 멍한 눈빛으로 고개를 갸웃거렸다.

그런 윤을 한참 동안 바라보던 염부심이 차갑게 발길을 돌려 세웠다.

그리고 멀어져 가는 염부심의 뒷등을 윤이 무심히 바라봤다.

방금 전 어리둥절했던 표정과 달리 그의 눈빛이 순간 반짝 빛났다 사라졌다.

그 시각.

염부심의 거처에선 음서서의 불호령이 떨어졌다.

그녀의 불호령에 시녀들은 두려움에 온몸을 부들부들 떨 뿐이었다.

"당장 찾아오지 못할까?!"

노기 가득한 음서서의 음성에 시녀들이 부리나케 자리를 피했다.

그런데 그때,

"저 때문이라면 그러실 필요없습니다, 어머니."

때마침 거처로 돌아온 염부심이 내실로 들어서며 입을 열었다.

"대체 말도 없이 어디를 다녀온 것이냐? 바람을 쐬고 싶다면 이 어미에게 기별을 넣었어야 할 일이 아니더냐?"

음서서의 꾸중엔 아들을 향한 어미의 진한 걱정이 묻어 있었다.

'언제까지 저를 새장 속의 새처럼 키우실 참입니까? 차라리, 차라리 이렇게 살 바엔 죽고 싶단 말입니다! 바보만도 못한 삶이거늘, 더 산다 한들 무슨 의미가 있단 말입니까?'

염부심은 고래고래 소리라도 지르고 싶었다.

하지만 그는 숨소리조차 제대로 내질 못했다.

잠시 침묵이 흐르고,

"……."

염부심이 음서서를 향해 고개를 떨어뜨렸다.

그런 그의 두 볼로 굵직한 눈물이 흘러내렸다.

힘없이 들썩이는 염부심의 두 어깨를 바라보던 음서서가 당황한 기색으로 그에게로 다가와 입을 열었다.

"무, 무슨 일이 있었던 게냐? 왜 눈물을 흘리는 것이더냐? 네가 왜?"

"어, 어머니……. 흐흑."

"부심아, 왜 그러느냐? 무슨 일이 있었던 게냐?"

음서서가 흐느끼는 염부심의 두 어깨를 감싸며 다급한 음성으로 말했다.

하지만 염부심은 아무런 말도 꺼내질 않았다.

그저 하염없이 눈물만 흘릴 뿐이었다.

'살고 싶습니다. 이렇게 사는 것이 아니라, 정말 사람처럼 살고 싶단 말입니다. 새장 속의 새가 아닌 사람으로 말입니다.'

거처로 돌아온 음서서의 표정이 깊은 어둠에 잠겨 있었다.

뭐 하나 부러울 것 없는 그녀지만, 아들인 염부심을 생각할 때면 억장이 무너져 내렸다.

병이 호전되는 건 애당초 바라지도 않았다.

그저 여기서 더 악화만 되지 않아도 하늘에 감사하고 또 감사할 뿐인데.

"하아······."

음서서의 입에서 장탄식이 터져 나왔다.

'이대로 지켜만 보지는 않을 것이다. 내 악마라 손가락질을 받더라도, 내 지옥 불구덩이 속으로 들어간다 해도 부심이만은, 내 아들 부심이만은 살려낼 것이다.'

순간 음서서의 표정에 결연한 의지가 피어났다.

第四章　쥐를 사냥하다

수호무사

달빛 그윽한 시각.
이주하가 비밀리에 용노야의 거처를 찾았다.
"이 야밤에 훈련대장께서 어쩐 일이신가?"
말은 편했지만 표정만은 그렇지 못했다.
말 그대로 야밤이었다.
훈련대장이 용노야의 거처를 찾을 이유가 없는 시각이었다.
그렇다면 뭔가 중요한 사실을 전하기 위해서란 말이거늘.
"이 야밤에 차를 우리라는 말은 아닐 터. 편히 말씀하시게. 무슨 일이신가?"
그 음성에 여유가 물씬 풍겼다.
그 모습에는 천년의 풍파를 이겨낸 거목의 기세가 서려 있었다.

뼛속까지 배인 위엄이 마치 용노야의 전신을 에워싸는 듯했다.

"알고 계셨던 것입니까?"

이주하가 조심스럽게 물었다.

"무엇을 말인가?"

전혀 모르겠다는 듯 용노야가 되물었다.

"염탐꾼이 있었습니다. 속하도 오늘에야 그 사실을 알았습니다. 좀 더 신중했어야 하거늘. 속하, 노야를 뵐 면목이 없습니다. 용서하십시오."

"으음."

용노야의 입에서 가벼운 탄식이 터졌다.

하지만 이내 본래의 신색을 되찾곤 입을 열었다.

"어찌 그것이 훈련대장의 탓이겠는가. 모든 게 무기력하게 늙어버린 내 탓 때문이 아니겠나. 그나저나 어디에서 굴러온 쥐인가?"

표정 하나 변하지 않고 용노야가 물었다.

"중전입니다."

"본디 주인이 염화탁이란 말인가?"

"우호법이 아닌 염 공자입니다."

"부심이가?"

전혀 예상하지 못한 대답에 용노야가 믿기지 않는 표정을 지었다.

"유화의 발길 때문이란 말인가."

이주하에게 묻는 질문이 아니었다.

그저 탄식하듯 홀로 독백하는 말이었다.
"언제부터인가?"
침착한 음성으로 용노야가 물었다.
"속하의 짧은 소견으론 한 달 전쯤이라 사료됩니다."
측근에서 염 공자를 볼 수 있었기에 염부심의 변화를 더듬어 보니 그쯤으로 예상이 되어서 전한 말이었다.
"어찌하면 좋겠습니까?"
이주하가 용노야의 명을 기다렸다.
"중전에 고한다 한들 매를 맞는 건 북호정과 자네가 될 것이 아니겠나."
용노야가 아무렇지도 않다는 듯 말을 툭 던졌다.
염부심이 본디 그 쥐의 주인이라면 염화탁에게 이 사실을 고한다 한들 죽는 건 쥐요, 다치는 건 자신과 이주하란 사실을 용노야는 알고 있었다.
이주하 또한 모를 리 없었다.
그렇다고 모르는 척 넘어갈 수도 없는 노릇.
"잡아줄 사람이 없다면 내 손으로 직접 잡아야 않겠나. 그런데 이 일을 어찌하면 좋겠나. 내 늙어 그럴 힘이 없으니 말일세."
근 한 달 동안 염탐꾼이 자신의 거처 주변을 마음대로 활개를 쳤지만 눈치조차 채질 못했다니.
처연히 늙어버린 용노야의 음성에서 과거의 그리움이 진하게 배어났다.
"속하가 이 두 손으로 직접 잡아 노야께 대령하겠습니다."

이주하의 굵직한 검미가 분노로 꿈틀거렸다.

마치 예전 파락호 시절의 그를 보는 듯 그 모습이 섬뜩했다.

"천하의 훈련대장께서 북호정에 머물러 있음을 안다면 그 쥐가 어찌 감히 얼씬할 수 있겠는가. 그렇다고 중전에 가서 그의 멱살을 잡을 수도 없는 노릇."

삶의 경험이 풍부해서일까.

용노야는 지금의 상황을 정확히 꿰뚫고 있었다.

훈련대장 이주하가 용노야의 거처를 찾는 날이면 가오성은 북호정 근처에 얼씬도 하질 않았다.

목숨이 하나임을 요즘 들어 뼈저리게 느끼고 있는 그로서는 당연한 일이었다.

"이가 없다면 잇몸으로 씹으면 될 터. 잘되었네. 갑자기 잇몸의 능력을 보고 싶구만. 정말 이가 없어도 잇몸으로 씹을 수 있는지 구경이나 함 해보세."

순간 무슨 뜻인지 몰라 이주하가 고개를 갸웃거렸다.

하지만 이내 용노야의 의중을 파악한 그가 걱정스런 마음을 조심스럽게 내비쳤다.

"행여 윤이가 다칠 수도 있습니다. 그가 아무리 중전의 하급무사라 하나 엄연한 중전의 무사입니다."

용노야가 중전무사들의 능력을 모를 리 없었다.

중전은 철혈무가의 정예가 죄다 모인 장소였다.

달리 말해 철혈무가의 온 힘이 집중된 곳이 바로 중전이었다.

아무리 하급무사라 하나 삼류라 불릴 만한 사람은 하나도 없었다.

모두가 이류 이상의 중, 상급의 실력자들이었다.

"그래서 훈련대장이 보시기엔 우리 윤이가 그 쥐한테 무릎이라고 꿇을 것 같은가, 아니면 우리 윤이가 그 생쥐 한 마리를 못 잡을 것 같은가?"

용노야가 윤에 대한 진한 자부심과 무한한 믿음이 묻어나는 음성으로 말했다.

"그야……."

마땅히 할 말을 찾지 못한 이주하가 머뭇거렸다.

사실 윤의 실력은 직접 몸으로 경험한 이주하가 용노야보다 더욱 상세히 알고 있다 해도 과언이 아니었다.

가오성과 목숨을 놓고 사투를 벌인다 해도 전혀 꿇릴 것 없는 윤이었다.

하지만 어느새 윤에게 깊은 정을 느껴 버린 이주하가 행여나 하는 걱정으로 이맛살을 좁혔다.

*　　　*　　　*

윤은 정말 쥐를 잡으라는 말인 줄 알고 용노야의 말을 듣자마자 허겁지겁 헛간으로 달려가더니 커다란 빈 가마니를 들고 나왔다.

"쥐, 쥐를 잡아야 한다. 어, 어, 어디 있어?"

윤이 가마니의 입을 커다랗게 벌리곤 거처의 주위를 연신 돌아다니며 호들갑을 떨었다.

그 모습을 용노야가 착잡한 시선으로 바라봤다.

이거 괜한 짓을 하는 건 아닌지 갑자기 불안한 생각이 들었던 까닭이다.

"타고난 너의 그 몸뚱이가 네놈의 머리통을 얼마나 원망하는 줄이나 알고 그 호들갑이더냐? 하아~ 정말 안타까운 일이로다."

더없이 화창한 날 허허로이 떠도는 구름을 바라보며 용노야가 커다란 한숨을 내쉬었다.

"윤아, 호들갑 떨지 말고 제발 이리로 오너라."

"쥐, 쥐, 쥐를 잡아야 한다."

"제발! 이리로 오라고, 이놈아!"

"어, 어! 왜, 왜?"

용노야의 고함에 윤이 또 뭔 일인가 싶어 가마니를 든 채 달려왔다.

"네게 정말 미안하구나. 쥐를 쥐로 표현한 내 불찰이 크구나."

용노야의 알쏭달쏭한 말에 윤이 미간을 좁히며 고개를 갸우뚱거렸다.

"지금부터 내 말 잘 듣거라."

"어, 어."

더듬대며 윤이 대답했다.

"지금부터 네가 잡아야 할 쥐는 정말 쥐를 말하는 것이 아니니라. 우리가 살고 있는 이 거처를 탐방하는 사람을 지칭하는 말이다."

용노야가 주름진 검지를 곧추세워 땅바닥을 반복해서 가리키며 말했다.

"이곳! 바로 이곳! 우리가 살고 있는 바로 이곳을 쥐새끼처럼 염탐하는 놈이 있다는 말이다. 알.겠.느.냐?"

"모, 모, 모르겠는데."

가만히 생각하던 윤이 대답했다.

윤은 충분히 쥐를 잡을 수 있었다.

용노야에게 장담하라 하면 당연히 그럴 수 있는 일이었다.

그런데 애초에 윤에게 쥐라고 표현한 것이 그만 일을 키우고 말았던 것이다.

쥐로 표현했던 것을 사람으로 바꾸려니 난감하기 그지없었다.

그렇게 난감한 상황은 꽤 오랫동안 지속됐다.

"이제 이해를 하겠더냐?"

맥 빠진 음성으로 초조한 듯 용노야가 물었다.

"아, 알았어. 쥐, 쥐가 아니라 사, 사람. 헤헤."

그제야 이해를 했다는 듯 윤이 해맑은 웃음을 지으며 대답했다.

"그렇지! 바로 그거다! 쥐가 아니라 바로 사람! 아이고, 똑똑한 내 새끼!"

용노야가 마치 춤이라도 출 것처럼 쾌재를 부르며 좋아했다.

"기특한지고. 껄껄껄!"

답답했던 가슴이 뻥 뚫린 용노야가 기분 좋은 웃음을 터뜨렸다.

이제 남은 건 지금 이 순간 어딘가에 숨어 있을 쥐를 잡는 일

뿐이었다.
 물론 그러기 위해선 계획이 필요했다.
 하지만 용노야는 걱정하지 않았다.
 애당초 계획을 세울 생각이 없었기 때문이다.
 윤에게 쥐를 사람으로 이해시키는 것이 힘들 뿐.
 그 다음은 용노야에게 있어 너무나도 쉬운 일이었다.
 "어둠이 내리면 잡아오너라. 산 채로 말이다. 알겠느냐?"
 "어, 어둠이 내리면. 아, 알겠다. 헤헤! 재, 재밌겠다."

*   *   *

 무공은 평범할지 몰라도 은신술만큼은 알아주는 가오성이었다.
 바로 그 능력을 인정받아 염부심에게 불려갈 수 있었던 그였다.
 근 달포 동안 용노야의 거처 이곳저곳을 염탐하고 있었지만 용노야는 자신의 낌새조차 느끼지 못하고 있었다.
 처음엔 행여 들킬까 봐 두 다리가 후들거렸지만 지금은 너무나도 편한 신색으로 용노야의 거처를 기웃거리는 가오성이었다.
 물론 훈련대장 이주하가 방문하는 날이면 그는 코빼기도 비치지 않았다.
 아무리 성공이 좋다지만 죽음을 대가로 성공을 바랄 순 없었기 때문이다.

'오늘은 아가씨께서 많이 늦으시네.'

해가 중천에서 서쪽으로 반쯤 치우칠 때면 어김없이 모습을 드러내던 무유화가 오늘은 감감무소식이었다.

'이럼 곤란한데.'

눈치가 빠른 가오성은 염부심이 진정으로 무엇을 원하는지 알고 있었다.

그래서 그는 염부심의 두 눈에 빨리 들기 위해 무유화의 행동만을 집중적으로 살폈다.

그 결과, 당연히 용노야와 윤의 행동거지보다는 무유화에 대해 상세히 살까지 붙여가며 보고할 수밖에 없었다.

그럴 때면 염부심의 칭찬은 더욱 많아졌다.

'이제 얼마 남지 않았음이야. 지가야, 조금만 기다려라. 네놈을 내 아래에 두고 네가 저지른 만행을 천 배, 아니, 만 배 이상으로 갚아줄 것이니 말이다. 끌끌끌!'

가오성의 만면에 웃음이 가득했다.

성공이 코앞에 다가온 느낌이었다.

그렇게 한참 동안 웃음을 멈추지 못한 그였다.

서편으로 서서히 석양이 깔리고 있었다.

그런데 아직까지도 무유화는 그 모습을 드러내지 않고 있었다.

갑자기 초조해지는 가오성이다.

'이러면 아니 되는데……. 어제도 공을 쳐 염 공자를 뵙지 못했는데 오늘까지 그러면 정말 이거 난감한 상황인데.'

쥐를 사냥하다

어떻게든 무유화의 소식을 가져가야만 했다.

그렇지 않으면 염부심에게 철저한 외면을 당했다.

그럴 때면 당연히 성공의 기분은 반감될 수밖에 없었다.

초조한 마음 금할 길 없는 어느 순간이었다.

너무 딴생각을 많이 한 탓일까.

근처까지 다가온 기척을 눈치채지 못하다가 이제야 알아차린 가오성이 소스라치게 놀라 잔뜩 몸을 움츠렸다.

'뭐야? 저 바보 놈이 왜 여기까지 온 거야?'

기척을 낸 사람이 윤이란 사실에 가오성이 안도의 숨을 내쉬었다.

애당초 안중에도 없는 놈이었다.

당연했다.

천치였기에 애당초 신경을 쓸 필요도 없었다.

그래서인지 윤이 자신의 근처에서 이리저리 어슬렁거려도 가오성은 그런 그에게 시선조차 주질 않았다.

어차피 저 바보가 자신을 발견할 일이 없을뿐더러 발견한다 해도 크게 문제될 것이 없었기 때문이다.

미리 복면을 준비해 두었기 때문에 가볍게 기절을 시키고 자리를 뜨면 그만이라고 가오성은 생각했다.

'곧 날이 어두워질 터인데.'

짙게 드리운 석양을 바라보며 가오성이 아쉬운 눈빛을 보였다. 그렇게 또 시간은 지나갔다.

'샤, 쌍! 이, 이거 죽겠네.'

가오성의 얼굴이 하얗게 질리다 못해 새파랗게 변했다.

이유는 한참을 참은 소변 때문이었다.

'저, 저 미친 새끼, 저기서 대체 뭘 하는겨?'

가오성의 화가 머리 꼭대기까지 치밀었다.

벌써 한 시진째 아름드리 거목에 등짝을 붙였다 뗐다 하며 미친놈처럼 혼자 중얼대는 윤이었다.

저건 절대 바보가 아니었다.

지금껏 바보인 줄 알았는데 저건 바보가 아니라 미친놈이었다.

정말 미친놈이 따로 없었다.

대체 뭘 지껄이는지는 모르겠지만 가오성이 보기엔 정말이지 미친 종자임에 분명했다.

그런 윤 덕분에 가오성의 방광은 터지기 일보 직전까지 몰리고 말았다.

'미, 미치겠네.'

의복에 지릴 수도 없는 노릇.

머릿속까지 하얗게 탈색되어 버린 가오성이었다.

그러기를 잠깐.

"어, 어! 쥐, 쥐, 쥐다."

결국 방광에 가득 찬 소변을 참지 못한 가오성이 흑의 복면을 두른 채 은신을 거두며 모습을 드러냈다.

그런 그를 바라보며 윤이 손가락질을 하며 더듬거렸다.

'뭐, 뭐라는 겨, 저 미친 새끼?'

가오성은 냅다 달려가 저 미친 대갈통을 후려패고만 싶었다.

하지만 터질 것만 같은 방광 때문에 이러지도 저러지도 못한 채 하체만 비비 꼬는 그였다.

'우선은…….'

바보이기에 별탈없을 것이라 판단한 가오성은 결국 후자의 선택인 생리현상부터 해결하기로 마음먹었다.

역시나 저 미친 바보는 가오성 자신이 무엇을 하든 실실 웃기만 할 뿐이었다.

"휴우우! 이제야 살 것 같네. 진즉에 해결 볼 것을."

가오성이 긴 한숨을 내쉬며 만족한 듯 중얼거렸다.

그리곤 곧바로 이성을 되찾은 그가 눈을 반짝 빛내며 여전히 등짝을 거목에 붙였다 뗐다 하는 윤을 기세등등하게 노려봤다.

'미친 바보인데 뭐 별탈은 없겠지.'

상대가 바보라는 사실을 애써 크게 부각시키며 가오성이 스스로를 위안했다.

하지만 혹시나 하는 불안의 잔재는 완전히 지울 수 없었다.

'하여간 오늘 재수는 완전히 똥 밟았네. 쌍!'

"카악! 퉤!"

가오성이 신경질적으로 가래침을 뱉었다.

그런 그의 두 눈은 여전히 바보 윤을 쏘아보고 있었다.

'정확히 딱 한 방으로 후다닥 끝내고.'

"후우."

가오성이 길게 숨을 토해냈다.

마지막 숨이 빠져나오는 순간,

가오성이 대지를 박차고 튀어 올랐다.

윤이 있는 곳은 가오성을 내려다보는 위쪽이었다.

거리는 대략 오 장여.

오르막이란 점을 감안해도 한 호흡 반만에 당도할 거리였다.

물론 가오성은 전력을 다했다.

혹시나 하는 불안의 잔재가 그의 신경을 계속해서 건드렸기 때문이다.

파팍—

한 호흡은 쏜살처럼 지나갔다.

그리고 윤과 거리를 이 장여 정도 남겨뒀을 때 가오성의 오른 어깨가 뒤로 살짝 틀어졌다.

그의 오른 주먹이 불끈 쥐어져 있었다.

그런데 그때였다.

스윽—

가오성이 튀어 오르던 순간 윤이라고 가만있진 않았다.

윤도 나름대로 그를 쓰러뜨릴 준비를 하고 있었다.

물론 가오성은 이런 사실을 모르고 있었다.

당연했다.

상대는 바보를 뛰어넘는 미친놈이었기 때문이다.

윤은 빠르게 자신을 향해 짓쳐들어오는 그의 미간에 목검을 겨냥했다.

'저, 저 병신! 지금 뭐 하는겨?'

바보 윤의 갑작스런 반응에 당황한 가오성이 순간 멈칫거렸다.

마음이 일면 행동도 반사적으로 따르는 법.

당연히 달려가던 가오성의 동작도 그 마음처럼 머뭇거릴 수밖에 없었다.
그때 윤의 검끝이 움직였다.
가오성은 대기를 찢는 고성이 호각 소리처럼 짧게 울리는가 싶었다.
이와 함께 뭔가 희끗한 섬광이 번쩍이는가 싶었다.
그런데 섬광이 사라지는 순간,
갑작스럽게 세상이 빛 한 점 없는 어둠으로 변해 버렸다.
풀썩—
머리가 박살이 나는 둔탁한 소음과 함께 복면을 한 가오성이 썩은 고목처럼 바닥에 푹 쓰러졌다.
그 모습을 바라보며 윤이 히죽 하고 웃음 지었다.
"우헤헤! 자, 잡았다. 유, 윤이가 쥐, 쥐를 잡았다. 우헤헤헤!"

    *   *   *

가오성의 귓가에 뭔가가 웅웅거렸다.
분명 사람 소리인데 그 말귀를 도무지 알아들을 수가 없었다.
그러기를 한참여.
이제야 말귀가 똑똑히 들리기 시작했다.
"본좌가 누구인지 너는 알아보겠느냐?"
가오성이 대자로 뻗은 상태로 두 눈을 끔벅거렸다.
그런 그의 시야로 검버섯이 활짝 핀 주름투성이의 노안이 들어왔다.

'허, 허억!'

화등잔만 하게 커지는 두 눈.

질식이라도 한 듯 가오성의 널찍한 이마에 굵은 핏대가 솟아올랐다.

꼴깍—

가오성의 목울대로 마른침이 꿀꺽 넘어갔다.

사람의 심장 소리가 이렇게 클 수도 있다는 사실을 용노야는 오늘에서야 처음 알았다.

물론 가오성을 통해서였다.

"정신을 차렸으면 일어나라."

"노, 노야, 강녕하십니까?"

용노야의 음성에 지옥의 문턱에 당도한 가오성이 번개처럼 일어나 용노야를 향해 넙죽 부복했다.

가오성의 두 어깨가 부들부들 떨렸다.

곧 여름이 시작되어서 그런지, 아니면 열이 많아 그런지 가오성의 등짝이 순식간에 땀으로 질펀하게 젖어버렸다.

'어, 어찌 된 일이더냐, 오성아? 대체 어찌 된 일이란 말이더냐!'

어느 순간 기억이 딱 끊겼다.

급히 기억을 더듬어보니 마지막으로 보았던 것이 착각일지 모르지만 희끗한 섬광이란 걸 깨달을 수 있었다.

'아뿔싸! 근처에 훈련대장이 계셨던 것이로구나. 바보에게만 신경을 쏟았던 내가 바로 바보였구나. 아! 이제 이 일을 어찌하면 좋단 말이냐! 난 이제 죽었구나, 죽었어. 오성아, 이 일을 대

쥐를 사냥하다 113

체 어찌하면 좋단 말이더냐.'
 생각하니 가오성은 억울해 미칠 것만 같았다.
 성공이 바로 코앞에 있었는데 이렇게 죽어야만 한다니.
 가오성으로서는 미치고도 남을 일이었다.
 바보의 미친 짓에만 정신이 팔려 있던 것이 그만 천추의 한이 될 줄이야.
 그때 용노야의 위엄 가득한 음성이 가오성의 귀를 후벼 팠다.
 그로 인해 가오성의 착각은 더 이상 이어질 수 없었다.
 "그날 우호법의 명을 너는 듣지 못했더냐?"
 노기 가득한 카랑카랑한 음성이 낮게 내리깔렸다.
 내력은 담기지 않았지만 그 음성에 담긴 기세만으로도 가오성은 머리칼이 쭈뼛 서는 두려움을 느꼈다.
 "죽여주십시오, 노야!"
 아니, 가오성은 죽도록 죽기가 싫었다.
 하지만 이렇게 매달리지 않는다면 정말 죽을 것만 같았다.
 "어차피 내 말 한마디면 평생 지하뇌옥에서 썩다 죽어갈 것이다."
 용노야의 말은 전혀 농담처럼 들리지 않았다.
 당연한 일이었다.
 지금 용노야는 전혀 농담을 던질 기분이 아니었다.
 "노야, 죽을죄를 지었습니다."
 무슨 말을 더 할 수 있을까.
 가오성은 그저 목숨까지 걸고 성공하려던 자신의 어리석음을 탓할 뿐이었다.

"너에게 명을 내린 본디 주인이 누구더냐?"
"그, 그건……."
가오성이 부들부들 떨며 더듬었다.
발설을 해도 죽고 안 해도 죽는, 정말 어처구니없는 상황이었다.
"나에 관한 소문이 지금도 저자에 많이 떠돌던데, 네놈에게는 그 소문이 거짓처럼 들리는가 보구나."
겉모습은 정말 보잘것없는 노인의 모습인데 순간순간 풍기는 느낌은 일대종사의 위엄이었다.
과연 단전이 모조리 파괴당한 폐인이 맞나 싶을 정도였다.
"아니옵니다. 소인이 어찌 그런 불경스런 마음을 가질 수 있겠습니다. 죽을죄를 지었습니다. 죽여주십시오, 노야!"
"죽여 달라? 후후, 좋다! 밖에 윤이 있느냐!"
"어, 어. 유, 윤이 밖에 지, 지금 있다."
"가서 검을 가져오너라!"
노기 가득한 용노야의 음성에 순간 가오성이 질겁하여 실금을 할 뻔했다.
"노, 노야……."
이제 정말 마지막이란 생각에 가오성이 억눌렀던 울음을 터뜨렸다.
그 모습이 너무나도 측은해 보였다.
그 누가 있어 성공을 싫어할까.
이를 위해 온갖 악행을 저지르는 사람이 세상엔 흔했다.
그런데 그런 자들은 오히려 성공에 더욱 바짝 다가갈 수 있는

쥐를 사냥하다

세상이었다.

악행도 힘이 있어야 저지를 수 있는 세상이었다.

달리 말해, 가진 것도 없고 아무런 근본도, 힘도 없는 가오성과 같은 사람들은 불철주야 기를 써도 성공할 수 없는 세상이란 뜻이었다.

"여, 여기 거, 검."

넙죽 부복한 채 측은한 눈물을 흘리는 가오성에게는 더듬대는 윤의 음성이 천둥 벼락처럼 느껴졌다.

"노, 노야! 살려주십시오! 노야!"

그 음성에 이젠 온몸을 바들바들 떨며 목이 터져라 외쳐대는 가오성이었다.

그런데,

'저, 저놈이! 누가 네놈의 목검을 달라 했더냐! 내 검 말이다. 나! 용사량이 강호를 울렸던, 건너 내실에 있는 내 용혈검을 가져오란 말이다, 이놈아! 하아~'

순간 용노야는 체통없는 헛기침이 토해낼 뻔했다.

하지만 기침을 가까스로 참은 용노야가 검지를 곤추세워 건너 별채를 다급히 가리키며 미간을 잔뜩 찌푸렸다.

물론 넙죽 부복한 채 죽음을 기다리며 바들바들 떨고 있는 가오성은 용노야의 그런 모습을 절대 볼 수 없었다.

용노야의 마음은 간절했다.

제발 윤이 자신의 의중을 헤아려 주길 간절히 바라고 있었다.

그런데 어인 일로 윤이 헤벌쭉 웃으며 이렇게 말하는 것이 아닌가.

"아, 아! 그, 그거?"

용노야의 의중을 알아챈 듯 윤이 더듬댔다.

그에 용노야가 연신 고개를 끄덕이며 어서 다시 다녀오라는 손짓을 해댔다.

그렇게 잠깐의 시간이 흐르고,

다행스럽게도 용노야의 의중을 파악한 윤이 붉은 기운이 감도는 거뭇거뭇한 검을 용노야 앞에 조심스럽게 가져다 놓았다.

"고개를 들라."

"노야, 사, 살려주십시오!"

"고개를 들라."

재차 용노야가 말하자 눈물로 범벅이 된 가오성이 목을 잔뜩 움츠린 채 고개를 들었다.

그의 시야로 저자에 전설로 떠도는 이야기의 주인공인 용혈검이 확 들어왔다.

"노야! 소인, 죽을죄를 지었습니다! 제발 목숨만은 살려주십시오, 노야!"

가오성이 용혈검을 확인하기가 무섭게 못 볼 것을 봤다는 양 다시 고개를 바닥에 조아리며, 아니, 쿵쿵 부딪치며 애걸복걸했다.

"지하뇌옥에서 썩어 죽을 바엔 여기서 죽는 게 네놈에게는 커다란 복일 터! 자비를 베푸는 내게 너는 죽어서도 감사한 마음을 가져야 할 것이다! 내 일검으로 네놈의 목을 베어주마!"

정말 죽인다는 용노야의 말에 가오성의 심장이 바짝 얼어버렸다.

하지만 그가 어찌 알까.
사실 용노야는 용혈검을 들 기력도 없었다.
하물며 가오성의 목을 일검에 벤다니.
말이 좋아 일검이지 현실과 전혀 맞지 않는 어불성설(語不成說)일 뿐이었다.
그럼에도 가오성은 용노야의 서슬 퍼런 음성에 벌써 자신의 목이 달아난 느낌이었다.

한편 그 시각 밖에서는.
"잡은 거야?"
궁금증을 참지 못한 무유화가 달밤에 달려와 윤에게 물었다.
어제 용노야로부터 오늘 쥐를 잡을 것이니 자신의 거처로 절대 발을 들이지 말라는 지시를 받았기에 그 결과를 알고 싶어 몸이 달았던 까닭이다.
"어, 어."
"누가? 할아버지께서 직접?"
잡는다고만 했지 그 계획은 들은 바가 없었기에 무유화가 물었다.
"아, 아니. 내, 내, 내가."
"윤이 네가?"
화들짝 놀란 표정으로 무유화가 되물었다.
그 모습이 윤의 두 눈에 어찌나 예쁘게 보이던지.
"헤헤."
윤이 헤벌쭉 입을 벌리곤 웃었다.

"그, 그 말, 정말이야?"
웃고만 있는 윤에게 무유화가 재차 물었다.
"헤헤, 유, 윤이가 쥐, 쥐를 잡았다."
"정말이구나, 너!"
거짓말을 할 줄 모르는 윤이었다.
단지 믿기지 않아 계속 물었을 뿐.
윤이 쥐를 잡았다는 말에 덩달아 기분이 좋아진 무유화였다.

 *　　　*　　　*

 평생 짜낼 눈물 콧물을 하루 만에 다 짜낸 사내가 불안한 걸음걸이로 걷고 있었다.
 사내의 심장은 여전히 벌렁벌렁 커다란 요동질을 하고 있었다.
 물론 사내는 가오성이었다.
 '살 것이더냐, 죽을 것이더냐?'
 가오성의 귓가로 용노야의 음성이 끊임없이 메아리쳤다.
 주인을 바꾸면 살 것이고, 본디 주인을 계속 섬기면 죽는다는 의미였다.
 대답할 가치도 없는 질문이었다.
 그 누가 있어 죽음을 택할 수 있을까.
 물론 충심으로 죽음을 택하는 사람도 더러 존재할 수 있었다.
 하지만 가오성에게만큼은 어림 반 푼 어치도 없는 말이었다.
 가오성은 당연히 이렇게 대답했다.

'살려만 주신다면 이 목숨이 다하는 그날까지 노야께 충성을 다하겠습니다.'

*　　　*　　　*

이중 세작이 되어버린 지금.
이젠 정말 한 치의 실수만으로도 죽을 수밖에 없는, 벼랑 끝에 몰린 가오성이었다.
도망갈 곳도 없었다.
염부심의 눈과 귀가 되는 순간 외길로 접어든 것이었다.
그래도 가오성은 생각을 굴려보았다.
'도망을 가?'
자신이 생각해도 멍청하기 그지없는 방법이었다.
제길! 도망이라니.
요즘 부쩍 날카로워진 염부심이었다.
이젠 그의 시종처럼 되어버린 가오성에게 사사건건 대놓고 짜증을 부렸다. 어쩔 땐 제대로 하지 않으면 죽여 버린다는 말까지 서슴없이 내뱉었다.
염부심이 이토록 거짓말처럼 변할 줄 가오성은 정말 꿈에서도 상상하지 못했다.
올바른 인성을 가진, 더없이 착한 염부심인 줄로만 알았다.
그런 확실한 줄을 잡았기에 이젠 정말 성공 가도를 달릴 줄만 알았는데…….
착각도 너무 큰 착각이었고, 알고 보니 썩은 동아줄이었다.

'염 공자께 사실대로 고해?'

썩을! 미친 짓이었다.

어느덧 이중 세작질을 한 지가 벌써 한 달이 넘었다.

만약 이 사실을 염부심이 안다면 그 순간 즉사할 게 뻔했다.

지금 염부심의 상태라면 정말 그러고도 남을 일이었다.

'이참에 용노야께 완전히 붙어버려?'

망할! 최악의 방법이었다.

이건 정말 죽고 싶어 환장했을 때나 써먹을 방법이었다.

아무런 힘도 없는 용노야였다.

용노야에게 붙는다는 것은 비를 막아줄 지붕도 없고 바람을 막아줄 벽도 없는 집에 산다는 의미였다.

아니, 집을 지탱하는 기둥과 대들보가 모두 썩어버린, 언제 무너질지 모를 집에서 산다는 것을 뜻했다.

'난 너만 생각하면 너무 불쌍해 한숨부터 나온다, 오성아, 오성아.'

가오성이 용노야의 거처 주변에 자리를 틀고 앉아 초점도 없는 시선을 허공에 흩뿌렸다.

이제는 용노야의 거처를 염탐할 필요도 없었다.

이유는 간단했다.

어차피 염부심에게 보고할 내용은 어둠이 내리면 용노야가 알아서 일러주었다. 그리고 그것을 염부심에게 그대로 읊어주면 그만이었다.

이런저런 말도 안 되는 상상을 하는 가오성은 오늘도 아까운 시간만 죽이고 있었다.

언제까지 이런 미친 짓을 해야 할까.

한숨만 나오지만 현재로써는 아무런 답도 없었다.

"아! 정말 도, 돌아버리겠네. 썅! 내가 어쩌다 이렇게 됐지. 아! 정말! 썅! 썅! 썅!"

가오성이 애꿎은 머리카락을 쥐어뜯으며 절규했다.

그런데 그때였다.

"쥐, 쥐, 쥐다!"

언제 다가왔는지 윤이 절규하는 가오성의 구부정한 등짝을 가리키며 더듬댔다.

'저… 개, 개새끼!'

윤이 다가왔음에도 가오성은 아무런 행동도 취하질 않았다.

그저 애꿎은 머리카락만 쥐어뜯으며 몸을 더더욱 낮게 웅크릴 뿐이었다.

저러다 대머리가 되지는 않을까 걱정이 들 정도로 쥐어뜯는 힘이 장난이 아니었다.

'오, 오지 마! 오지 말라고! 제발! 그냥 꺼지라고! 이 미, 미친 놈아! 제발! 제발!'

윤이 점점 곁으로 다가올수록 안절부절못하는 가오성이었다.

이토록 모르는 척 머리를 쥐어뜯으면 꺼져 줄 만도 하련만 가오성의 바람은 오늘도 역시나 산산이 부서지고 말았다.

"쥐, 쥐다. 히히!"

결국 가오성의 면전까지 당도한 윤은 그의 정면에 쪼그리고 앉아 히죽거렸다.
 그 웃음을 듣는 순간 가오성의 온몸에 소름이 쫙 돋았다.
 '웃지 마! 제발 그렇게 웃지 말라고, 이 미친놈아!'
 가슴으로 울부짖는 가오성.
 순간 가오성의 머릿속으로 이중 세작을 시작한 첫날의 악몽이 쏜살처럼 스쳤다.

 자신이 이 꼴이 된 게 모두 저 병신 때문이란 확고한 신념을 가지고 있던 가오성이었다.
 그는 이중 세작의 첫날 알아서 자신을 찾아온 윤을 보고 안면에 잔인한 미소를 지었다.
 그 당시 가오성의 이성은 앞뒤 상황을 따질 겨를이 없었다.
 그냥 윤을 보자마자 절로 살기가 온몸을 휘감았다.
 그렇기에 윤이 가오성의 면전에 당도하기가 무섭게 그의 주먹이 윤의 턱을 강타함은 어찌 보면 당연한 수순이라 할 수 있었다.
 그런데,

 "비, 비무하는 거구나. 비, 비, 비무 재밌다. 우헤헤!"

 우연인지 아닌지는 모르나, 어쨌든 가오성의 주먹을 귀신처럼 피한 윤이 처음으로 한 말이었다.
 그리고 평생 잊지 못할 악몽은 그 바로 직후 벌어졌다.
 지금껏 바보라 여겼던 미친놈이 알고 보니 검귀였다.

쥐를 사냥하다 123

어렴풋 오합지검을 펼치는 것 같은데 그 검속이 귀신처럼 얼마나 빠른지 알고도 당할 수밖에 없었다.

그때 가오성의 머리로 한 가자 생각이 번뜩 스쳤다.

윤이 바보라는 사실에 그동안 윤과 용노야의 관계를 간과해 왔던 것이다.

용노야라면 바보 윤을 충분히 검귀로 만들 수 있음을 미처 생각하지 못했던 것이다.

그 당시를 표현할 적절한 말을 찾는다면 난타였다.

뭉뚝한 윤의 목검에 얼마나 두들겨 맞았던지 거처에 돌아온 가오성이 발가벗어 보니 온몸이 시커먼 멍이 있었다.

물론 윤이라고 성할 리 없었다.

아무리 하급무사일지라도 가오성 또한 엄연한 중전무사였으니 말이다.

그러나 중전무사 가오성이 바보 윤보다 훨씬 더 많이 두들겨 맞았다는 것이 문제였다.

가오성에게 있어선 정말이지 어디 가서 하소연도 할 수 없는 비참한 상황이었다.

더 절망적인 것은 그 난타전이 있고 난 후 바보 윤이 하루도 빠짐없이 가오성이란 쥐를 사냥하러 다녔다는 점이다.

그런 윤을 피하기 위해 가오성은 전력을 다해 자신의 최대 장점인 은신술을 펼칠 수밖에 없었다.

하지만 혼신을 다해 숨은 가오성을 윤은 귀신처럼 찾아냈다.

역시나 오늘처럼 말이다.

이러한 난타전은 하루도 빠짐없이 이어졌다.

무엇보다 정말 불쌍한 점은 시간이 지날수록 때리는 횟수는 줄어들고 맞는 횟수가 늘어났다는 것이다.

물론 안타깝게도 가오성의 일이었다.

이제 가오성은 무유화가 용노야의 거처를 찾는 것 따위엔 전혀 관심이 없었다.

그저 가오성이 가슴을 졸이며 손꼽아 기다리는 것은 오직 하나.

훈련대장 이주하가 용노야의 거처를 찾는 그날뿐이었다.

그날만은 저 미친놈을 보지 않아도 되었으니 말이다.

第五章 용형검왕도 들다

수호무사

염부심이 무유화의 거처를 다시 찾은 건 온 세상이 뜨겁게 달구어진 어느 무더운 여름이었다.
"고, 공자님."
어린 시녀가 당황하여 말을 더듬었다.
"아가씨께서는 안에 계시느냐?"
"아, 아가씨께서는 노야의 거처에 가셔서 아직 돌아오지 않으셨습니다."
시녀가 초조한 표정으로 염부심의 안색을 살폈다.
시녀도 염부심의 소문을 익히 들어 알고 있었다.
요즘의 그를 보노라면 한겨울에 내린 서릿발을 보는 듯했다.
사람이 어찌 저렇게 돌변할 수 있을까.
염부심의 변화는 커다란 의문이 들 정도로 철혈무가의 식솔들 모두를 놀라게 했다.

"안에 들 것이니 차 좀 내오너라."

염부심이 마치 자신의 거처인 양 거리낌없이 주인도 없는 내실로 걸음을 옮겼다.

이에 당황한 시녀가 잰걸음으로 그의 앞을 가로막았다.

"고, 공자님, 아가씨의 거처로는 아무도 발을 들일 수 없사옵니다. 요, 용서하십시오. 제가 별채로 안내해 드리겠습니다."

없는 용기를 억지로 쥐어짜내서일까.

시녀의 음성이 애처롭게 발발 떨렸다.

그런 그녀를 염부심이 무심한 눈길로 바라보다 말했다.

"사람들이 권력을 좇는 이유를 너는 아느냐? 그 맛을 알고 나니 살아온 내 과거가 무척이나 비참해지더구나. 아느냐, 이런 내 마음을?"

지금 무슨 말을 하는지조차 모르는 시녀가 어찌 염부심의 마음을 헤아릴까.

"길을 열고 차를 내오너라, 어린 나이에 요절하고 싶지 않다면."

서늘히 내리깔리는 오싹한 염부심의 음성에 어린 시녀의 등골이 겁에 질려 바짝 오그라들었다.

하지만 그녀의 발걸음은 쉽게 떨어지지 않았다.

"정녕 내일의 해를 보고 싶지 않다는 말이냐? 지금 내 말이 농담처럼 들리느냐?"

염부심의 두 눈썹이 실룩거렸다.

"고, 공자님······."

이러지도 저러지도 못하고 어쩔 줄을 몰라 하는 시녀였다.

그때였다.

지옥의 문턱을 막 넘어서려는 어린 시녀의 귓가로 낮지만 강한 음성이 파고들었다.

"길을 내어드려라."

날이 어둑해져 돌아온 무유화가 시녀를 향해 말했다.

그제야 시녀가 두려움에 젖은 눈물을 훔치며 종종걸음으로 사라졌다.

"어쩐 일이신지요?"

하루 종일 미소가 떠나지 않던 무유화의 얼굴에 냉기가 풀풀 넘쳤다. 하지만 염부심은 개의치 않았다.

"심각하게 고민되는 일이 몇 가지 있어 아가씨께 그 답을 구하고자 들른 것이오."

염부심의 입가에 시린 미소가 살짝 걸렸다.

"공자의 고민이거늘 그 답을 제가 어찌 안단 말이지요?"

무유화가 앙칼지게 되물었다.

그녀의 눈빛을 염부심은 피하지 않았다.

염부심의 시선에 무유화의 가슴으로 커다란 불안이 엄습했다.

"……."

무유화의 심장이 두근두근 뛰었다.

그런 그녀를 향해 슬쩍 미소를 짓곤 염부심이 입을 열었다.

"단 한시도 그대를 잊은 적이 없소."

염부심은 무유화의 호칭을 아가씨에서 그대로 바꿔 버렸다.

엄청난 불경일 수 있었으나 무유화는 담담히 그 사실을 받아들였다.

염 씨 가문의 위치는 벌써 무 씨 가문의 위치를 뛰어넘은 지 오래였다.

이름만 철혈무가일 뿐 이젠 철혈염가로 불릴 날도 얼마 남지 않았다.

"언젠간 나에게도 기회를 줄 것이라 믿었기에 나는 그날만을 손꼽아 기다렸소. 그런데 안타깝게도 내게는 그 어떤 기회도 오지 않더이다. 이것이 바로 나의 첫 번째 고민이오."

염부심의 말에 무유화가 아랫입술을 잘근 깨물었다.

"내가 염가이기 때문이오, 아니면 그 더러운 바보 때문이오?"

염부심의 두 눈이 이글이글 타오르는 듯했다.

특히 바보 윤을 거론할 때는 그 현상이 더욱 심했다.

"뭔가 오해를 하고 있군요. 그저 내가 싫었던 것뿐입니다."

"대체… 대체! 내가 그 더럽고 모자란 바보보다 못한 것이 무엇이란 말이오?"

염부심이 갑자기 흥분하여 목청을 높였지만, 무유화는 아무런 반응도 보이질 못했다.

어쩌다 이 지경까지 몰렸는지.

무유화의 서글픈 가슴으로 수치심이 물밀 듯 몰려왔다.

"도가 지나치시군요."

염부심의 무례한 행동에 무유화가 쓴소리를 내뱉었다.

그에 자신이 언제 흥분했냐는 듯 염부심이 비릿한 미소를 지으며 대꾸했다.

"후후후, 이 애절한 가슴을 갈기갈기 찢어버린 그대만 하겠소."

다음을 예측할 수 없을 만큼 염부심의 감정 기복은 심했다.

그의 행동 하나하나가 마치 병적인 집착을 보는 듯했다.

"무례하오!"

기품이라곤 털끝만치도 찾아볼 수 없는 무례배의 행동에 무유화가 참다못해 짧게 호통을 쳤다.

하지만 표정 하나 바뀌지 않는 염부심이었다.

"내 두 번째 고민을 말하리다."

상대방의 기분 따윈 애초부터 생각하지 않았는지 염부심은 자신의 말만 이어갈 뿐이었다.

"참 바보처럼 살았더이다. 지금에 와서 생각해 보니 왜 그리도 어리석었던지."

"……."

"그대가 자그마한 마음의 문이라도 열어줄까 하루하루를 조바심을 내며 살았소. 내 마음 진심이니 언젠간 마음을 열어주리라, 아니, 이런 내 마음을 하늘이 안다면 언젠간 그대의 마음이 열릴 것이라 믿어 의심치 않았소. 그 불안한 믿음으로 하루하루를 힘겹게 버텼소. 하지만 이제 보니 그 모든 게 어리석은 망상일 뿐이었소."

염부심이 막힘없이 많은 말을 쏟아냈다.

"내가 왜 그렇게 어리석게 살았을까, 어느 날 갑자기 고민이 되더이다. 이것이 바로 나의 두 번째 고민이오. 참으로 우습지 않소?"

염부심이 원망 서린 눈빛으로 고운 무유화의 두 눈을 직시했다.

그토록 연모하던 여인에게 철저히 외면당한 염부심의 상심은 상상 이상이었다.

"내게 어떤 답을 원하는 것입니까?"

경멸에 찬 눈초리로 무유화가 물었다.

"방금 전까지만 해도 답을 구하고 싶었는데, 후후, 지금은 별로 내키지가 않소. 그 대신 그 바보 놈의 면상이 갑자기 보고 싶어졌소. 진심으로도 그 마음을 얻을 수 없다면 달리 방법을 취해야겠지요. 지금껏 몰랐는데 고맙게도 그 바보 놈이 방법을 알려주더이다."

"……"

"그 더러운 바보가 놀랍게도 그동안 몰랐던 나의 힘을 일깨워 주다니. 나에게는 은인이나 마찬가지가 아니겠소. 그렇다면 의당 인사치레 정도는 해야 할 것이 아니겠소."

윤을 거론할 때면 어김없이 염부심의 두 눈이 미친 듯 타올랐다.

반면 무유화의 두 눈이 불안과 걱정으로 크게 일렁였다.

그 모습에 염부심이 어금니를 꽉 깨물었다.

염부심은 그런 무유화의 눈빛이 싫었다.

바보 윤을 걱정하는 그녀의 눈빛을 볼 때마다 심장이 터질 듯 살기가 끓어올랐다.

'나는 그대의 그 눈빛이 싫단 말이다!'

찻잔을 부여잡은 염부심의 주먹이 부르르 떨렸다.

"조만간 어머니께 독대를 청할 참이오. 그동안 아버지로 인해 미뤄졌던 중요한 일을 하나 처리하기 위해서요."

염부심의 말에 무유화의 가슴이 철렁 내려앉았다.

지금까지 가슴을 계속 짓눌렀던 불안함의 정체가 바로 이것이었다.

"......"

무유화가 한기 서린 눈빛으로 염부심을 노려보았다.

하지만 염부심은 그런 그녀를 조롱하듯 비릿한 웃음만 지을 뿐이었다.

"똑똑히 들으세요. 내 지금은 힘이 없어 그대들에게 무릎을 꿇지만 내 정신과 마음 만큼은 결코 그대들의 힘 따위에 굴복하지 않을 것입니다. 그대들이 내게 안긴 이 치욕. 내 죽는 그날까지 잊지 않을 것이란 말입니다."

무유화가 원독에 찬 음성으로 말했다.

*　　　*　　　*

어둠 속의 만남은 언제나 은밀했다.

어제도, 오늘도, 앞으로도 쭉 그럴 수밖에 없을 것처럼.

달이 사라진 그믐밤은 자그마한 부스럭거림에도 숲이 더욱더 요란하게 느껴진다.

그래서 더더욱 조심스러울 수밖에 없는 가오성이었다.

이유는 뻔했다.

이 은밀함이 누구에게든 들키기라도 하는 날에는 정말 저승

길을 걸어야 하기 때문이다.

"……."

얼마나 기다렸을까.

어둠 저 너머로 인기척이 느껴졌다.

그런데,

'이런 빌어먹을!'

남은 행여 들킬까 봐 똥줄이 바짝 타들어가는데 저 망할 놈의 영감탱이는 도무지 남을 배려하는 마음이 없었다.

정말 배려라곤 아기 눈곱만치도 없는 노망난 늙은이였다.

"커어험!"

커다란 헛기침에 숲이 쩌렁쩌렁 울리는 듯했다.

물론 가오성이 느끼는 감정이었다.

'저 늙은이를 그냥 콱!'

속이 부글부글 끓는 가오성.

하지만 그의 다음 행동은 자신의 내심과 정반대였다.

"오, 오셨습니까, 노야."

가오성이 거친 숲 바닥에 넙죽 부복하며 용노야를 맞았다.

"오냐. 네가 요즘 수고가 많구나. 하긴 소중한 목숨이니 불철주야 열심히 뛰어야 않겠느냐."

용노야가 무덤덤한 음성으로 말했다.

"여, 여부가 있겠습니까. 노야의 자비로우신 하해와 같은 은혜로 이렇게 사는 목숨, 언제나 최선을 다하려 노력하고 있습니다. 그, 그나저나 노, 노야."

"요즘 들어 말을 더듬는 아이들이 왜 이리 많아졌는지 모르겠구나. 어쨌든, 뭐더냐? 내게 하고 싶은 말이 있는 게냐?"

"저, 저번에도 말씀을 드렸지만 조, 조금 은밀히 산을 오르시는 것이……. 아무래도 주위의 이목이……."

자칫 용노야가 노성이라도 터뜨릴까 두려워 가오성이 더듬더듬 개미 기어가는 소리를 냈다.

하지만 그의 걱정과 달리 용노야가 미안하단 표정으로 대꾸했다.

"아! 맞구나. 내 늙어 자꾸 그 약속을 까먹는구나. 아, 알았다. 내일부터 너를 만나러 올 때는 각별히 조심하도록 하겠느니라. 요즘 들어 기력이 쇠해져 이 가까운 거리를 오는 데도 숨이 가쁘구나."

"소, 소인, 그저 노야의 하해와 같은 은혜에 감사할 뿐입니다."

용노야의 부드러운 음성에 가오성의 고개가 더욱 깊숙이 숙여졌다.

"바닥이 차지 않더냐. 그만 일어나거라."

용노야의 명에 가오성이 깊숙이 숙였던 허리를 폈다.

물론 그의 두 무릎은 여전히 바닥에 고정되어 있었다.

"바닥이 차지 않더냐? 그만 일어나래도."

용노야가 다시금 말했다.

"소인 이것이 편합니다. 괘념치 마십시오, 노야."

"그것참! 어쨌든 특별히 달라진 것이 있더냐?"

용노야가 그윽한 눈길로 물었다.

가오성이 이중 세작질을 시작하고부터 용노야는 이전엔 결코

들을 수 없었던 철혈무가의 세밀한 소식을 상세히 전해 들을 수 있었다.

이주하가 굵직한 소문을 물어다 주는 정보통의 역할이라면 가오성은 그 아래의 세밀한 소문을 물어다 주는, 이제는 용노야에게 없어서는 안 될 존재였다.

"오늘 염 공자가 아가씨의 거처를 방문했습니다."

"뭐라? 부심이가 유화의 거처에?"

"그렇사옵니다."

가오성이 매섭게 변한 용노야의 기세에 진지한 낯빛으로 짧게 대답했다.

"그게 언제쯤이더냐?"

"어둠이 내리기 시작한 유시(酉時) 중엽입니다."

"으음."

용노야의 표정에 근심이 어렸다.

용노야는 하루가 다르게 감정이 격해지는 염부심의 상태를 가오성으로 하여금 너무도 소상히 전해 들었다.

그래서였다.

그런 그가 갑자기 무유화의 거처를 방문했다 하니 일흔을 넘긴 노안의 주름이 더욱 깊어졌다.

"그래서 무엇을 알아냈더냐?"

"이런 말을 엿들었습니다."

가오성은 오는 내내 고민했다.

과연 이런 말까지 전해야 하나.

물론 결국엔 전할 말이지만 일이 점점 꼬여가는 것 같아 내심 불안했던 것이다.

너무 멀리 온 것은 아닐까.

그러나 가오성에게 있어 선택의 여지는 더 이상 존재하지 않았다.

"그게 무엇이더냐?"

오늘 따라 용노야가 가오성을 재촉했다.

"아가씨의 거처에서 돌아온 후 이런 말을 했습니다. 진심이 아니라도 언제든, 얼마든 너를 차지할 수 있다고 계속해서 떠드는 것을 소인이 이 두 귀로 똑똑히 들었습니다."

"하아!"

용노야의 입에서 깊은 탄식이 터져 나왔다.

염부심의 돌변에 상황이 너무도 험난하게 몰린 것이 용노야는 그저 안타까울 뿐이었다.

"그, 그리고……."

"말하라."

또 할 말이 있는지 가오성이 말을 더듬자 용노야가 짧게 명했다.

사실 가오성은 이 이야기만큼은 정말 하지 않으려고 작정했었다.

하지만 장탄식을 터뜨리는 용노야의 모습이 너무도 안쓰러워 보여 자신도 모르게 입을 열었다.

불같은 성정을 가진 대쪽 같은 인물인 줄로만 알았는데 용노야를 차츰 대해보니 그런대로 따뜻한 심성을 가진 사람이었다.

떠도는 소문에 의하면 용혈검 하나로 천하를 벌벌 떨게 만들었다는데.

 용노야와 대면하는 시간이 점차 늘다 보니 가오성은 그 소문이 정말인지 아닌지 혼란스러울 정도로 용노야의 모습이 초라하게 보였다.

 그래서 모든 힘을 잃은 용노야가 더욱 안쓰럽고 불쌍했던 것이다.

 가오성 자신이 처한 더없이 불쌍한 처지를 망각할 정도로 말이다.

 "염 공자가 요즘 들어 윤에 대한 분노를 대놓고 드러내고 있습니다. 오늘은 윤의 죽음까지 거론하였습니다."

 "뭐, 뭐라?"

 가오성의 말에 용노야의 두 눈이 화등잔처럼 커졌다.

 그에 가오성은 될 테면 되라는 식으로 그동안 숨겨왔던 염부심의 윤에 대한 감정을 용노야에게 소상히 전해주기 시작했다.

 용노야는 잠을 이룰 수가 없었다.

 생각지도 않던 염부심으로 인해 그의 상념이 꼬리에 꼬리를 물었기 때문이다.

 '그 아이의 절망이 그토록 깊었단 말인가.'

 "하아!"

 용노야가 땅이 꺼져라 한숨을 내쉬었다.

 아무리 활달한 성격을 가진 사람이라도 절망이 깊으면 극단을 향해 치닫는 법인데, 그 내성적인 염부심의 절망이 그토록 깊었으니.

무유화도 걱정이었지만 윤이 더 문제였다.
"어찌하면 좋단 말인가. 이 일을 과연 어찌하면 좋단 말인가. 하아!"
힘없는 노부의 장탄식이 달빛 하나 없는 어둠을 울리고 있었다.

      *   *   *

"내, 내가 드, 들까?"
윤이 힘겹게 백암산을 오르는 용노야를 걱정스럽게 바라보며 말했다.
바보 윤이 걱정을 할 정도로 하루하루 기력이 쇠해지는 용노야였다.
그동안 시름이 많았던 탓일까.
이제는 윤의 부축이 없으면 홀로 백암산도 오르지 못했다.
"괘, 괜찮다, 윤아."
숨이 턱까지 차오른 용노야가 힘겹게 말을 꺼냈다.
그리고 끝까지 용혈검을 자신의 가슴에 품는 용노야였다.
그렇게 용노야와 윤이 힘겹게 백암산의 중턱을 오르고 있었다.

육신의 거죽이 모두 노쇠한 탓일까.
오늘따라 이글거리는 태양이 뜨겁게 느껴지지 않았다.
천하를 굽어보던 때가 엊그제 같은데 벌써 일흔두 해를 지나쳐 오다니.

인생무상(人生無常)이라 했던가.

요즘에야 그 말이 가슴 깊이 절실히 와 닿는 용노야였다.

"윤아……."

용노야가 백암(白巖)에 편히 앉아 실실 웃으며 목검을 만지작거리는 윤을 자애롭게 불렀다.

"어, 어!"

언제나 그랬듯 용노야의 음성에 재깍 반응을 보이는 윤이었다.

어느새 무릎걸음으로 용노야의 면전에 바짝 다가온 윤의 얼굴을 용노야가 부드럽게 어루만져 주었다.

윤은 지켜주고 싶지만 지켜줄 수 없는 아이다.

언제 이렇게 정이 들었는지.

자신의 모든 것을 내어주어도 아깝지 않은 아이다.

어찌 이리도 착한 눈망울을 가진 것일까.

어찌 이리도 그 웃음이 해맑단 말인가.

그 덩치가 벌써 어른이거늘 어찌 이리도 그 마음이 순수하단 말인가.

"다 큰 놈이 이게 무엇이더냐, 칠칠치 못하게!"

투명하게 빛나는 윤의 두 눈을 바라보던 용노야가 윤의 입가로 흐르는 침을 닦아주며 꾸중하듯 말했다.

하지만 그의 입가엔 여전히 자애로운 미소만 가득할 뿐이었다.

"이렇게 항상 닦아야 하느니라. 이러니 얼마나 듬직하고 잘생겼더냐."

"헤헤."

온기도 느껴지지 않는 거칠기만 한 용노야의 손이지만 윤은 그 손길이 너무도 좋았다.

머리를 쓸어줄 때면 안 오던 잠도 잘 왔고, 그 손길이 볼을 어루만져 줄 때면 더없이 마음이 편해졌다.

"조, 좋다."

"뭐가 그리 좋더냐?"

주름진 엄지로 윤의 볼을 쓸어주며 용노야가 물었다.

"다, 다 좋다. 유, 유화도 조, 좋고 하, 할아버지도 좋다."

"후후후."

다 좋다는 윤의 말에 용노야도 덩달아 기분이 좋아졌다.

'나도 다 좋으니라. 너를 만나 하루하루가 얼마나 즐거운지 아느냐? 죄 많은 이 늙은이에게 하늘이 너무나도 큰 복을 내려주었구나. 너무나도 큰 복을······.'

용노야가 하늘에게 감사하며 내심 말했다.

"윤아, 이게 무엇인지 너는 아느냐?"

용노야가 자신과 윤 사이에 붉은 기운이 감도는 용혈검을 조심스럽게 내려놓았다.

"거, 검이다. 하, 하, 할아버지 검이다."

"그래, 맞다. 이게 바로 이 할아비의 검이란다."

"무, 무섭다."

용혈검을 바라보며 윤이 미간을 잔뜩 찌푸렸다.

정말로 윤은 용혈검이 있는 거처에는 얼씬도 안 할 만큼 용혈검을 무서워했다.

용노야 또한 이 사실을 잘 알고 있었다.

'무서울 수밖에, 무서울 수밖에.'

은은히 감도는 붉은빛을 바라보는 용노야의 눈가에 미묘하고도 복잡한 감정이 물들어 있었다.

용노야의 별호이자 그의 독문 병기를 이르는 말.

용혈검(龍血劍).

그 석 자에 용노야의 인생이 고스란히 담겨 있다.

한때는 그의 꿈을 담았고, 또 한때는 그의 눈물을 담았다.

희로애락을 함께했던 동료들의 웃음과 기쁨도 담았고, 그들의 죽음과 슬픔도 담았다.

사랑의 애틋함도, 이별의 아픔도, 그 모든 삶을 용혈검에 담았다.

"일어서서 검을 들어보아라."

용노야가 겁먹은 윤에게 말했다.

윤은 내키지 않았지만 용노야의 말을 거부하지 않았다.

"……"

조용히 일어나 용혈검을 잡아가는 손길이 조심스럽기 그지없었다.

그렇게 용혈검이 윤의 손에 쥐어졌다.

지이잉—

거친 산바람 때문이었을까,

아니면 착각이었을까.

윤이 용혈검의 검병을 쥐고 백암산 저편의 허공을 겨누자 용혈검이 살아 있는 듯 울음을 토해냈다.

점점 더 쇠약해지는 주인의 모습을 슬퍼함인가,
아니면 이제 주인을 떠나보내야 한다는 슬픔에 우는 것인가.
용혈검의 울음은 더욱 구슬피 울려 퍼졌다.
"하아……."
그 울음을 애써 외면하며 용노야가 허허로운 하늘을 바라보았다.
그런 그의 눈가에 맺힌 건 분명 눈물이었다.
'이 기쁜 날 왜 그리 우는 것이더냐. 너를 보듬어줄 새 주인을 만나지 않았더냐. 슬퍼하지 말거라. 윤이라면 혈아 너의 좋은 벗이 되어줄 테니 말이다.'

第六章 심감으로 기억하다

수호무사

일은 산더미처럼 쌓여만 가는데 염화탁은 아무런 일도 할 수 없었다.
　아무리 일에 집중하려 해도 도무지 집중이 되질 않았다.
　그의 하나뿐인 아들인 염부심 때문이었다.
　염부심의 갑작스런 변화에 신경이 곤두선 이는 염화탁뿐만이 아니었다.
　그의 부인 음서서 또한 신경이 날카롭게 서 있기는 마찬가지였다.
　"……."
　아무런 말도 없이 첨예한 칼끝처럼 대립하고 있는 염화탁과 음서서.
　가뜩이나 일이 손에 잡히지도 않는데, 음서서가 오늘도 역시 염화탁의 집무실을 찾아와 그의 신경을 살살 건드렸다.

 서로 신경이 곤두서 있기에 되도록 대화를 피하려 했던 염화탁이었다.

 음서서 또한 알고 있었다, 신경이 서로 날카로운 상태에선 결코 이성적인 대화가 오갈 수 없음을.

 하지만 그런 사실을 알면서도 그녀는 집요할 정도로 염화탁을 괴롭혔다.

 "부심이의 상태가 어떤지 뻔히 아시면서 정말 이대로 방관만 하실 참입니까? 뭐라고 말씀이라도 해보십시오, 제발……."

 아름다운 외모와 너무도 이질적인 음성에 염화탁이 지끈거리는 관자놀이를 지그시 눌렀다.

 "저 상태가 지속된다면 상황이 어찌 변할지 아무도 장담할 수 없음을 아시지 않습니까. 천추의 한으로 남을 수도 있습니다, 상공."

 그 음성에는 표독스럽지만 어미의 간절함이 묻어 있었다.

 "그래서 내 아들을 살리자고 남의 소중한 생때같은 자식들을 죽인단 말이오! 그게 어디 될 법한 소리인 게요!"

 염화탁이 울화가 치밀어 호통을 쳤다.

 이미 권력이란 늪에 빠져버린 염화탁이지만 아무리 그래도 인의까지 저버릴 순 없었다.

 하지만 집요하게 파고드는 음서서로 인해 염화탁도 조금씩 흔들리고 있었다.

 그리고 그런 자신의 모습을 발견할 때면 경멸스러움이 치밀어 올랐다.

염화탁의 표정은 고뇌에 차 있었다.
 "누구는 이러고 싶어 이러는 것입니까! 어미이기에 이러는 것이 아닙니까! 이 배로 낳은 자식이, 생명보다 소중한 내 아이가 저렇게 죽어가기에 이러는 것이 아닙니까! 이 세상 모든 사람이 저를 향해 악마라 손가락질을 한다 해도, 지옥의 나락으로 떨어진다 해도 부심이만 살 수 있다면 부모로서 대체 무엇인들 못하겠습니까!"
 음서서가 고함을 치며 울부짖었다.
 둘 간의 대화가 사뭇 충격적이었다.
 단지 성격이 돌변했을 뿐이거늘 염부심이 죽어간다니.
 "이것이 다 유화 그년 때문에 일어난 일이 아닙니까?! 그년만 아니었다면 병약하나마 평생을 유유자적하며 살 수 있는 아이입니다. 왜 남의 자식 귀한 줄만 아시고 자기 자식 귀한 줄은 모르신단 말입니까?"
 결국 분을 못 이긴 음서서가 오열을 터뜨렸다.
 그 모습을 애써 외면하는 염화탁이었다.
 염화탁이라고 마음이 편할까.
 음서서와 마찬가지로 염화탁 또한 심장이 갈기갈기 찢기는 아픔을 느꼈다.
 '어찌 이것이 유화의 잘못이란 말이오. 이것이 어찌 그 아이의 잘못이란 말이오. 모두가 그대와 나의 잘못이거늘, 이 모두가 권력에 눈이 먼 우리의 잘못이거늘……'
 어쩌다 일이 이 지경까지 됐는지.
 염화탁은 후회가 막급했다.

시간을 되돌릴 수만 있다면 자신의 모든 것을 버려서라도 되돌리고 싶었다.

하지만 이미 엎질러진 물.

결코 되담을 수 없는 물이었다.

무진강을 중심으로 따랐던 수족들은 염화탁이 철혈무가의 가주가 되는 것을 극구 반대했다.

비록 무공도 익히지 않은 나이 어린 여식이지만, 그들은 무유화가 가주 직을 물려받아야 한다고 입을 모아 한소리를 냈다.

염화탁을 못 믿어서가 아니었다.

그들이 경계했던 건 다름 아닌 염화탁을 언제든 옆에서 좌지우지할 수 있는 영악함을 가진 음서서였다.

하지만 그들의 뜻은 결국 날개를 달지 못했다.

그리고 그 뜻을 이루지 못한 그들을 기다린 건 음서서의 싸늘한 복수뿐이었다.

그 복수의 시작이 바로 용노야였던 것이다.

*　　　*　　　*

야행에 이골이 난 듯 어둠을 뚫는 사내의 움직임엔 거침이 없었다.

그렇게 얼마나 움직였을까.

사내가 한 거처에 우뚝 선 채 작은 인기척을 냈다.

그리고 사내를 기다리고 있었다는 듯 거처 안에서도 그에 화답하는 인기척이 흘러나왔다.

"……."

일렁이는 등불 아래에서 빼어난 미모의 중년 여인이 사내를 맞이했다.

여인은 음서서였다.

"오시느라 수고가 많았습니다."

"적 모, 음 부인을 뵙습니다."

서른 중반으로 보이는 사내가 날카로운 눈빛을 빛내며 음서서에게 공손히 인사를 했다.

이마에 두른 단정한 영웅건과 값비싼 비단 치장으로 보아 그 신분이 결코 낮아 보이지 않았다.

"갔던 일은 어찌 되었습니까?"

음서서가 초조한 듯 물었다.

"그들의 종적을 찾기가 무척 힘들었으나, 어쨌든 그들 중 일부와 선이 닿았습니다."

"일부라 하면?"

"다행히도 연락책 중 한 명이었습니다."

"시간이 촉박합니다. 한시라도 빨리 상부의 인물과 선이 닿아야 해요."

"가주께서는 여전히 용단을 못 내리신 것입니까?"

사내가 물었지만 음서서는 대답하지 않았다.

그 모습을 긍정으로 받아들인 사내가 다시 물었다.

"설마 독단적으로 일을 진행시킬 생각이십니까?"

"그럼 어찌하겠습니까. 언제가 될지도 모를 상공의 용단만을 기다릴 순 없질 않겠습니까."

음서서가 답답한 듯 말했다.

"하지만 가주의 용단이 없다면 그들을 움직이기가 결코 쉽지만은 않을 것입니다."

걱정스러운 듯 사내가 말했다.

"그러니 그대께 이렇게 도움을 청하는 것이 아니겠습니까."

"으음."

간청하듯 매달리는 음서서의 모습을 바라보며 사내가 깊은 한숨을 내쉬었다.

그러다 굳은 각오를 한 듯 사내가 두 눈에 힘을 바짝 주며 말했다.

"비밀이 누설될 시엔 철혈무가의 존폐조차 장담할 수 없습니다. 각오를 단단히 하셔야 할 것입니다."

"부심이가 절맥지체란 사실을 알았을 때부터 이미 각오는 되어 있었습니다."

절맥지체(絶脈之體)라니.

음서서의 말은 놀라운 것이었다.

말 그대로 혈맥이 조각조각 끊어져 결국 참을 수 없는 고통에 시달리다 죽어가는 병이었다.

고금을 통틀어 그 치료 방법이 없다 전해지는, 하늘의 저주라 불리는 희귀한 병이었다.

염부심이 그런 절맥지체를 안고 태어났다니.

물론 절맥지체라고 해서 그 모두가 고통에 시달리다 죽는 것은 아니었다.

외상과 내상을 조심하고 평온한 삶을 유지할 수만 있다면 절맥지체를 가지고 태어났더라도 병약하나마 범인처럼 살 수는 있었다.

하지만 자그마한 상처에도 죽을 수 있는 저주의 병마임에는 변함이 없었다.

그리고 절맥지체의 무서운 점은 심적 동요에도 그 병세가 즉각적으로 반응을 보인다는 점이었다.

어떻게든 인위적인 노력으로 상처를 막을 수 있다지만 심적 동요는 조심해서 될 일이 결코 아니었다.

절맥지체가 하늘의 저주라 불리는 이유도 바로 여기에 있었던 것이다.

* * *

평상시와 다른 용노야의 모습에 윤의 얼굴이 많이 시무룩했다.

요 근래 무유화의 모습도 보이질 않아 더욱 그러했다.

그러고 보니 훈련대장 이주하의 얼굴을 본 지도 꽤 오래되었다.

자신이 무슨 잘못을 저지른 건 아닐까.

글을 열심히 배우지 않아 그런 것일까.

아니면 검술을 열심히 수련하지 않아 그런 것일까.

윤이 자기 나름대로 생각해 보지만 머리만 아플 뿐이었다.

무언가 사단이 났음이 분명한데 도통 그 이유를 찾을 수 없으니 하루하루가 답답할 수밖에 없는 윤이었다.

그래서인지 하루가 빠듯할 정도로 맹렬하게 수련하던 검술도 이젠 그 모습이 시들시들했다.

"시름이 깊다 하여 수련을 게을리 한다면 네 어찌 무사라 할 수 있겠느냐?"

언제 왔는지 힘없이 수련하는 윤을 노려보며 용노야가 크게 꾸짖었다.

"하, 하, 할아버지……."

"육체의 고단함을 이겨낸다 한들 그 정신머리가 썩어빠졌으니, 네 어찌 무사의 길을 걷는다 말할 수 있단 말이더냐?"

주름 가득한 용노야의 표정에 서릿발 같은 노여움이 묻어 있었다.

"입이 있다면 네 입으로 직접 말해보아라! 그런 정신머리로 어찌 용혈검의 주인이 될 것이며, 네 어찌 유화를 지킬 수 있단 말이더냐?"

그 음성에서는 한 점의 장난기도 찾을 수 없었다.

지금껏 용노야가 저토록 화를 낸 적이 없었기에 윤의 당황한 기색은 점점 더 그 도를 더해갔다.

"왜 말을 못 하느냐? 네 입이 있으면 말을 해보라 하지 않았더냐!"

너무 몰아세운 탓일까.

궁지에 몰린 윤의 두 눈이 뿌옇게 흐려졌다.

하지만 용노야의 다그침은 결코 멈출 기세가 아니었다.

"그딴 정신으로 무사가 되려거든 지금이라도 늦지 않았으니 당장 검을 버리거라! 내 너를 그리 안 봤거늘! 고얀 놈 같으니!"

한바탕 폭풍우가 휘몰아친 후 윤은 뒤뜰 중앙에 홀로 선 채 눈물만 글썽였다.
남들에게 손가락질과 조롱을 받는 천치 바보였지만,
누구보다 순수한 윤이 고개를 푹 떨어뜨린 채 하염없이 울고 있었다.
축 처진 어깨가 크게 들썩였고, 알 수 없는 서러움에 두 눈이 퉁퉁 부어버렸다.
무엇이 그렇게 서러운 것일까.
지는 석양을 온몸으로 받은 윤의 모습이 너무도 안쓰럽게 보였다.

어스름이 깔린 내실에 정좌한 용노야라고 마음이 편할 리 없었다. 마음에도 없는 말을 쏟아내려니 아픈 가슴이 왜 그리도 저린지.
하지만 독해져야 했다.
눈에 넣어도 아프지 않을 자식과 같은 윤이었기에 더욱 독해져야만 했다.
아니, 머물 날이 많지 않기에 더더욱 독해져야만 했다.
'내 너의 아픔과 슬픔을 어찌 모를 수 있겠더냐? 하지만 윤아, 그럴수록 더욱 강해져야 하느니라. 이 세상에서 너를 지켜줄 이는 너 자신뿐이기에 더욱 강해져야 하느니라. 이 할아비가 네게 해줄 수 있는 게 많지 않아 더더욱 강해져야 하느니라. 알겠더냐? 알겠더냐?'
운명을 거스를 수 있다면 조금만 더 시간을 달라 하늘께 애원하고 싶었다.
 하지만 하늘의 순리를 거스를 수는 없는 일.
 용노야의 구부정한 등에 지워진 시름의 무게가 점점 더 그 무게를 더해가고 있었다.

*　　　*　　　*

 그 몸뚱이와 닮은 삐쩍 마른 막대를 든 주름진 손끝이 조금씩 떨렸다.
 그 모습이 무척 위태롭고 힘에 겨워 보였다.
 하지만 그 몸짓 하나하나를 쫓는 윤의 두 눈은 별빛처럼 반짝 빛나고 있었다.
 스으윽—
 용노야의 발끝이 윤이 비질을 하듯 대지를 부드럽게 쓸었다.
 그에 그의 허리가 덩달아 꺾이며 삐쩍 마른 막대가 유연한 몸놀림으로 반 회전을 일으키곤 허공의 한 점을 정확히 꿰뚫었다.
 그리고 정적이 흘렀다.
 "기억할 수 있겠느냐?"
 참았던 호흡을 힘겹게 내뱉곤 용노야가 윤에게 물었다.
 끄덕.
 윤이 잠시 고민하더니 고개를 끄덕였다.
 "진정 기억할 수 있겠더냐?"
 윤의 말을 믿을 수 없어 용노야가 재차 물었다.
 그러나 윤의 대답은 똑같았다.

"……."

윤을 바라보는 용노야의 눈빛에 이채가 발했다.

동시에 머릿속이 마구 헝클어졌다.

"내가 펼친 검술에서 넌 무엇을 보았더냐?"

"그, 그런 건 모, 모르겠는데."

"그저 네가 느낀 지금의 감정을 묻는 것이니라."

"느, 느낌? 가, 가, 감정?"

검지로 입술을 톡톡 건드리며 윤이 미간을 찌푸렸다.

그러다 무언가 생각이 났다는 듯 화색을 밝히며 그가 입을 열었다.

"가, 강하다. 무, 무섭다. 헤……."

더듬더듬 말을 내뱉곤 윤이 헤벌쭉 웃음 지었다.

그런 윤에게 용노야가 근엄한 표정을 지었다.

"검을 들거라."

"……."

"혈아를 들거라."

자신의 명에 윤이 목검을 들자 용노야가 인상을 살짝 찡그리며 다시금 말했다.

"무, 무, 무서운데."

여전히 용혈검을 무서워하는 윤이었다. 하지만 용노야의 명이었다.

윤이 쭈뼛거리다 어쩔 수 없이 결국엔 용혈검의 검병을 쥐었다.

"윤이 네가 본, 아니, 네가 느낀 느낌 그대로 검술을 펼쳐 보거라."

용노야가 혹시나 하는 기대감을 안고 윤에게 말했다.

그러자 윤이 아무런 군말 없이 용혈검을 허공을 향해 겨냥했다.

"후우."

윤이 잠시 호흡을 가다듬었다.

그렇게 잠깐의 시간이 흐르고,

스윽—

윤이 허공을 향해 겨눴던 용혈검을 부드럽게 자신의 겨드랑이로 끌어들였다.

그러던 어느 순간,

윤이 용혈검을 허공을 향해 반 회전을 그리며 앞으로 쭉 뻗어냈다.

보기엔 쉬워 보여도, 아니, 보기엔 매우 간단한 변(變)처럼 보이지만 막상 시전을 하면 익히기가 꽤 까다로운 변화였다.

하지만 놀랍게도 그 변화를 윤은 상당히 매끄럽게 연결하고 있었다.

좀 더 지켜봐야 알 일이지만 분명한 사실은 윤이 연결한 초발의 일 수만으로도 어쨌든 용노야의 감탄을 이끌어내기에는 전혀 부족함이 없었다.

"……!"

빈 허공에 용혈검의 궤적을 남기며 춤을 추듯 움직이는 윤의 동작이 꽤나 그럴싸했다.

어설픈 흉내였지만 놀랍게도 용노야가 보여준 검술의 맥을 정확히 짚은 완벽에 가까운 시전이었다.

보통 사람이라면 눈으로 본 바를 머리로 기억한 후 검술을 펼치는 것이 정상이다.

만약 윤이 보통 사람이었다면 그 또한 분명 그랬을 것이다.

하지만 저 흐름은 결코 머리로 기억한 몸짓이 아니었다.

아무리 검술의 초입 단계라 하나 용노야를 강북제일의 검성으로 만든 구천류검(九天流劍)이었다.

그 변화가 간단해 보이지만 결코 단순한 것이 아니었다.

한 번 보고 아무나 따라 할 수 있는 검술이 결코 아니란 의미다.

그렇다면 머리가 아닌 다른 무언가로 기억했다는 말이었다.

'서, 설마! 심감(心感)이란 말인가?'

용노야가 내심 놀라 생각했다.

언젠가 들은 적이 있었다.

뛰어난 오감을 가지고 태어난 사람들 중 몇몇은 심감을 더불어 가지고 태어난다는 사실을.

하지만 용노야는 지금껏 살아오며 그런 사람을 단 한 번도 본 적이 없었다.

심감이라니!

말도 안 되는 억지라 생각했다.

반복적 배움을 또다시 반복해서 심감으로 착각을 일으키는 것일 뿐.

애당초 심감의 존재를 부정하던 용노야였다.

그런데 윤의 동작을 보고 있노라니 자신의 생각이 틀릴 수도 있다는 느낌이 문득 들었다.

"……."

용노야가 긴장하여 자신도 모르게 입술을 잘근 깨물었다.

시간이 지날수록 용노야의 표정엔 초조함이 잔뜩 묻어났다.

아니, 소용돌이처럼 거세지는 격한 흥분에 심장이 크게 쿵쾅거렸다.

'어, 어쩌면…….'

용노야의 두 눈이 크게 일렁였다.

순간 그의 뇌리로 예전의 영상이 빠르게 파고들었다.

여느 날처럼 지나가다 들렀다며 차를 마시던 도중 무진강이 느닷없이 던진 말이었다.

그땐 그저 지나가는 말인 줄로만 알았다.

그렇기에 무진강의 말을 웃음으로 받아넘겼다.

하지만 무진강이 마지막에 던진 말은 결코 웃음으로 받아넘길 수 없었다.

무언가 커다란 의미가 담겨 있다는 느낌을 용노야는 지울 수 없었기 때문이다.

그리고 무진강이 죽기 얼마 전, 그가 용노야에게 전한 말은 충격 그 자체였다.

그리고 용노야는 그제야 무진강이 던진 말의 의미를 깨달을 수 있었다.

"형님께서는 바보와 천재의 차이가 과연 무엇이라 생각하십니까?"

무진강이 용노야에게 느닷없는 질문을 던졌다.

"뜬금없이 바보와 천재의 차이라니요. 꽤 무료한가 봅니다, 가주. 껄껄!"

"후후후, 그런가요."

무진강의 얼굴에 소탈한 웃음이 걸렸다.

"소제는 이런 생각이 듭니다."

"무슨 생각이 드신단 말씀입니까?"

이번엔 또 무슨 엉뚱한 소리를 할까.

용노야가 미소를 지으며 물었다.

"바보 또한 다르고 천재 또한 다르니 그 둘의 경계를 과연 경계라 할 수 있을까. 범인들이 습관적으로 정해놓은 시각의 경계로 바보와 천재를 구분 짓는 것은 아닌지, 언변과 행동이 어눌하다 하여 습관적으로 우리가 바보라 일컫는 건 아닌지 문득 이런 생각이 들더군요."

"하하하! 그래서 가주께서는 천재와 바보가 별반 차이가 없음을 말하고자 하시는 겁니까?"

대소를 터뜨리는 용노야의 얼굴에 유쾌함이 가득했다.

그러다 무슨 생각인지 그가 두 눈을 게슴츠레 뜨곤 무진강에게 물었다.

"설마 윤이가 천재는 아닐까 고민하시는 건 아니시겠지요?"

무진강이 바보 윤을 곁에 두고 너무도 소중히 아끼기에 용노야가 표정을 재밌게 바꾸며 농을 던졌다.

"이거야 원! 아무리 속내를 감추려 해도 형님께 만큼은 도저히 소제의 속내를 감출 수가 없습니다. 하하하! 그래도 혹 모르니 형님께서 윤이를 좀 지켜봐 주시면 감사할 따름입니다. 윤이에게 말 못할 깊은 속사정이 있을지도 모를 일이 아니겠습니까."

무진강이 어색한 듯 뒷머리를 쓰다듬으며 말했다.

"가주께선 스스로 너무 과하단 생각은 전혀 하시질 않는 것 같습니다. 아무리 윤이를 아끼신다 해도 너무 아끼시는 건 아닌지 모르겠습니다. 안 그래도 유화의 불평이 이만저만이 아닙니다. 이러다 부녀의 깊은 정에 금이라도 갈까 무섭습니다."

용노야가 걱정스럽다는 듯 말했다.

"설마하니 그럴 리가 있겠습니까."

"설마라니요. 대관절 그 바보 놈이 무에 그리 대단하다고 자꾸 옆에 끼고 보물처럼 다루신단 말입니까. 철혈무가의 모든 식솔이 단지 쉬쉬할 뿐이지 그들 또한 불만이 없진 않을 것입니다."

"소제가 부족하여 그런 것이니 형님의 말씀 귀담아듣겠습니다. 그리고 앞으론 조심토록 하겠습니다."

무진강의 공손한 대답에 오히려 무안해진 용노야가 쑥스러운 듯 입을 열었다.

"무안하게 왜 그리 고개를 깊이 숙이시는 것입니까. 이 용 모, 몸 둘 바를 모르겠습니다, 가주."

그렇게 의형과 의제는 서로의 마음을 주고받으며 찻잔을 비웠다.

그리고 자리를 털고 일어나기 직전, 무진강이 용노야를 바라보며 입을 열었다.

"바보이기에 아플 수밖에 없는 아이입니다. 바보가 할 수 있는 일이 많지 않기에 더 슬픈 아이입니다. 윤이는 그런 아이입니다."

'살려야 했기에 온갖 방법을 찾아 헤맸던 것입니다. 결국 하늘이 돕더군요. 그래서 방법을 찾았고, 살릴 수 있었던 것입니다. 그런데 그 후가 문제더군요. 더 이상 제게는 윤이를 지켜줄 힘이 남아 있질 않더군요. 그래서 선택한 길이었습니다.'

무진강이 다하지 못한 말을 마음속으로 되뇌며 용노야를 향해 희미한 미소를 지었다.

윤이 용혈검을 거두고 용노야를 멍하니 바라봤다.

역시나 그 모습은 영락없는 바보였다.

하지만 용노야의 시선 속에 들어온 윤은 결코 바보의 모습이 아니었다.

"네 어찌 그것을 기억한 것이더냐?"

기대감에 잔뜩 젖은 눈빛으로 용노야가 물었다.

"그, 그냥……"

용노야의 태도가 너무도 진지하여 윤이 지레 겁을 먹곤 머뭇거렸다.

"다시 펼치라 하면 똑같이 펼칠 수 있겠더냐?"

재차 묻는 용노야를 향해 윤이 고개를 끄덕였다.

"하아……"

자신의 눈치를 살피며 고개를 끄덕이는 윤을 바라보던 용노야가 그만 깊은 신음성을 터뜨렸다.

*　　　*　　　*

힘겨운 발걸음.
한걸음 한걸음에 숨이 턱까지 차올랐다.
발소리를 내지 않으려 신경을 쓰다 보니 여간 성가신 게 아니었다.
그렇게 얼마나 산길 소로를 올랐을까.
"노야를 뵙습니다."
존경을 가득 담긴 음성이 어둠을 잔잔히 울렸다.
"……."
가오성이 허리를 깊이 숙이며 용노야에게 예를 표했다.
예전과 사뭇 다른 행동과 말투였다.
이전 같았으면 용노야가 다가오기도 전에 바닥에 넙죽 엎드려 말을 더듬었을 가오성이지만.
"오성이 네가 매번 수고가 많구나."
"아닙니다, 노야."
황송하단 표정으로 가오성이 말했다.
정말이지, 처음엔 용노야를 만나러 오는 발걸음이 어찌나 무거웠던지.
가오성의 수고가 이만저만이 아니었다.
아니, 수고를 떠나 죽을 맛이었다.
자칫 실수라도 하는 날이면 곧바로 황천길이었으니 당연한 일이었다.
 하지만 우습게도 시간이 지나면 지날수록 가오성의 발걸음은 가벼워졌다.
 죽을 수도 있는 이중 세작질이거늘 왜 자꾸 발걸음이 가벼워진 것일까.
 가오성은 그런 사실이 너무도 황당하여 한번은 그 이유를 곰곰이 생각해 본 적이 있었다.
 그리고 내린 결론은 믿을 수 없게도 편안함이었다.
 착각일 수도 있겠지만 가오성은 왠지 모르게 용노야를 만날 때면 마음이 따듯해지는 느낌이었다.
 무림 세계에 몸을 담은 후 용노야처럼 자신을 인간적으로 대해준 사람이 없었다.
 실력이 없으니 어디를 가더라도 무시를 당하기 일쑤던 가오성이었다.
 그런데 별 볼일 없는 자신을 용노야는 진심이 담긴 마음으로 그를 대했던 것이다.
 "그저 소인이 좋아하는 일입니다, 노야."
 가오성의 음성에 진한 자부심과 무한한 존경이 묻어 있었다.
 "그동안 너에게 내가 정말 못할 짓을 한 것 같구나."
 "노, 노야, 그 무슨 말씀이십니까? 말씀을 거두어주십시오."
 "아니다, 아니야. 사실이 그런 것을 무얼 거둔단 말이냐?"
 "노, 노야……."
 가오성이 몸 둘 바를 모르겠다는 듯 말을 더듬었다.
 오늘따라 용노야의 분위기가 사뭇 침울해 보였다.

그것이 왠지 불안하기만 한 가오성이었다.
"유화는 여전한 것이더냐?"
분위기를 바꾸며 용노야가 물었다.
"여전히 두문불출하며 지내고 있습니다."
"부심의 상태도 여전한 것이더냐?"
"그렇습니다."
"으음."
용노야가 가벼운 한숨을 내쉬었다.
그렇게 잠시 침묵이 흘렀다.
"이제 그만하면 되었느니라."
"……?"
"이제는 더 이상 알 것도 그럴 필요도 없게 된 것 같구나."
"무슨 말씀이신지?"
뜬금없이 들리는 용노야의 음성에 가오성이 그 의미를 물었다.
"더 이상 이곳을 찾지 말라는 의미니라. 아니, 염탐은 계속하되 나를 만날 필요는 없다는 의미니라. 그동안 너의 생명을 위협하면서까지 내 욕심을 채웠다는 것이 그저 부끄러울 뿐이구나. 네게 몹쓸 짓을 한 것 같아 너무도 미안할 뿐이구나."
"노, 노야."
용노야의 음성에 가오성이 울컥하여 눈시울을 붉혔다.
왜 감정이 울컥해지는 것일까.
더 이상 생명에 위협을 느끼지 않아도 되거늘.
지금껏 바라 마지않던 상황이거늘.
"받거라."

용노야가 자신의 품에 갈무리해 온 뭉툭한 서책 하나를 꺼내어 가오성에게 내밀었다.

"노, 노야……."

여전히 눈시울을 붉히며 말을 더듬는 가오성.

"어찌 이것이 너의 수고에 비견이나 될 수 있겠느냐. 하지만 너에게 조금이나마 도움이 될까 싶어 이 노부가 준비한 것이니 받아주었으면 싶구나. 내 문장이 부족하여 아직까지 초식명조차 없는 검식이구나. 이제는 네 자식이 될 터. 좋은 이름이 생기거든 붙여주거라."

"노, 노, 노야."

용노야가 내미는 서책이 무엇인지 전혀 관심도 가지 않는 가오성이었다.

그저 감정이 울컥해 울먹울먹하는 그였다.

하지만 누가 알았을까.

그토록 성공을 바라 마지않던 가오성에게 느닷없이 찾아온 기연의 날이 바로 오늘이라는 것을.

*　　*　　*

비가 오나 눈이 오나 자연의 일부처럼 윤의 일과는 변함이 없었다.

아니, 변했다.

결코 변하지 않을 것만 같던 그의 일과를 변화시킨 사람은 바로 용노야였다.

비를 잡던 일상을 검을 잡게 한 것도 용노야였다.

그 좋아하던 고기를 먹지 못하게 만든 이도 용노야였다.

그토록 무서워하던 용혈검을 친구로 거두라는 용노야의 말 한마디에 이젠 용혈검을 품에서 떼놓지 않는 윤이었다.

따사로운 햇살이 탄탄한 윤의 어깨로 흐르는 땀방울에 부딪쳐 허공으로 산산이 부서졌다.

그 모습이 눈부셨다. 아니, 아름다웠다.

검게 그을린 윤의 몸이 더없이 강해 보였다.

크지도 작지도 않은 수많은 근육이 서로 긴밀히 연결되어 검의 움직임에 맞춰 춤을 추고 있었다.

쐐애액—

허공을 가르는 용혈검의 일검에 대기가 가차없이 쪼개졌다.

근력이 강해질수록 일검에 담긴 힘 또한 강해졌다.

단순히 근력만을 사용해 휘두른 일검이었지만 하루가 다르게 그 모습이 달라졌다.

"……!"

붉게 달아오른 태양이 저편 동녘에서 서서히 떠오르기 시작했다.

그 모습을 윤이 용혈검을 품에 품고 멍하니 바라봤다.

달이 기운 저번 그믐 때까지만 해도 용노야와 함께 바라보던 태양이건만.

이제는 혼자였다.

백암산을 달리다시피 내려온 윤을 반긴 이는 훈련대장 이주하였다.

너무도 간만에 봐서 그런 것일까.

인사는커녕 윤이 어색한 듯 몸을 비비 꽜다.

"오랜만이구나."

이주하가 입을 열자 윤이 언제나 그랬듯 실실 웃어댔다.

"으음."

실실 웃는 윤을 바라보던 이주하의 미간이 순간 좁혀졌다.

그의 시야로 윤이 보물처럼 품에 품고 있는 검 한 자루가 들어왔기 때문이다.

이주하가 너무나도 잘 알고 있는 검이었다.

용노야의 전부라고 해도 과언이 아닌 용혈검을 그가 모를 리 없었다.

'믿을 수가 없구나, 용혈검을…….'

직접 두 눈으로 보고 있지만 이주하는 믿을 수가 없었다.

용노야가 아무리 윤을 자식처럼 생각한다 해도 함부로 용혈검을 물려줄 그가 아니었다.

용혈검은 영물에 가까운 검이었다.

하지만 용혈검의 진정한 모습을 아는 이는 드물었다.

이주하 또한 용노야가 말해주지 않았다면 지금껏 용혈검의 참모습 몰랐을 일이다.

세인들이 알고 있는 용혈검은 용사량의 독문 병기이자 무림의 보물이었다.

하지만 그 살기가 너무 진해 마검이라 불렸던 검이라는 사실을 아는 이는 극히 드물었다.

용노야가 말하길, 그 살기를 다루지 못해 미쳐 죽어간 무인이 한둘이 아니라고까지 했다.

당연히 함부로 품을 수 있는 검이 아니었다.

그런데 그런 용혈검을 윤이 품고 있었다.

더 놀라운 사실은 용혈검이 윤의 품에 안겨 있으니 마치 온순한 양처럼 느껴졌다.

"좋아 보이는구나."

놀란 신색을 감추며 이주하가 말했다.

그리곤 이내 용노야를 돌아보며 다시금 입을 열었다.

"큰마음 먹고 장만한 의복인데 오늘은 어찌 고단한 하루가 될 것 같습니다. 후후."

"훈련대장의 실력을 믿어 의심치 않네만, 내가 의복 값을 대어줄 형편이 아님을 아실 것이니 조심하시는 편이 좋을 걸세. 오늘은 윤이 뿐만 아니라 혈아(血兒)도 같이 상대해야 할 것이니 말일세."

"그러게나 말입니다. 이거 농담이 아니라 벌써부터 등골이 서늘하게 굳어집니다."

물론 농담이었지만 이주하는 결코 상상할 수 없었다.

오늘이 그에게 있어 잊을 수 없는 하루가 될 것이란 사실을 말이다.

"그럼 시작하겠습니다, 노야."

"그러시게."

언제나 그랬듯 세 사내가 뒤뜰로 자리를 옮겼다.

서로 말을 주고받지 않고도 그들은 자신들이 무엇을 해야 할지 알고 있었다.

물론 바보인 윤 또한 마찬가지였다.

"……."

두 사내, 그리고 두 자루의 검.

"……."

그들은 서로를 노려보고 있었다.

예전 같았으면 벌써 십여 합을 겨루고도 남을 시간이었다.

하지만 오늘따라 지루한 침묵이 감돌고 있었다.

"오거라."

매번 그랬듯 이주하가 말했다.

"시, 싫어."

단 한 번도 토를 단 적이 없는 윤이었다.

오라 하면 갔고, 그만하라 하면 그만했던 윤이었다.

그런데 오늘 윤이 이상했다.

"……?"

난데없는 상황에 이주하가 난처한 낯빛을 보였다.

아무리 비무라 할지라도 고수인 자신이 먼저 선공을 가할 순 없었다.

이 상황을 어떻게 대처해야 할지 훈련대장 이주하가 어색함에 어찌할 바를 몰라 했다.

"후후, 이거야 원!"

이주하가 고개를 절레절레 흔들며 난처함을 표했다.

그러다 궁금하여 그가 물었다.

"나와 대결을 펼치는 게 싫다는 뜻이더냐?"

"아, 아니. 혀, 혈아가 가기 싫대."

"뭐, 뭐라?"

혈아가 가기 싫다니?

뜬금없는 윤의 말에 이주하의 표정이 살짝 구겨졌다.

아무리 용혈검이 영물이라고는 하나 검이 말을 할 리 만무했다. 윤이 거짓말을 할 리도 없었다.

그렇다면 지금 이 상황을 어찌 설명해야 하는 것일까.

순간 이주하의 시선이 용노야에게 돌아갔다.

미소 짓는 용노야는 분명 무엇인가를 알고 있는 눈치였다.

"오늘은 어째 훈련대장께서 먼저 가하셔야 할 듯싶네. 어쩌겠는가. 이렇게 밤을 샐 수는 없질 않겠는가."

허허로이 떠도는 구름처럼 용노야가 말을 하자 어쩔 수 없다는 듯 이주하가 고개를 끄덕였다.

한참이나 어린, 그것도 한참이나 하수인 윤을 상대로 먼저 손을 쓴다는 것이 여전히 마음을 복잡하게 만들었지만 용노야의 명이 떨어진 이상 먼저 손을 쓸 수밖에 없었다.

"손에 인정을 담지 않을 것이니 조심하거라."

진심 반, 농담 반으로 이주하가 경고했다.

그러자 항상 웃던 윤이 아랫입술을 잘근 깨물며 고개를 살짝 끄덕였다.

당연한 일이지만 이주하는 윤과 대결함에 있어 최선을 다한 적이 없었다.

오늘도 마찬가지였다.

최선을 다하지 않아도 이주하에겐 윤을 가볍게 요리할 수 있는 능력이 있었다.

그런데,

파앗—

용혈검의 섬뜩한 검끝이 좌로 비껴 몸을 튼 이주하의 견골 아래를 섬광처럼 파고들었다.

오합지검의 찌르기의 일초식이었다.

'이것이 바로 용혈검의 위력이란 말인가.'

윤의 진일보(進一步)보다는 용혈검의 위력에 감탄을 연발하는 이주하였다.

그도 그럴 것이, 한 올의 내공도 담기지 않은 검끝에서 착각인지 모를 싸늘한 검기가 느껴졌다.

하지만 감탄만 연발할 수는 없는 노릇.

이주하가 신묘한 몸놀림으로 윤의 공격을 가볍게 흘린 뒤 검병 끝으로 윤의 상박을 가볍게 찍어버렸다.

퍽!

그 순간 둔탁한 소음이 허공에 울려 퍼졌다.

그 소리로 보아 꽤나 큰 충격이 가해진 듯싶었다.

하지만 윤의 표정에서 고통의 흔적은 찾아볼 수 없었다.

이 정도의 충격쯤은 충분히 참을 수 있다는 듯 그의 공격은 멈출 기세를 보이질 않았다.

심감으로 기억하다 175

오늘도 이렇게 비무가 끝나는가 싶었다.

아무리 용혈검이 희대의 명검이라 하나 그 주인의 능력이 일천하여 그 진가가 십분 발휘되질 않았다.

간혹 예상치 못한 날카로움에 이주하의 미간이 좁혀진 적은 있지만 큰 위협이 되지는 못했다.

그런데 이대로 비무가 끝나는가 싶던 어느 순간이었다.

스으윽―

윤의 오른 발끝이 대지를 슬며시 쓸었다.

동시에 매번 똑같았던 오합지검의 검로가 그 발끝을 따라 자연스럽게 바뀌기 시작했다.

'저것은!'

이주하의 눈빛이 예리하게 빛났다.

"……!"

윤이 취한 자세.

이주하에게 있어선 죽어서도 결코 잊을 수 없는 자세였다.

"……."

자신을 노려보는 윤의 눈빛을 무시하곤 이주하가 심각한 표정이 되어 용노야를 바라봤다.

그런 그를 향해 용노야가 고개를 끄덕였다.

"으음."

윤의 진일보보다는 용혈검의 위력에 거의 신경을 다 쏟아부었던 이주하의 입에서 처음으로 윤을 향한 감탄이 터져 나왔다.

완벽에 가까웠다.

마치 윤의 모습이 용노야를 보는 듯 전면에 꽉 찬 느낌이었다.

발검(拔劍)을 한 윤의 자세.

그것은 용사량을 강북제일의 검성으로 만든 구천류검 중 패도적인 기운을 자랑하는 북천류(北天流)의 북천일로(北天一路)였다.

第七章

호덕을 혼내다

수호무사

잘 꾸려진 정원.

그 아름다운 모습에 눈길을 줄 만도 하련만, 음서서의 시선은 오직 한곳에 고정되어 있었다.

왠지 모르게 서두른다는 느낌이었다.

그 걸음이 경쾌했지만 무겁게 느껴지는 이유였다.

갑작스런 음서서의 방문에 염부심이 당황하여 호들갑을 떨었다.

그 모습이 왠지 불안해 보였다.

"앉거라."

음서서가 우아한 자태로 염부심에게 말했다.

"어쩐 일이십니까, 어머니?"

염부심이 조심스럽게 자리에 앉아 물었다.

"어미가 자식을 찾는데 꼭 그 이유가 있어야 하느냐?"

"그, 그런 건 아니지만……."

"그저 들렀느니라."

"예, 어머니."

여전히 음서서 앞에서는 주눅부터 드는 염부심이었다.

"힘들더냐?"

"힘들다니 그 무슨 말씀이십니까, 어머니?"

음서서가 뜬금없이 묻자 염부심이 어리둥절한 표정으로 반문했다.

"네 모습이 예전과 많이 달라졌다고 느끼는 사람은 비단 이 어미뿐만이 아니구나. 아버지는 물론이고, 무가의 식솔 모두가 곳곳에서 너의 행동을 이야기하고 있다. 모르는 사실이었더냐?"

"소자 언제나 그 자리에 있었거늘 예전과 다르다니요. 처음 듣는 이야기입니다."

금시초문이라는 듯 염부심이 얼떨떨한 표정으로 말했다.

정말 처음 듣는 이야기였다.

자신이 변했다는 사실조차 인지하지 못하는 염부심이 주위의 변화를 눈치챌 리 없었기 때문이다.

'불쌍한 것…….'

그 모습에 음서서의 억장이 무너졌다.

시종일관 근엄한 표정이었지만 음서서의 마음은 여느 어미의 그것과 다를 바 없었다.

"답답한 것이 있으면 이 어미에게 허심탄회하게 말해보아라."

염부심이 없다고 말할 것을 뻔히 알면서도 음서서가 물었다.

"답답하다니요, 그 무슨 말씀이십니까. 소자, 더없이 편하게 잘 지내고 있으니 걱정하지 마십시오."

'저 불쌍한 것이 무슨 죄가 있다고……'

음서서의 눈빛에 순간 안쓰러움이 어렸다 사라졌다.

왜 답답하지 않을까.

무유화로 인해 하루하루가 고통이거늘, 어찌 답답하지 않을 수 있단 말인가.

"그렇다면 다행이구나."

내심과 달리 음서서의 표정은 지극히 담담했다.

"그나저나……"

잠시 뜸을 들인 후 음서서가 화제를 바꾸려 입을 열었다.

"말씀하십시오, 어머니."

"요 근래 아가씨의 거처에 들렀다 하던데, 무슨 일로 들른 것이냐?"

"어, 어머니께서 어찌 그 사실을……"

"무가에서 일어나는 모든 일이 내 귀로 들어온다는 사실을 너는 몰랐더냐? 되었다. 말하기 싫다면 안 해도 되느니라. 그건 그렇고, 네 아버지께 조만간 너와 아가씨의 혼인에 대한 약조를 받아낼 참이다."

"어, 어머니……"

순간 염부심이 말을 더듬었다.

호덕을 혼내다 183

하지만 그의 얼굴엔 그동안 볼 수 없던 화색이 감돌았다.

"더 이상 아무 말도 하지 말거라. 넌 그저 내가 시키는 대로 따르면 되는 것이다. 그리고 요즘 그 윤이라는 바보 놈에게 네가 무척 신경을 쓴다고 들었다. 그 바보 놈이 아가씨와 친하게 지내는 것이 못마땅하여 그런 것이더냐, 아니면 질투라도 느껴 그러는 것이냐?"

"지, 질투라니요. 그깟 바보 놈에게 소자가 질투를 느끼다니요. 어머니께서 어찌 소자에게 그런 말씀을 하실 수 있단 말입니까?"

지금껏 고분고분하던 염부심이 갑자기 발끈하여 언성을 높였다.

그 모습을 직접 두 눈으로 확인하자 음서서는 염부심의 마음이 무척 불안정하다는 사실을 확신할 수 있었다.

그리고 그 연유가 무유화로부터 비롯되었지만 바보 윤을 향한 증오로 표출되고 있음 또한 확인할 수 있었다.

"……"

순간 고요가 찾아들었다.

음서서는 아들이 걱정되어 상념에 빠진 것이고, 염부심은 어머니에게 언성을 높였다는 죄송함에 어찌할 바를 몰라 했던 것이다.

침묵을 깬 사람은 염부심이었다.

"죄송합니다, 어머니."

"아니구나, 이 어미가 오히려 네게 미안하구나."

서로에게 미안하다 말하는 모자였다.

"부심아……."

갑자기 음서서의 음성이 부드러워졌다.

"이 어미 또한 그 윤이라는 바보가 무척 신경이 쓰이는구나. 네가 갈피를 못 잡는 이유도 왠지 모르게 그 바보와 연관이 있지 않나 걱정이 드는구나."

"어머니!"

또다시 언성을 높이는 염부심이었다.

염부심은 윤을 언급할 때마다 흥분을 참지 못했다.

"너의 화를 돋우려 꺼낸 말이 아니니라. 이 어미 또한 북호정의 존재로 인해 요즘 신경이 무척 날카로워진 상태다. 그래서 하는 말이었다."

음서서가 타이르듯 말했지만 그녀의 말은 거짓이 아니었다.

사실 용노야의 존재가 여전히 부담이었다.

훈련대장 이주하가 북호정으로 발길을 준다는 사실도 마찬가지였다.

더불어 윤이라는 바보의 존재도 왠지 눈엣가시처럼 신경이 쓰였다.

세간의 이목 때문에 야박하게 굴지 않는다는 것뿐이지, 만약 음서서가 마음만 먹는다면 언제든지 내칠 수 있는 곳이 바로 북호정이었다.

물론 염화탁의 침묵이 걸림돌이 될 수 있지만 음서서의 집요함이라면 그의 침묵쯤은 거뜬히 이겨낼 수 있었다.

"부심아, 이는 너의 문제가 아니니라. 바로 우리의 문제란다. 아버지께선 세간의 이목 때문에 그들을 여전히 내치시지 못하고 있지만 이 어미의 마음은 이미 그들을 내쳤단다. 북호정의 존재로 인해 아직까지 철혈무가가 한마음으로 화합이 되지 않음을 너도 잘 알고 있을 것이 아니냐? 아가씨와 너의 관계가 소원해진 것도 따지고 보면 모두가 북호정의 존재 때문이 아니겠더냐?"

음서서의 말을 듣고 보니 무척 그럴싸했다.

그래서인지 염부심이 여기에 잔뜩 혹하여 귀를 쫑긋거렸다.

그런 염부심의 내심을 읽었음인가.

음서서가 이젠 됐다 싶어 말을 편히 이었다.

"이것이 바로 이 어미가 오늘 너를 찾은 이유란다."

"그것이 이유라니요. 그게 무슨 말씀이십니까, 어머니?"

염부심이 어리둥절한 표정으로 물었다.

"말 그대로 북호정을 없앨 참이다. 벌써 치웠어야 할 곳이거늘, 이제야 겨우 치울 생각을 하는구나."

음서서가 눈빛을 반짝 빛내며 말했다.

"아버지께서 이 사실을 아신다면 분명 가만히 있지 않으실 것입니다, 어머니."

"그건 염려 말거라. 이 어미에게 다 생각이 있으니 말이다."

"지, 진정 북호정을 없앨 참이십니까?"

살포시 미소 짓는 음서서의 표정에 염부심이 내심 기대하며 조심스레 물었다.

"왜, 북호정이 사라지는 것이 싫은 것이더냐?"

"그런 것이 아니옵고……."

내심 쾌재를 부르는 염부심이 싫어할 리 없었다.

언제부터인가 증오의 대상이 되어버린 윤이었다.

하지만 윤은 염부심이 어찌할 수 있는 존재가 아니었다.

그의 곁에 용노야가 있기에 그럴 수도 있지만 결정적으로 윤을 어찌할 수 없는 이유는 염화탁의 엄명 때문이었다.

그런데 그런 윤을 없앤다니…….

하지만 염부심이 전혀 모르는 사실이 하나 있었다.

그것은 바로 음서서의 모정이었다.

절맥지체를 타고난 염부심에게 있어 불안한 심적 동요가 얼마나 커다란 위험인지 알고 있기에 음서서는 조금이라도 그의 심적 동요를 막아보려 세간의 손가락질을 각오하면서까지 고육지책(苦肉之策)을 쓰려 하는 것이었다.

"북호정이 사라진다는 것은 반드시 너만 알고 있어야 하는 사실이다. 그 누구에게도, 심지어 아버지께도 절대 발설해서는 안 되는 사실이다. 알겠느냐?"

"명심하겠습니다, 어머니."

*   *   *

그토록 무덥던 날씨였지만 주위는 어느새 붉음과 황금빛으로 물들었다.

단풍들의 온갖 치장으로 온 산천이 대낮에 홍등을 걸어놓은 양 화려했다.

빛 좋은 양지에 뿌리를 내린 늙은 나무는 벌써부터 누렇게 익은 자신들의 옷자락을 털어내고 있었다.

간간이 불어오는 차디찬 북서풍에 조만간 겨울이 올 것 같은 느낌의 어느 늦가을이었다.

윤이 깨끗한 천을 둘둘 폈다.
그의 손길이 조심스러웠다.
지금 시간이라면 뒤뜰에서 굵은 비지땀을 흘려야 하지만, 그의 오늘 하루가 이상했다.
용노야의 언질이 있었던 것일까.
그렇지 않다면 윤의 일과가 결코 바뀔 리 없을 터였다.
"조, 조, 조심. 조, 조심……."
윤이 홀로 중얼거렸다.
행여 다칠세라 용혈검을 하얀 천으로 조심스럽게 감쌌다. 그리고 또다시 노끈으로 칭칭 동여맨 후 서둘러 방을 나섰다.

용노야가 있었다면 감히 거처 밖을 나설 엄두조차 못 냈을 일이었다. 하지만 때마침 용노야가 출타를 하여 윤이 용기를 냈던 것이다.
미소 짓는 윤의 발걸음이 가벼웠다.
그러나 간간이 그의 얼굴에 걱정이 드리웠다.
한동안 얼굴 한번 보지 못한 무유화를 만나러 간다는 기쁨과 혹시 자신이 거처 밖을 나선 것을 용노야가 알게 될까 겁을 집어먹은 까닭이었다.
하지만 걱정보단 기쁨이 먼저였다.
그래서일까.

윤이 콧소리까지 내며 발걸음을 놀렸다.

"저거, 바보 아녀?"
역시나 윤의 등장은 철혈무가의 구경거리였다.
한동안 윤의 모습을 보지 못해 그런 것일까.
윤의 등장에 철혈무가 사람들이 하나둘씩 모여들었다.
그들의 표정엔 호기심이 가득했다.
그 이유는 윤이 여전히 용노야에게 검술을 배우고 있다는 소문 때문이었다.
과연 윤이 지금은 어느 정도의 실력까지 올랐을까를 궁금해 하는 사람은 없었다.
철혈무가의 무사들에겐 윤은 그저 바보였을 뿐이니.
그들의 호기심은 오직 용노야의 검술이었다.
윤을 통해 혹 그의 검술을 볼 수 있을까, 기대감을 가졌던 것이다.
"바보야! 일루 와봐!"
철혈무가의 무사들이 걸음을 옮기는 윤을 불러 세웠다.
"헤헤, 아, 아, 안녕!"
"끌끌! 당연히 안녕하지, 이놈아! 그러니까 얼른 이리 와봐라."
각진 턱 주위로 거뭇한 수염이 듬성듬성 뻗친 삼십대 초반의 무사가 오른손을 연신 까닥였다.
"왜, 왜?"
윤이 무인의 손짓에 이끌려 다가섰다.

"요즘 우리 바보무사께서 검술을 아주 열심히 수련하고 있다면서?"

"헤헤!"

웃는 낯으로 묻는 무인의 말을 칭찬으로 받아들인 윤.

윤은 기분이 좋아 고개를 크게 끄덕였다.

"한번 보여줄 수 있겠느냐?"

"그, 그건 시, 싫은데."

검술을 보여달라는 무인의 말에 윤이 강한 경계심을 드러내며 고개를 가로저었다. 그 모습이 무인의 호기심을 더욱 자극했다.

"흐흐! 요놈 봐라?"

무인의 얼굴에 야릇한 미소가 번졌다.

"이 어른께서 시키면 '네, 감사합니다' 하고 시키는 대로 하면 될 것을 뭔 말이 그리 많은 것이냐? 이놈! 이 어른께 한번 혼이 나볼 참이냐!"

미소를 지운 무인이 얼굴을 험악하게 일그러뜨리며 윽박을 질러댔다.

움찔.

윤의 어깨가 잔뜩 움츠러들었다.

"하, 할아버지가 하, 하지 마라 그랬는데."

예전에 철혈무가의 무인들에게 오합지검을 펼쳤던 사실을 용노야가 알고 얼마나 혼찌검을 냈던지…….

그 기억을 떠올린 윤이 더욱 몸을 웅크리곤 말을 더듬었다.

"어라? 이놈이 정말 이 어른께 혼쭐이 나봐야 정신을 차릴 것인가!"

"가만! 근데 저건 뭔데 신주단지를 모시듯 품에 품고 있는 거여. 뭐 보물이라도 되는 거여? 바보야, 그건 뭐냐?"

윽박을 지르는 무인 곁에 있던 얄팍한 인상의 무인이 궁금한 듯 물었다.

"내, 내 친구 혀, 혈아."

"뭐? 네 친구 혈아?"

윤의 말을 이해 못한 사내가 인상을 잔뜩 쓰며 볼을 씰룩거렸다.

"이놈아, 그러니까 내가 지금 묻지 않더냐. 네놈이 지금 품에 품고 있는 그 친구가 뭐냐고 말이다."

"혀, 혈아라니까."

"그러니까 혈아가 뭐냐고, 이 바보 같은 놈아!"

사내가 윤의 답답한 태도에 부아가 치밀었는지 갑자기 고래고래 소리를 질렀다.

"내, 내 친구라니까."

"하아~ 친구가 뭐라 하니 혈아란다. 그 혈아가 뭐냐 하니 친구란다. 아이구야! 이러다가 나 또한 저놈처럼 돌아버릴까 겁나는구나."

사내가 가슴팍을 탕탕 치며 답답함을 호소했다.

"참! 답답하네. 바본겨? 그냥 뺏어보면 될 걸 뭘 그리 고민하는겨."

그때 또 다른 한 무사가 끼어들었다.

얼굴에 끔찍한 검상을 가진 사내였다.

"싫다는데 그냥 보내주게. 다 큰 어른들이 바보를 세워두고 대체 뭐 하는 짓들인가?"

그나마 정신이 제대로 박힌 듯 보이는 땅딸막한 무사가 말했다.

"그래서 자넨 저게 안 궁금해?"

검상을 가진 동료가 그의 말을 받아쳤다.

"그, 그야 궁금하긴 하지."

"그럼 지금 뭐 어쩌자는겨?"

"크, 크흠!"

땅딸막한 무사가 괜한 헛기침을 하며 딴청을 피웠다.

윤을 둘러싼 무인들의 표정에 호기심이 가득했다.

윤이 강하게 거부하면 할수록 그들의 호기심은 더욱 고조되었다.

그러던 어느 순간,

윤에게 처음 말을 걸었던 각진 턱의 무인이 우악스런 손을 뻗어 강제로 윤의 품을 열려했다.

"하, 하지 마!"

윤이 소리침과 동시에 몸을 비틀며 무인의 손길을 거부했다.

"이놈이 정말 보자 보자 하니까!"

당황한 무인이 우수를 들어 윤을 위협했다.

그런데 그 순간,

"어, 어쭈!"

"어라! 저 바보 놈, 지금 뭐 하는겨? 설마 싸우자는겨?"

"하하하! 자세 죽이네그려!"

"후후후, 정말 용노야께 뭔가 배운 거 아녀. 자세가 심상치 않은데 말이여."

무인들의 표정이 제각각이었다.

상황이 우스워 껄껄 웃는 자도 있었고, 돌발적인 윤의 태도에 두 눈을 치켜뜬 자도 있었다.

물론 그중 가장 황당한 사람은 그래도 윤과 마주하고 있던 각진 턱의 무인이었다.

"뭐, 뭐야, 이 새끼……."

황당해서일까.

무인이 자신도 모르게 말을 더듬었다.

하지만 그것도 잠시.

"그 행동은 지금 설마 나랑 해보자는 거냐, 혹시?"

주위의 왁자지껄 웃는 소리에 무인의 얼굴이 순식간에 벌겋게 익어버렸다.

찍소리도 못하고 벌벌 길 줄 알았던 바보가 독기가 펄펄 풍기는 눈빛으로 자신을 노려보고 있었다.

그것도 당장에라도 발검을 할 자세였다.

기가 막혀 말도 안 나오는 상황.

마음 같아서는 냅다 한 대 쥐어박고 싶었다.

하지만 바보를 상대로 손을 쓸 수도 없는 노릇이었다.

그렇다고 이대로 그냥 돌려보내자니 두고두고 웃음거리가 될 게 뻔한 일.

무인은 농담이라도 그런 웃음거리가 되기는 싫었다.

더욱이 상대는 철혈무가의 유일무이한 바보가 아닌가.

"이 바보 놈이 아무래도 용노야를 믿고 설치나 본데, 그게 얼마나 잘못된 생각인지 내 오늘 네놈의 버르장머리를 확 뜯어고쳐 주마!"

무인이 작정을 한 듯 말이 떨어지기가 무섭게 윤의 뺨을 휘갈겼다.

그 거리가 일 장여.

말 그대로 한 걸음을 내딛고 손만 뻗으면 턱이 돌아갈 거리였다.

그런데,

스슥―

휘익―

무인의 손바닥이 윤의 볼을 가차없이 후려칠 찰나, 윤의 신형이 좌로 미끄러졌다.

당연히 무인의 손바닥이 애꿎은 허공을 후려갈기는 이상한 모양새가 연출됐다.

"……?"

무안한 표정의 무인.

"하하하!"

예상 밖의 모습에 장내는 그야말로 순식간에 난장판이 되어 버렸다.

사방에서 폭소가 터짐은 물론이고, 곳곳에선 윤을 응원하는 무인들의 음성이 터져 나왔다.

"푸, 푸하하! 이봐, 호덕이! 자네 너무 봐주는 거 아녀?"

"우리 바보무사, 호덕 무사를 상대로 정말 잘 싸우네. 혹 저러다 이기는 건 아닌지 모르겠네. 푸하하!"
 "설마 호덕이, 전력을 다한겨?"
 '이, 이런 썅! 쪼, 쪽팔리게……'
 구호덕의 심장이 크게 들썩였다.
 긴장하여 들썩이는 것이 아니었다.
 그저 창피함에 몸 둘 바를 몰라 그런 것이었다.
 그런 구호덕을 윤은 여전히 노려만 볼 뿐이었다.
 행동이 어눌하다 뿐이지 마주 선 윤의 덩치는 벌써 어른이었다.
 헐렁한 의복이 윤의 몸을 감추었을 뿐 만약 윤의 발달된 몸뚱이를 봤다면 구호덕도 조금은 긴장했을 것이 분명했다.
 어지간한 수련으로는 결코 만들어질 수 없는 몸뚱이를 가진 윤이었다.
 더구나 윤은 중전무사 가오성을 곤죽으로 만들 정도의 검술 실력을 가지고 있었다.
 그것도 오합지검만으로 그를 상대했던 것이다.
 "비, 비무하자는 거야, 지, 지금?"
 너무 많은 비무를 해서일까.
 윤은 누가 자세를 취하기만 하면 비무를 하는 것으로 착각하는 듯했다.
 그런 그를 바라보는 구호덕은 미치기 일보 직전이었다.
 "오냐, 두어 대 쥐어박고 끝내려고 했는데 이 바보 놈이 아주 매를 버는구나. 좀 많이 아플 게다."

* * *

뭐라고 표현해야 할까.

쿵쾅쿵쾅이 어울릴까, 아니면 벌렁벌렁이 어울릴까.

아니, 둘 다 틀린 표현이었다.

지금 이 순간 구호덕의 놀란 가슴은 바짝 얼어 있었다.

'뭐, 뭐야, 저, 저놈……'

구호덕이 내심 더듬거렸다.

온몸의 온기가 싹 빠져나간 느낌이었다.

아니, 싸늘한 한기가 온몸을 휘감은 느낌이었다.

윤과 십여 합의 공수 교환을 마친 후 구호덕이 느낀 감각이었다.

이 상황을 과연 어찌 설명해야 할까.

아니, 이 상황을 과연 어떻게 타계해야 할까.

진퇴양난에 빠진 구호덕이었다.

이미 작정을 하고 나선 상황인데,

이대로 그냥 물러선다면 철혈무가 내에서 두고두고 놀림감이 될 게 뻔했다.

그렇다고 저 바보와 계속 맞서 싸우자니 가슴이 떨려 미칠 지경이었다.

아니, 구호덕은 차라리 놀림감이 되는 것이 행복이라 느껴졌다.

지금 이 순간 자신을 노려보는 바보 윤의 눈빛조차 감히 마주할 수 없었다.

상대는 철혈무가의 모든 사람이 다 아는 바보인데,
분명 바보일 뿐인데.
도무지 믿겨지지 않는 상황이었다.
어디 가서 하소연도 할 수 없는 정말 꿈만 같은 지경이었다.
'저, 저거 진짜 바보 맞아? 저 바보가 어, 어찌!'
검이라도 뽑을 수 있다면 좋으련만. 아니, 하얀 천에 숨겨진 용혈검의 살기 가득한 울음에 감히 검을 뽑을 용기조차 나질 않았다.
'저, 저 바보가 어, 어찌 저, 저런 지독한 살기를 피워낼 수 있단 말인가!'
그것은 분명한 살기였다.
그것도 숨이 콱 막힐 정도의 지독한 살기였다.
그 기세에 구호덕은 온몸이 난도질을 당하는 느낌이었다.
그래서일까.
경악에 가까운 놀람이 구호덕의 심장을 크게 압박하고 있었다.
하지만 구호덕의 감정이 아무리 크다 하나, 그의 놀람은 윤의 것만큼은 결코 되질 못했다.
지금 이 순간 윤의 심장은 화마가 타오르듯 뜨겁게 들썩이고 있었다.
뭐라 표현할 수 없는, 지금껏 단 한 번도 느끼지 못한 지독한 그 무엇이 그의 전신을 노도처럼 휘감고 있었다.
'그, 그만! 제, 제발! 혀, 혈아야! 제발 그만 울어!'
용혈검을 부여잡은 윤의 두 손이 세차게 떨렸다.

더불어 그의 두 눈이 삽시간에 붉게 충혈되어 이글이글 타올랐다. 그 모습에 구호덕의 심장은 더욱더 오그라들었고, 두 다리마저 후들거렸다.

'네가 울면 내 심장이 뜨거워진단 말이야! 제, 제발, 제발! 그만 울라고!'

윤이 내심 용혈검을 향해 크게 소리쳤다.

점점 더 뜨겁게 들썩이는 심장으로 인해 두려움이 치솟았던 까닭이다.

하지만 윤은 모르고 있었다.

용혈검이 울어 그의 심장이 우는 것이 아니라, 그의 심장이 울어 용혈검의 살성이 깨어난 것임을.

그 사실을 윤은 전혀 깨닫지 못하고 있었다.

모든 이가 떠난 자리에 덩그러니 홀로 남은 윤.

"……."

윤은 자신의 두 손에 쥐어진 용혈검을 내려다봤다.

그의 표정이 사뭇 어두웠다.

"……."

방금 전의 상황이 도무지 이해가 가질 않았다.

두려움과 흥분이 묘하게 뒤섞인, 말로 표현 못할 감정이었다.

"……."

용혈검을 바라보던 윤이 고개를 설레설레 저었다.

그래도 다행이었다.

구호덕이 자리를 피하고 난 뒤 화마처럼 타오르던 심장이 곧

바로 그 열기를 지워갔기 때문이다.

하지만 온전히 식지 않아 여전히 자리를 뜨지 못하는 윤이었다.

*　　　*　　　*

잽싸게 무유화만 보고 올 생각이었다.

그런데 뜻하지 않는 사건으로 인해 시간을 지체한 윤이 서둘러 무유화의 거처로 발걸음을 놀렸다.

어느새 그의 표정은 천진난만한 바보로 돌아와 있었다.

"어머! 이게 누구니? 바보무사님 아니니? 이게 도대체 얼마만이야. 근데, 아가씨 보러 온 거야?"

한참 앳돼 보이는 시녀조차도 윤을 향해 거침없이 하대를 했다.

"헤헤."

뭐가 또 그리 좋은지 윤이 실실 웃으며 고개를 끄덕였다.

시녀가 그런 윤의 곁으로 바짝 다가섰다.

사박사박 걸음을 옮기는 그녀의 발걸음이 무척 조심스러웠다.

"윤이 너, 아가씨 보러 온 거면 그냥 가는 게 좋을 거야. 요즘 아가씨 기분이 정말, 이건 아니거든. 이 바보야, 딱 보면 분위기 파악이 안 되니? 내가 너니까 충고하는 거야. 다른 사람 같았으면 어림도 없는 얘기야. 알아? 그러니 좋은 말로 할 때 얼른 가.

아가씨께서 눈치채시기 전에 말이야. 알았어?"

시녀가 까치발을 들곤 윤의 귀에 대고 속삭였다.

"모, 모, 모르겠는데."

"으이구! 이 바보야! 요즘 아가씨 기분이 영 아니라구. 자칫 경을 칠 수도 있어, 이 멍청아. 이래도 모르겠어?"

"어, 어."

"으이구! 답답해 죽겠네. 어쨌든 안 돼. 그러니 얼른 가. 얼른 가라고. 제발."

이제 고작 윤의 가슴팍까지 자란 시녀가 윤의 배를 연신 밀쳐내며 최대한 음성을 줄여 말했다.

하지만 윤의 몸뚱이는 시녀의 여린 힘으론 꿈쩍도 하지 않았다.

그렇게 윤과 시녀가 옥신각신하고 있을 때였다.

"들라 해라."

"유, 유화다! 우헤헤!"

"어쩐 일이야?"

더없이 차가운 무유화의 음성이 들렸다.

그래서일까.

윤이 그만 할 말을 잃곤 그녀의 눈치만 살폈다.

다정한 음성으로 자신을 맞이해 줄 것이라 생각했는데.

"할아버지께서 말씀 안 하셨어?"

무유화가 앙칼지게 물었다.

"뭐, 뭐, 뭘?"

윤이 뭔 말인지 몰라 되레 물었다.

"거처를 벗어나지 말라고 분명 말씀하셨을 텐데. 또 이곳으론 발길도 주지 말라고 분명 경고하셨을 텐데. 못 들었어?"

"드, 드, 들었어."

고개를 푹 숙인 채 말을 더듬는 윤.

"그런데 왜?"

무유화가 그런 윤을 또다시 다그치며 아랫입술을 잘근 깨물었다.

그 표정에 묘한 감정들이 뒤죽박죽 섞여 있었다.

"그런데 여긴 왜 왔냐고? 왜 대답 못해! 내가 지금 묻고 있잖아!"

무유화가 화난 듯 음성을 높였다.

이에 윤은 더욱 주눅이 들 수밖에 없었다.

그저 보고 싶어, 걱정이 되어 왔을 뿐인데.

도대체 뭐라고 대답해야 하는 것일까.

보고 싶은 것이, 걱정하는 것이 잘못인 걸까.

아무런 말도 꺼내질 못하는 윤은 계속해서 자신의 잘못이 무엇인지를 찾고 있었다.

그런 윤의 마음이 왠지 모르게 아팠다.

"네가 죄인이야? 고개는 왜 숙여! 고개 안 들어!"

무유화의 짜증은 좀처럼 수그러들지 않았다.

"잘 들어."

"......"

무유화의 서늘한 눈빛에 겁을 집어먹은 윤이 마지못해 고개를 끄덕였다.

"오늘 이후론 절대 이곳에 오지 마. 내가 내 발로 찾아가기 전까진 절대 이곳을 찾지 말란 말이야. 거처 밖으로 나오지도 마. 단 한 걸음도 내딛지 말란 말이야. 알았어?"

"왜, 왜 그래야 하는데?"

"왜… 왜냐고?"

순간 당황한 무유화가 말을 더듬었다.

단 한 번도 이런 적이 없었다.

지금껏 단 한 번도 그 이유를 물어본 적이 없었다, 그런데 지금 윤이 묻고 있었다.

안 되는 그 이유를.

"그, 그냥, 그냥 오지 말라고! 멍청한 네게 그 이유가 뭐가 필요해! 그냥 오지 말라면 안 오면 될 거 아니야! 네가 뭔데 그 이유를 나한테 물어! 네가 도대체 뭔데!"

미친 듯 고함을 질러대는 무유화.

그 거친 행동에 윤의 두 어깨가 부들부들 떨렸다.

이토록 혼쭐이 날 줄 윤이 어찌 상상이나 했겠는가.

반겨줄 줄 알았는데,

맛있는 다과를 내어줄 줄 알았는데,

그리고 언제나 그랬던 것처럼 자신을 향해 상냥히 웃어줄 줄 알았는데.

물어보는 것 또한 잘못된 일인 것일까.

기분이 이상했다.

알 수 없는 이상한 물체가 가슴속에 꽉 들어찬 느낌이었다.

그래서 아무런 생각도 나질 않았다.
그저 가슴이 너무도 먹먹해 눈물이 흐를 것만 같았다.
'이, 이 바보야…….'
부들부들 떠는 윤의 모습을 바라보는 무유화의 마음이라고 편할 리 없었다. 아니, 윤처럼 그녀의 마음 또한 찢어졌다.
윤에 대한 염부심의 악감정을 읽었기에, 차라리 윤을 안 보는 것이 그를 도와주는 일이라 생각했다.
하지만 이런 자신의 마음을 윤이 알 리 없었다.
'미, 미안해. 저, 정말 미안해…….'
표현하지 못할 진심이 무유화의 가슴을 잔잔히 울렸다.

더 이상 대화는 오가지 않았다.
윤은 여전히 고개를 숙인 채 벌벌 떨고 있었다.
무유화는 그런 윤을 안타까운 시선으로 바라볼 뿐이었다.
그렇게 한참의 시간이 흘러 어스름이 내리고 있었다.
"가, 가야 해."
긴 침묵을 깨며 윤이 말했다.
그 음성과 모습이 너무도 안쓰러웠다.
"……."
윤이 고개를 숙인 채 신형을 돌려세웠다.
주인의 슬픈 마음을 읽었는지 그의 가슴에 안긴 용혈검 또한 울고 있는 듯했다.
그렇게 내실의 문을 넘어서는 윤에게 무유화가 힘겹게 입을 열었다.

"밥 차려줄 테니까 먹고 가. 할아버지껜 내가 기별 넣을 테니까."

* * *

그래도 손님인데 차라도 한 잔 대접할 만도 하련만, 고급스런 탁자 위엔 아무런 다기도 올려 있지 않았다.

그 모습이 싸늘하다 못해 냉기가 풀풀 넘쳤다.

"북호정을 없애달라니요. 제 귀엔 용사랑을 없애달라는 말로 들립니다만. 맞는지요?"

사내의 물음에 음서서의 두 눈이 흔들렸다.

"머리는 이미 결정을 하였는데 그 마음이 아직 결정을 못 내린 게로군요."

사내가 음서서의 모습을 빤히 바라보다 다시 말했다.

사내는 음서서의 내심을 정확히 꿰뚫고 있었다.

음서서도 영민했지만 사내 또한 그녀 못지않았다.

"음 부인께서 시키시는 일이라면 이 적 모, 무엇이든 따르겠지만 감당하실 수 있겠습니까?"

"그대만 비밀을 지킨다면 훗일을 감당할 필요는 없겠지요."

음서서가 언제 두 눈이 흔들렸냐는 듯 당차게 말했다.

"돌아서면 모든 일을 까먹는 저인데 비밀이랄 것까지 있겠습니까. 그래도 궁금하군요. 굳이 북호정을 없애시려는 연유가 무엇입니까?"

사내의 입가에 엷은 미소가 맺혔다.

사내는 굳이 사서 일을 크게 벌이려는 음서서의 의중이 궁금했다.

"어차피 돌아서면 까먹을 일. 그 연유가 궁금할 필요가 있겠습니까?"

음서서의 말에 크게 한 방 먹었는지 사내의 표정이 묘하게 일그러졌다. 그런 그에게 음서서가 다시금 말했다.

"왜? 북호정이라 하니 부담이 되는 것이오?"

사내에게 묻는 음서서의 한쪽 입꼬리가 슬쩍 말렸다.

"북호정을 없애는 것이야 식은 죽 먹기나 다름없겠지요. 뒷골목 파락호에게 금자 한 냥만 던져 줘도 언제든 해치울 수 있는 일이 아니겠습니까."

맞는 말이었다.

하지만 입을 여는 사내의 표정은 말처럼 그리 밝지 못했다.

사내의 말처럼 북호정을 없애는 것은 식은 죽 먹기나 다름없었다.

하지만 그 북호정의 주인이 용사량이라면 문제는 크게 달라졌다.

용혈검 용사량이 아무리 힘없는 범인으로 산다지만 그 이름 석 자가 이 강호에 주는 의미는 엄청났기 때문이다.

"하지만 용사량입니다. 부담이 안 될 수는 없는 일이지요."

사내가 솔직히 말했다.

"검 하나 들 수 없는 늙은이에 불과하거늘, 언제까지 용사량, 용사량……. 지긋지긋하군요."

음서서가 불쾌한 기색을 감추지 않았다.

그런 그녀의 기분을 읽었음인가.

"언제쯤 일을 진행시킬 요량이십니까?"

사내가 분위기를 바꾸며 물었다.

"빠를수록 좋겠지만 한 치의 실수도 범해서는 안 될 것입니다. 하늘도 알아서는 안 될 터. 일을 처리함에 있어 완벽해야 할 것입니다."

"음부인의 세심한 배려가 필요하겠군요. 그것만 뒷받침이 된다면……."

여전히 걱정을 지우지 못한 듯 사내가 말했다.

"그 부분은 걱정일랑 마세요, 이미 철혈무가 내에선 관심 밖으로 벗어난 곳이니."

음서서가 사내의 걱정을 일축하며 말했다.

하지만 사내는 음서서만큼이나 집요했다.

"북호정이 없어진다면 가주께서 분명 그 배후를 캐실 것인데, 그에 대한 복안은 있으신 것입니까?"

"그에 대한 재물 또한 준비를 시켜야 않겠습니까."

"그 말씀은……."

"탐욕이 판을 치는 세상입니다. 이젠 퇴물이 되어버린 별 볼일 없는 용사량이지만 그가 가지고 있는 것들까지 별 볼일 없는 것은 아니겠지요."

사내는 음서서의 치밀함에 치를 떨었다.

익히 경험을 하여 알고 있었지만 역시 만만히 볼 여자가 아니었다.

"용혈검을 말씀하시는 건지요?"

용혈검은 무림기보 중 하나다.

저자에 떠도는 소문이 비록 과장일 수 있겠지만 쇠를 두부처럼 자를 정도로 용혈검의 위력은 대단하다 했다.

"어디 용혈검뿐이겠습니까."

음서서의 말에 사내의 눈매가 가늘어졌다.

"그럼……."

"힘을 잃은 지 벌써 이십여 년이 되어가는 늙은이입니다. 가족도 꾸리지 않은 늙은이입니다. 그 이십여 년이 무척 외로웠을 겁니다."

"……?"

무슨 말을 하려고 서론을 저리 길게 늘어놓을까.

사내는 다음 말이 무척 궁금했다.

"한때 화공들이 철혈무가를 방문한 적이 있습니다. 그 시작은 잘 모르겠으나 정확히 가주께서 돌아가시기 일 년 전까지 그들의 출입은 이어졌습니다. 한두 명도 아닌, 그 수를 헤아릴 수도 없을 정도였습니다. 그 화공들이 정기적으로 철혈무가를 방문했지요. 그리고 그들을 부른 게 바로 돌아가신 가주와 용사량입니다."

"설마……."

그제야 무언가 눈치를 챘는지 사내의 눈빛이 순간 반짝 빛났다.

"철혈무가는 상가가 아닌 무가입니다. 당연히 그림을 사고파는 화방은 더더욱 아니겠지요. 그럼 그들이 철혈무가를 방문한 목적이 무엇일까요?"

독백하듯 음서서가 물었다.

당연히 독백에 가까운 질문이었기에 들리는 대답은 없었다.

"그것이 못내 궁금해 어느 날 무가를 방문했던 화공에게 물었지요. 그랬더니 그가 그러더군요. 용사랑에게 그림을 가르쳤다고. 후후!"

'그림을 가르쳐?'

사내가 내심 혼란스러워 중얼거렸다.

그러다 그의 뇌리로 한 가지 생각이 번뜩 스쳤다.

'설마… 무공 서적을 만들려고…….'

"자신의 절기가 끊기는 걸 바라는 사람이 과연 있을까요?"

음서서가 잠시 말을 끊고 사내를 바라봤다.

"어쨌든 뒤져 보면 알 일이 아니겠습니까. 그리고 이 정도면 큰 재물이 아닐까 하는데……."

다시금 입을 여는 음서서의 얼굴에 화사한 미소가 번졌다.

"으음."

사내의 입에선 긴 한숨이 새어 나왔다.

第八章 위기를 맞다

수호무사

어둠을 뚫는 가오성의 표정엔 긴장감이 역력했다.
무엇이 성격 좋은 가오성을 이리도 긴장하게 만들었을까.
그가 자신이 낼 수 있는 최대한의 속력으로 어둠을 뚫었다.

가오성은 서둘러 훈련대장 이주하를 찾았다.
숨을 몰아낼 시간조차 아까웠다.
이주하의 허락에 그의 거처로 들어선 가오성이었다.
그가 앞뒤 상황을 잴 필요도 없다는 듯 바로 본론을 꺼내 들었다.
"용노야께서 위, 위험에 처하셨습니다."
가오성이 사색이 되어 말했다.
가오성이 이주하를 찾은 시각은 말 그대로 야밤이었다.

이런 야밤에 찾아와 뜬금없이 용노야가 위험하다니.

장난이라면 너무 심한 장난이었다.

하지만 가오성이 감히 훈련대장 이주하를 상대로 장난을 칠 리 없었다.

"그게 무슨 말인가?"

이주하가 표정을 딱딱하게 굳힌 채 물었다.

"방금 전 염 공자를 만난 후 그의 거처를 나서다 우연히 그가 하는 말을 들었습니다. 그가 잔뜩 흥분하여 홀로 중얼거리는 말을 이 소인의 두 귀로 똑똑히 들었습니다."

너무 긴장해서일까.

가오성의 음성이 오한이라도 난 듯 벌벌 떨렸다.

"대체 염 공자가 뭐라 했기에 그러느냐?"

"조만간 북호정이 사라질 것이라 했습니다. 그리 되면 더 이상 그들의 얼굴을 안 봐도 된다고 그가 웃으며 중얼거렸습니다."

"뭣이! 북호정이 사라져? 그것이 사실인가?"

"어찌 거짓을 아뢰겠습니까. 도움 청할 곳을 찾을 길이 없어 이렇게 훈련대장을 찾아왔습니다. 서두르셔야 합니다. 조금이라도 지체하다간 돌이킬 수 없는 한을 남길까 두렵습니다."

가오성이 안절부절못하며 말했다.

진심이 뚝뚝 흐르는 음성이었다.

비록 염부심의 수족 노릇을 하는 가오성이지만 이제는 그의 진심이 무엇인지 이주하도 알고 있었다.

자신이 그랬던 것처럼 가오성 또한 용노야의 인간적인 매력에 빠져 그를 존경하게 된 것이다.

"그 배후를 아는가?"

이주하가 애써 침착함을 유지하며 물었다.

"그것까지는 알 수가 없었습니다."

'중전? 우호법? 음 부인?'

이주하가 중전과 염화탁, 그리고 음서서를 생각하며 고뇌했다.

철혈무가에서 북호정을 어찌할 수 있는 곳은 아무 데도 없었다.

그래도 굳이 하나를 꼽자면 철혈무가의 모든 힘이 집중된 중전이었다.

그리고 중전에서 북호정을 없앨 계략을 꾸몄다면 당연히 그 중심에는 염화탁과 음서서가 있을 터였다.

하지만,

'중전에서 왜?'

이주하는 도무지 이해를 할 수가 없었다.

무진강이 죽고 분열됐던 철혈무가의 힘을 힘들게 중전으로 응집한 상태였다.

물론 암중으론 여전히 염화탁과 음서서에게 반발하는 인물들이 존재했지만, 그래도 그 수를 많이 줄인 상태였다.

그런데 이런 상황에서 북호정을 없앤다니.

이것은 그동안 힘겹게 쌓은 공든 탑을 일시에 무너뜨리겠다는 말과 하등 다를 바가 없었다.

북호정을 없앤다면 용노야를 따르는 인물들이 가만있을 리 없었다.

커다란 배신감에 목숨을 걸고 반발할 것이 분명했다.

그런 일이 벌어진다면 이주하 자신 또한 목숨을 걸 터였다.

염화탁과 음서서가 이런 사실을 모를 리 없었다.

그렇다면 암중의 다른 인물이 북호정을 없앨 계략을 꾸민 것일까.

철혈무가의 내부 분열을 부추겨 무언가를 얻어낼 계획이란 말인가.

과연 철혈무가에 그럴 만한 힘을 가진 자가 있었던가.

아니, 가오성의 말을 빌리자면 북호정을 없앤다는 말은 분명 염부심을 통해 나온 말이라 했다.

그렇다면 암중의 다른 인물은 아니란 의미였다.

"……."

이주하의 고민은 깊어만 갔다.

그러기를 잠깐여.

"우선 노야를 뵈어야겠다. 그전에 네가 할 일이 있다."

"하명만 하십시오."

"자칫 너의 목숨이 위험할 수도 있다."

이주하의 얼굴에 괜한 미안함이 묻어났다.

"소인 지금껏 인간다운 대접을 받은 적이 없습니다. 그런데 보잘 것 없는 소인을 노야께선 매번 귀히 대해주셨습니다. 더불어 죽어서도 갚을 수 없는 커다란 은혜까지 베풀어주셨습니다. 소인, 그때 깨달았습니다. 그리고 스스로에게 다짐했습니다. 비록 제가 천하고 부족하여 노야를 직접 옆에서 보필해 드리진 못하지만 멀리서나마 제 힘이 닿는 데까지 목숨을 걸고서라도 노야를 보필해 드릴 것이라고 말입니다."
 가오성의 음성에서 굳은 신념이 담긴 남아의 기상이 뭉클뭉클 피어났다.
 그 음성에 이주하의 가슴이 왠지 뜨거워졌다.
 '아니, 너는 이미 충분하다.'

 어둠.
 마음은 다급했지만 이주하는 결코 서두르지 않았다.
 가오성의 말이 사실이라면 이미 북호정을 없앨 준비를 마쳤다는 의미.
 그렇기에 오히려 침착해야만 했다.
 "……."
 유람을 하듯 걷는 이주하를 쫓는 눈들이 있었다.
 아무런 소음도 없이 이주하의 움직임을 쫓는 눈들이었지만 이주하는 이미 그들의 존재를 눈치채고 있었다.
 가오성의 말을 듣지 않았다면 눈치채기 힘든 기운이었다.
 하지만 오감을 활짝 열고 주위를 경계하니 미세한 인기척을 느낄 수 있었다.
 깊은 밤임에도 용노야의 거처엔 불이 환했다.
 다행이라고 해야 할까.
 이주하가 무례를 무릅쓰고 조심스럽게 입을 열었다.
 "노야, 주하입니다."
 용노야가 조금은 놀란 듯 이주하를 맞았다.

"아니, 이 야밤에 어인 행차신가? 어여쁜 부인과 토끼 같은 자식들이 집에서 무럭무럭 크고 있을 터인데. 적적해서 찾아온 것은 아니실 테고, 무슨 일이신가?"

"상황이 좋지 않아 단도직입적으로 말씀드리겠습니다."

이주하가 그 흔한 인사도 없이 표정을 굳히며 말했다.

"무엇인가?"

좋은 소식은 애당초 기대하지도 않았다.

이 야밤에 자신을 찾아왔다는 것은 나쁜 소식을 전하기 위함.

하지만 이 상황에서 더 나빠봐야 얼마나 더 할까 생각하며 용노야가 물었다.

"방금 전 오성이 속하를 찾아왔습니다. 그가 제게 말하길, 누군가가 북호정을 없앨 계획이라 하였습니다. 오성이 염 공자를 통해 얻어낸 정보입니다."

이주하의 보고에 용노야의 두 눈이 타오르는 불길처럼 이글거렸다.

놀람보다는 분노에 가까운 눈빛이었다.

"중전인가?"

분노를 삭이며 용노야가 담담하게 물었다.

"누구의 계략인지 확단할 순 없지만 염 공자를 생각한다면 아무래도 그런 것 같습니다. 그리고 지금 북호정의 주위로 영자(影子)들이 숨어 있습니다. 정황상 오성이 전한 말이 사실인 듯싶습니다."

이주하가 뒷말을 흐리며 말했다.

그리곤 잠깐 숨을 고른 후 그가 다시 입을 열었다.

"도무지 이해를 할 수가 없습니다. 저들이 왜……."
"급박한 연유가 있을 터. 으음."
용노야가 가벼운 한숨을 내쉬었다.
답답했다.
지척까지 위험이 닥쳤는데 아무것도 할 수 없다니.
용노야는 그저 답답할 뿐이었다.
답답한 건 이주하 또한 마찬가지였다.
지금 이 순간 북호정에 숨어 있는 영자들을 해치워 일이 해결될 수 있다면 당장에라도 저들의 목을 뱄을 일이다.
하지만 저들을 없앤다 하여 해결될 일이 결코 아니었다.
'아직 해야 할 일이 많이 남았거늘.'
그토록 지루하던 하루 해였지만, 본격적으로 윤에게 자신의 무공을 전수하기 시작하면서부터는 하루 해가 너무도 짧기만 했다.
어떻게 하면 좀 더 빨리, 좀 더 완벽히 윤에게 자신의 무공을 전해줄 수 있을까.
용노야는 밤을 세워가며 고민했다.
그만큼 그에게 주어진 시간이 짧다는 의미였다.
그런데 그 짧은 시간마저도 이제는 영영 사라질 판이었다.
'정녕 이대로 끝이란 말인가. 가주, 내 그대를 뵐 면목이 없소이다.'
문득 무진강의 얼굴이 용노야의 머릿속에 떠올랐다.
그렇게 무거운 침묵이 꽤 오래 찾아들었다.
침묵을 깬 건 이주하였다.

"노야……."

입은 열었지만 쉽사리 말을 잇지 못하는 이주하였다.

그렇게 잠깐을 고민하다 이주가 결심한 듯 말을 이었다.

"노야, 우선은 몸을 피하셔야 합니다."

"내 집을 놔두고 어디를 간단 말인가? 아니, 유화가 저리도 아픈데. 그 아픔을 두고 내 어디를 갈 수 있다는 말인가?"

용노야의 지금 심정을 이주하가 어찌 모를까.

그렇다고 이대로 앉아서 당할 수만은 없었다.

아무런 힘도 없는 용노야였다.

용노야가 가진 건 이름 석 자뿐이라고 해도 과언이 아니었다.

하지만 그 이름 석 자가 주는 의미는 지대했다.

무슨 수를 써서라도 그 의미만큼은 꼭 지켜야만 했다.

"아가씨를 생각하시는 노야의 심정은 이해하나 훗날을 기약하셔야 합니다. 노야, 가주와 나눈 약속을 생각하십시오. 진정 가주와의 약속을 저버릴 참이십니까."

"이것이 하늘의 순리라면 따르는 것 또한 도리가 아니겠는가. 가주께서도 이해를 하실 걸세."

"노야, 이 어찌 하늘의 순리라 하십니까. 속하, 목숨을 걸고서라도 방법을 찾아내겠습니다."

"이 늙은이가 피할 곳은 어디에도 없다네. 아니, 설령 피할 수 있다 해도 너무 많은 피를 볼 걸세. 이 늙은 몸뚱이를 살리고자 앞길 창창한 자네들의 피를 볼 수는 없는 일이 아닌가."

"노야께서 존재하셨기에 속하가 존재하는 것입니다. 만약 노야께 무슨 일이라도 생긴다면 속하는 결코 하늘을 이고 살 수 없을 것입니다."

이주하가 강렬한 눈빛을 발하며 말했다.

그런 그를 바라보는 용노야의 얼굴엔 안타까움만 어릴 뿐이었다.

'자네의 그 마음을 어찌 내가 모르겠나. 하지만 이미 예견했던 일이라네. 그 시일이 앞당겨진 것이 그저 애통할 뿐이라네.'

"정 나를 도와주고 싶다면 내 마지막 부탁 하나만 들어주겠나."

"마지막이라니 당치 않습니다, 노야."

이주하가 두 주먹을 불끈 쥐며 말했다.

그런 그를 잠시 일견하곤 용노야가 다시금 말했다.

"윤이를 피신시킬 곳을 좀 찾아주게나. 당분간만이라도 좋으니 윤이가 안전히 지낼 수 있으면 되네."

* * *

어색한 기류가 사방의 공기를 짓눌렀다.

남과 다른 바보 윤도 그 분위기를 느낄 수 있었다.

"……"

당장에라도 자리를 털고 나가고 싶었다.

뒤뜰로 나가 혈아와 함께 신나게 검술을 펼치고 싶었다.

"……"

유화가 그랬다.

열심히 검술을 익혀야만 만나줄 거라고, 그리고 할아버지도 그런 자신을 좋아할 거라고.

그래서 묵묵히 고개를 끄덕였다.

유화와 할아버지가 기분 나빠하는 것이 무서웠기 때문이다.

그런데 오늘 할아버지가 이상했다.

할아버지가 방으로 자신을 불러놓고 아무런 말도 없이 얼굴만 바라봤다.

아무리 할아버지라도 이렇게 얼굴을 빤히 쳐다보면 뭔가 이상했다.

나쁜 기분은 아닌데, 그렇다고 좋은 기분도 아니었다.

이름이라도 불러주면 좋겠는데 할아버진 아무런 말도 하지 않았다.

"……."

윤이 주먹을 쥐었다 폈다 하며 손가락을 꼼지락거렸다.

요즘 혈아와 노는 것에 푹 빠진 윤으로서는 이 무거운 침묵이 불편하기만 했다.

쪼르륵—

향긋한 다향이 좁다란 방 안을 휘감았다.

"그리 싫진 않을 게다. 한번 맛보거라."

용노야가 직접 우려낸 차를 따라주며 윤에게 말했다.

평상시 같았으면 고개를 절레절레 저었을 텐데, 무거운 분위기에 눌려 그런지 윤이 다기를 집어 들었다.

적당한 온기를 머금은 다기를 집어 든 윤이 찻물에 입김을 연신 불어댔다.

그리 뜨겁지도 않은데 모락모락 피어나는 김에 잔뜩 겁을 집어먹은 모양이었다.

"어떠하냐?"

용노야의 물음에 윤이 인상을 살짝 찌푸렸다.

향기는 좋았지만 아무런 맛도 나질 않았다.

아니, 시원한 냉수가 오히려 더 달고 맛있을 것이라 생각했다.

"처음부터 입맛에 맞지는 않을 게다. 하나 심신을 맑게 하는 데는 이만한 것도 없으니 기회가 닿는다면 즐기도록 노력을 하거라."

"어, 어."

윤이 마지못해 고개를 끄덕였다.

"……"

잠시 침묵이 흘렀다.

무엇부터 말해야 할까.

어찌 입을 열어야 할까.

용노야는 가슴만 아플 뿐이었다.

아니, 어쩌면 아무것도 모르는 게 나을 수도 있었다.

'가주의 믿음을 저버린 이 늙은이를 절대 용서하지 마시오.'

제 한 몸 건사할 능력만이라도 꼭 가르쳐 주고 싶었는데.

이제 그 누가 있어 저 아이를 지켜줄 수 있을까를 생각하니 가슴이 찢어질 것만 같았다.

조금만 더 시간이 주어진다면 더 바랄 것이 없으련만.

'이것 또한 운명이라면 받아들여야 않겠소이까, 가주.'

먼저 떠난 무진강을 생각하는 용노야의 표정이 깊은 어둠에 잠겨 있었다.

"펼쳐 보거라."

용노야가 질 좋은 비단보로 감싼 물건을 내밀며 말했다.

"뭐, 뭔데?"

궁금한지 윤이 물었다.

하지만 그의 손은 벌써 비단보를 풀고 있었다.

비단보가 풀리자 몇 권의 서책이 그의 눈을 사로잡았다.

"가주께선 늘 말씀하셨다, 글을 읽힐 순 없을 것이니 그림으로 보여주어야 할 것이라고. 비록 글을 읽을 순 없겠지만 그 누구보다 자신의 무공을 잘 이해할 것이라고. 가주께선 자신의 무공을 이 서책에 담아내며 버릇처럼 말씀하셨다. 그리고 정말 기쁜 듯 웃으셨다. 윤이 네가 웃을 때면 웃음 지으시던 그때의 가주 모습이 떠오른단다. 이해를 할 수 없었단다. 하지만 이제야 알 수 있겠더구나, 왜 그런 말씀을 하며 웃으셨는지를."

윤이 두 눈을 끔뻑거리며 서책과 용노야의 주름진 얼굴을 번갈아가며 쳐다보았다.

그런 그의 눈빛이 반짝 빛났다.

아니, 정확히 말하자면 서책을 볼 때면 어김없이 그의 흐리멍덩한 눈빛이 빛났다.

그런 윤의 변화를 용노야가 진지하게 지켜봤다.

'틀리지 않았음이야. 틀린 건 가주가 아니라 바로 나였던 게지.'

용노야가 마른 입술을 축이며 생각했다.

'이미 예전부터 가주께선 준비를 하셨구나. 마치 이런 날이

올 것이란 걸 이미 예견하고 있었던 것 같구나. 가주의 모든 것이 담긴 서책이니라. 자신의 모든 것을 맡겼다 함은 철혈무가의 모든 것을 네게 맡겼다는 의미일 터. 윤아, 이 할아비가 틀렸다는 것을 입증해 줄 수 있겠더냐? 이 부족한 늙은이가 틀렸다는 것을 말이다.'

용노야는 믿고 싶었다.

두 눈을 감는 그 순간까지 믿고 싶었다.

무진강이 그랬듯 용노야 자신 또한 믿고 싶었다.

하지만 이 무정한 현실이 자꾸만 용노야의 가슴을 무겁게 짓눌렀다.

"너의 목숨처럼 다뤄야 하느니라. 그 누구에게 보여줘서도 안 될 것이며, 신명을 다해 익혀야 할 것이니라."

"모, 목숨? 그, 그럼 이제 이거 내 거야?"

서책에서 무엇을 보았는지 윤이 들뜬 목소리로 확인하듯 물었다.

그 모습에 용노야가 고개를 끄덕였다.

"저, 저, 정말이지?"

"이미 네 것이었구나."

윤이 재차 확인하듯 묻자 용노야가 독백하듯 말했다.

그리곤 이번엔 붉은 비단보를 또다시 윤에게 내밀며 용노야가 말했다.

"이, 이건 또 뭐, 뭐야?"

윤이 치기 가득한 어린아이마냥 욕심 가득한 눈빛으로 물었다.

"지금 네가 익히고 있는 구천류검을 풀이한 도해이니라. 이 또한 이미 너를 위해 만들어 놓았구나. 더불어 이 또한 이제는 너의 것이니 나를 대하듯 이 서책을 대해야 할 것이니라. 알겠느냐?"

"헤헤헤. 아, 알았어."

서책을 이리저리 들춰보며 뭐가 그리 신이 났는지 윤이 용노야를 보는 둥 마는 둥 하며 대답했다.

그런 그에게 용노야가 더없이 무거운 음성을 내리깔았다.

"오늘 새벽 오성이 거처로 올 것이다."

"쥐, 쥐다. 헤헤!"

오성을 여전히 쥐라 부르는 윤이 반색하며 말했다.

"오성과 함께 잠시 다녀올 데가 있느니라. 아니, 그 시일이 꽤 걸릴 것이니 떠날 채비를 단단히 해야 할 것이다."

"쥐, 쥐랑 나, 나랑?"

윤이 검지로 자신의 가슴팍을 가리키며 물었다.

그리곤 눈가를 살짝 찌푸리며 다시 물었다.

"어, 어, 어딜?"

"오성을 따라가면 저절로 알 게 될 것이니 궁금해할 필요는 없느니라."

"어, 얼마나?"

그 시일이 꽤 거릴 것이란 용노야의 말에 윤이 내키지 않는 표정으로 물었다.

그 모습에 용노야의 가슴이 미어졌다.

하지만 이내 마음을 굳게 걸어 잠그곤 용노야가 말했다.

"그 시일은 네가 결정할 일이다."

"……?"

윤이 무슨 말인가 싶어 고개를 갸우뚱거렸다.

"이제 너의 것이 된 가주의 무공과 구천류검의 도해를 너의 가슴속에 담아두기 전까진 절대 이곳으로 돌아올 수 없느니라."

"이, 이걸 다? 여, 여기에……."

윤이 자신의 가슴을 만지작거리며 더듬거렸다.

"그렇다."

짧은 한마디였지만 말을 꺼내기가 쉽지 않았다.

한마디 한마디를 꺼내는 것이 왜 이리 힘들고 가슴이 아픈지.

하지만 용노야의 표정만큼은 그 마음과 달리 엄하기 그지없었다.

"꼬, 꼭 그, 그래야 돼?"

떠나기 싫다는 감정이 윤의 얼굴에 역력했다.

그런 윤에게 용노야가 더욱 엄한 표정을 지으며 윽박을 지르듯 말했다.

"네 만약 이 할아비의 말을 거역한다면 내 너의 얼굴을 영원히 보지 않을 것이니 그리 알거라."

정말 용노야의 표정이 그 어느 때보다 엄했다.

그래서인지 이 자리가 불편할 수밖에 없는 윤이었다.

용노야의 입에서 떠나라는 말이 나오기 전까지만 해도 윤의 정신은 온통 서책에만 빠져있었다.

아니, 정확히 짚고 넘어가자면 서책 속에 빼곡하게 자리 잡은

위기를 맞다 225

온갖 도해에 정신이 팔려 있었다.

그런데 마른하늘에 날벼락이 떨어진 것이다.

"아, 알았어."

하지만 언제나 그랬듯 윤이 고분고분 대답했다.

"……."

윤의 진흙탕 같은 앞날을 생각하는 용노야의 시름만 그저 깊어갈 뿐이었다.

     *   *   *

달빛 한 점 없는 으슥한 새벽녘.

거뭇한 봇짐을 둘러멘 윤이 용혈검을 꼭 끌어안곤 가오성의 뒤를 따랐다.

아니, 정확히 말해 이주하의 걸음에 맞춰 가오성과 윤이 그들의 걸음을 재촉했다.

사방에서 느껴지는 인기척이 적지 않았다.

등골이 따가울 정도로 따라붙는 인기척을 헤아리자 이주하의 마음은 무거워졌다.

믿을 수 있는 수하들을 몇 데려올까도 생각해 봤지만 이내 마음을 접은 그였다.

그 수가 많음이 중요하지 않다 생각했기 때문이다.

오히려 소란이 커져 방해가 될 수도 있다고 생각했다.

하지만 지금에 와서 생각하니 후회가 막급했다.

어둠을 이용해 은밀히 이동한다면 윤과 가오성을 철혈무가에서 빼내는 것쯤은 일도 아닐 것이라 생각했다.

그런데 이토록 그물처럼 펼쳐져 염탐을 하고 있을 줄이야.

자신이 끝까지 윤과 가오성을 책임을 질 수 있다면 그나마 마음이 편하겠지만.

조금만 더 가면 바로 헤어질 판국이었다.

그리고 북호정에 홀로 남아 있는 용노야에 대한 걱정 때문에 조급함을 좀처럼 지울 수 없었다.

"사리골 어귀 열녀문에 말 한 필을 준비해 두었네. 내 최대한 시간을 벌 테지만 저들의 실력이 범상치 않네. 온 힘을 다해 앞만 보고 뛰어야 할 걸세."

"도착하는 대로 기별을 넣을 것이니 걱정일랑 마십시오. 제 목숨을 걸고 윤이만큼은 꼭 지켜내겠습니다."

"부탁하네. 그리고 자네에게 위험을 안겨 그저 미안할 뿐이네."

"그런 말씀 마십시오. 그저 소인이 좋아서 하는 일입니다. 노야를 부탁드립니다."

"노야의 안위는 걱정 마시게. 내가 반드시 지켜드릴 테니 말일세."

굳은 다짐을 하듯 이주하와 가오성이 말을 주고받았다.

그리고 그 모습을 윤이 멀뚱히 지켜봤다.

가오성은 이런 일이 자신에게 올 것이라고는 전혀 상상하지 못했다.

정말이지, 목숨이 경각에 달린 상황이었다.

하지만 거짓말처럼 들릴지 모르겠지만 후회는 없었다.

아니, 무언가 말할 수 없는 커다란 자부심이 가오성의 뜨거운 가슴에 차곡차곡 쌓이는 느낌이었다.

"어서 가게."

이주하가 속삭이듯 말했다.

이에 가오성이 결의에 찬 표정으로 고개를 끄덕였다.

"가주께서 너의 곁을 반드시 지켜줄 것이다."

이주하가 여전히 상황 파악이 안 되는 윤을 바라보며 무겁게 입을 열었다.

그 말을 끝으로 가오성의 우악스런 손길에 이끌려 윤이 내달리기 시작했다.

가오성과 윤이 자리를 뜨고 얼마의 시간이 지났을까.

야행을 일삼는 염탐꾼들이 속속들이 그 모습을 드러냈다.

야행을 일삼는 무리라 그런지 그들의 전신은 하나같이 흑의 일색이었다.

"길목을 차단하셨구려. 미처 그대의 생각을 읽지 못했소이다."

한 염탐꾼이 자신을 쏘아보는 이주하를 향해 말했다.

반 시진가량을 쫓아왔다.

그렇기에 지금에 와서 길을 돌릴 수는 없었다. 그렇다고 이주하를 비껴 나아갈 수도 없었다.

백암산 초입은 그 중턱과 달리 상당한 험지였다. 초입의 길목은 그 양쪽으로 암벽이 솟아올라 있었다.

그리 높지는 않지만 기묘하게도 안쪽으로 기운 암벽이라 장비가 없이는 오르기도 힘든 구조였다.

아차 싶었을 때 이미 일이 틀어져 버렸음을 깨달았다.
하지만 후회는 아무리 빨라도 늦는 법.
이렇게 된 이상 무력으로라도 길을 뚫어야만 했다.
그들의 상대는 혼자였다.
하지만 그 상대는 철혈무가의 훈련대장 이주하였다.
그 수가 월등히 많지만 염탐꾼들의 마음이 결코 편치 않은 이유였다.

스르릉—

"본가의 인물들은 아닌 것 같은데……."

이주하가 대놓고 검을 뽑아 들며 말했다.

얼굴까지 복면으로 가리고 있어 상대의 모습을 확인할 길이 없었다.

하지만 그 음성과 그 분위기로 판단컨대 분명 철혈무가의 인물들은 아니었다.

"그렇소."

염탐꾼은 부정하지 않았다.

어차피 이주하를 속일 수 없다는 사실을 알고 있었던 까닭이다.

"나는 피를 볼 참인데, 그대들은 어떠한가?"

타협의 여지가 없음을 이미 느껴 버린 이주하가 싸늘하게 말했다.

"솔직히 훈련대장을 상대할 자신은 없지만 어찌하겠소. 지금 이 시간에도 멀어져만 가는 저 바보가 우리에게는 꼭 필요한데 말이오. 이것 참, 한시가 급하게 됐구려."

"그것참 안됐군."

이주하가 슬쩍 미소를 짓곤 짧게 말했다.

"물론 그럴 수도 있겠지요. 그런데 그거 아시오?"

뜬금없이 염탐꾼이 물었다.

"그대가 우리의 길목을 막았듯 그대의 길목 또한 우리가 막고 있음을. 후후."

"무슨 뜻인가?"

이주하가 싸늘한 한광을 피워내며 말했다.

몰라서 묻는 말이 아니었다.

그저 다급함에 절로 토해진 물음이었다.

"우리가 그 길을 뚫어야 하듯 그대 또한 북호정으로 가기 위해선 이 길을 뚫어야만 한다는 의미요. 누군가가 말하더이다, 용노야께서 많이 위험하실 거라고."

느긋한 음성으로 염탐꾼이 말했다. 하지만 느긋할 리 없었다.

오히려 염탐꾼은 다급하기 그지없었다.

훈련대장 이주하라는 장벽을 앞에 두고 과연 느긋할 사람이 몇이나 될까.

아니, 반드시 없애야 할 윤이 점점 멀어지고 있는 이 상황에서 느긋하다 하면 거짓말일 터.

그렇기에 이주하의 심기를 더욱 긁어야만 했다.

"……."

염탐꾼의 예상대로 이주하의 표정이 급변했다.

"약속 하나 하지. 만약 노야께 한 점 불미스런 일이라도 생긴다면 그곳이 지옥일지라도 그 배후까지 샅샅이 밝혀내어 모조리 죽여주마."

"그 약속 꼭 지키시길 바랍니다. 후후."

검은 말이 없다.

그저 그 주인의 마음을 대변할 뿐이다.

길을 막으려는 자와 뚫으려는 자들.

그들이 병기를 흩뿌린 지 일각이 지났지만 그 누구 하나 자신들의 길을 뚫지는 못했다.

서로서로 다급함에 손속이 빨라졌다.

긴장한 빛이 서로에게 역력했다.

까, 까강—

빛 한 점 없는 어둠에 연이어 불꽃이 튀었다. 사투가 길어질수록 밀리는 쪽은 염탐꾼들이었다.

하지만 밀릴지언정 그들의 길목은 더욱 견고해져만 갔다.

이주하의 속은 까맣게 타들어갔다.

길을 열어줄 수도 없었다.

그렇다고 길을 열 수도 없었다.

마음 같아서는 당장에라도 길을 뚫고 싶었지만 자신의 등 뒤엔 윤과 가오성이 있었다.

그렇다고 길목을 막자니 북호정에 있는 용노야의 안위가 걱정되었다.

이러지도 저러지도 못하는 상황.

모조리 죽여 두 가지 모두 해결할 수 있다면 좋겠지만 진(陣)을 펼친 염탐꾼들의 실력이 녹록치 않았다.

그렇게 이 각여가 지났을까.

'하늘이 우리에게 준 시간은 여기까지다. 오성, 윤이를 부탁한다.'

*   *   *

정말 미친 듯이란 표현이 딱 어울렸다.
하지만 가오성은 전혀 고삐를 늦출 생각이 없었다.
그의 등 뒤에 찰싹 달라붙은 윤 또한 말이 더욱 빨리 달리기를 바랄 뿐이었다.
두두두두!
"이랏!"
가오성의 채찍이 말의 등짝을 사정없이 후려쳤다.
그에 속력이 더해져 새벽 공기가 매서운 칼바람을 일으켰다.
"으, 으헤헤!"
윤이 뭐가 그리 신이 났는지 입을 대문짝같이 벌리곤 기괴한 웃음을 흘렸다.
아무래도 말을 타는 것이 처음이라 그런지 무척 신이 난 모양이었다.
그 웃음에 가오성의 속이 부글부글 끓어올랐다.
"이 병신아! 지금 이 상황에서 웃음이 나오냐! 썅!"
"우헤헤! 재, 재밌다."
"퍽도 재밌겠다, 이 미친놈아! 이랏! 이랏!"
부아가 치민 가오성의 분풀이는 고스란히 말의 몫이 되어버렸다.

 얼마나 내달렸을까.
 "워워!"
 한숨도 쉬질 않고 줄곧 내달려 걱정되었는지 가오성이 고삐를 늦추며 말을 달랬다.
 그리곤 무언가 퍼뜩 생각이 났다는 듯 신경질적으로 고개를 뒤로 팩 돌리곤 역정을 버럭 냈다.
 "그만 떨어져, 이 새끼야! 그리고 뭐가 그리 좋다고 아직까지 처웃고 지랄이야, 지랄은!"
 "우, 헤헤! 재, 재밌다."
 "하아~"
 마냥 신이 난 윤을 바라보며 가오성이 한숨을 푹푹 내쉬었다.
 "하여간! 너 이 새끼, 쫌만 기둘려라. 노야께서 내게 직접 전수하신 무명검(無名劍)을 익히는 날이면, 넌 그날로 끝장이니 말이다. 이놈아, 내가 그동안 네놈에게 당했던 일을 잊고 있었는지 아느냐? 네놈에게 당한 게 도대체 얼마인데. 내 항상 곱씹고 또 곱씹고 있었느니라. 어디 가서 하소연할 데도 없고. 쌍! 어쨌든 기대해도 좋을 것이야. 흥!"
 가오성이 바보처럼 웃기만 하는 윤을 바라보며 이를 부득부득 갈았다.
 웃는 얼굴에 침 못 뱉는다지만 할 수만 있다면 가오성은 정말이지 몇 번이라도 저 얼굴에 침을 뱉고 싶었다.
 저 웃는 얼굴에 당한 것이 대체 얼마이던가.

가오성이 윤에게 좋은 감정을 느낄 리 만무했다.

정말이지, 정이라곤 눈곱만치도 가질 않았다.

아니, 사실 눈곱만큼은 갔다.

하지만 그동안 당했던 것이 너무도 억울하기에 그런 정을 느낄 겨를이 없었다.

"하아~ 이 정도면 우리는 걱정이 없을 듯한데. 노야께서 무탈하셔야 할 텐데. 대장께서는 괜찮으시겠지?"

가오성이 언제 자신이 역정을 냈냐는 듯 숨을 몰아쉬며 용노야와 이주하를 걱정했다.

"휴우~ 내 팔자는 왜 이리 항상 복잡한 거냐. 좀 쉽게 풀리면 어디가 덧나나."

겉으로는 아무렇지도 않다는 양 떠들어댔지만, 가오성의 속은 이미 깊은 걱정으로 검게 물들었다.

일각여나 지났을까.

출발을 준비하기 위해 말의 이곳저곳을 세심하게 관찰하던 가오성의 낯빛이 일순간 딱딱하게 굳어졌다.

'뭐, 뭐야? 벌써 따라붙은 거야!'

지금 귓가를 후벼 파는 소리는 분명 말발굽 소리였다.

순간 정신이 번쩍 든 가오성이 윤을 향해 일갈을 터뜨렸다.

"야이, 바보야! 빨리 안 와?!"

짤막한 가오성의 외마디에 소변을 보던 윤이 주섬주섬 옷가지를 챙겼다.

용혈검을 보물처럼 가슴에 꼭 품고 소변을 본 터라 옷가지를 챙기는 그의 손길이 무척이나 더디다 느껴졌다.

그 모습에 울화통이 터진 가오성이 다시금 외쳐 댔다.

"썅! 정말 뒈지고 싶냐! 빨랑 오라고!"

점점 더 크게 들리는 말발굽 소리에 가오성의 얼굴이 하얗다 못해 새파랗게 질려 버렸다.

하지만 윤은 또다시 말을 탄다는 즐거움에 헤벌쭉 함박웃음만 지을 뿐이었다.

"꽉 잡아! 이럇! 이럇!"

가오성이 시선도 돌리지 않은 채 엉거주춤 말 위에 올라탄 윤을 향해 서둘러 말하곤 냅다 채찍질을 가했다.

두두두두!

쫓기는 자와 쫓는 자들.

그 거리가 시간이 흐를수록 점점 좁혀졌다.

무서운 칼바람이 연신 부딪침에도 쫓기는 자의 이마엔 구슬땀이 송골송골 맺혔다.

반면 쫓는 자들의 입가엔 잔인한 미소가 점점 짙어졌다.

그렇게 얼마의 시간이 흐르고,

"……."

가오성은 더 이상 말 등에 채찍질을 가할 수 없었다.

자신을 이미 추월하여 말을 돌려세운 복면무인들이 길을 떡하니 가로막고 있었던 까닭이다.

"……."

가오성은 초조한 눈빛으로 현재의 상황을 나름 가늠해 보았다.

수많은 상념이 가오성의 머릿속을 빠르게 들락날락거렸지만 결론은 오직 하나였다.

이젠 정말 마지막이라는 사실.

'써, 썩을!'

가오성의 목구멍까지 욕지기가 치밀어 올랐다.

아무리 머리를 굴려 봐도 살길이 보이질 않았다.

시간적 차이만 있을 뿐.

결론은 역시 오직 하나, 죽음뿐이었다.

"빌어먹을!"

죽음을 목전에 두고 보니 가오성은 솔직히 무섭고 두려웠다.

하지만 후회는 없었다.

이런 자신의 심정을 누가 믿어줄지 모르겠지만 한 점 거짓없는 가오성의 진심이었다.

"미안하다, 내가 널 꼭 지켜준다 약속했는데."

가오성이 고개를 뒤로 살짝 돌리곤 윤에게 말했다.

그런 그에게 윤이 물었다.

"아, 안 가?"

"가야하는데 갈 데가 없다."

"재, 재밌다. 헤헤!"

"그러게. 일이 이토록 재밌게 되어버렸네."

흑의 복면을 한 전방의 다섯 무인을 번갈아 바라보며 가오성이 넋 빠진 사람처럼 홀로 중얼거렸다.

후방의 네 명을 합치면 아홉이었다.

그 기도를 보아하니 목숨을 버릴 각오로 싸운다 해도 요절나는 건 윤과 자신이었다.

그나마 위안이라면 용노야가 전수해 준 무명검을 밤을 새워 가며 연마했다는 점이다.

용노야가 전해준 서책은 기연 중의 기연이었다.

하급무사인 가오성이 봐도 기보 중의 기보였다.

그 도해와 설명이 얼마나 상세한지 서책을 보는 것만으로도 용노야의 숨결이 느껴졌다.

그래서인지 그 요결을 이해하는 것이 어렵지 않았다.

하지만 그런 기연을 얻었음에도 불구하고 가오성은 저 앞의 복면무인 한 명조차 감당할 자신이 없었다.

복면무인의 십초지척이나 될까 의문이었다.

그런데 한 명도 아닌 아홉이라니.

"바보야, 아까 내가 한 말, 사실은 거짓말이었다."

"뭐, 뭐가?"

"후후후. 몰라도 돼, 인마!"

가오성의 음성에 진한 체념이 묻어났다.

"혹시나 해서 묻는 건데, 너, 말 탈 줄 모르지?"

"어, 어. 근데 재, 재밌다. 헤헤!"

"잘 들어. 내가 말에서 뛰어내리는 동시에 너도 뛰어내리는 거다. 그리고 저 숲으로 달리는 거다. 무조건 죽어라 달리기만 하면 되는 거야. 날이 밝을 때까지 사람들 보이는 곳까지 죽어라 달리기만 하면 되는 거야. 쉽지? 아주 쉽지?"

가오성이 간절한 마음을 담아 윤에게 속삭였다.

지금 이 순간, 가오성의 마지막 바람은 오직 윤을 살리는 일

뿐이었다.

그 누가 들었다면 배꼽을 잡고 파안대소를 터뜨릴 일이지만 용노야에게 무공 서적을 받는 순간 가오성은 용노야를 마음속 스승으로 모시기로 맹세했다.

그래서였다.

가능성은 희박했지만, 그래도 가오성은 마지막까지 최선을 다하고 싶었다.

그것이 마음속 스승인 용노야의 은혜에 대한 보답이라 생각했다.

말에서 뛰어내림과 동시에 검을 뽑아 든 가오성이 득달같이 전방을 향해 달려들었다.

이왕 이렇게 된 것, 정말 무사답게 한번 싸우다 죽고 싶었다.

그런데,

"뭐 해, 인마! 뛰라니까!"

윤이 걱정되어 슬쩍 고개를 돌린 가오성이 악에 받쳐 고함을 질러댔다.

그런 그를 바라보는 윤이 표정을 잔뜩 찡그린 채 심각한 고민에 빠진 듯 뒷머리를 긁적이며 발을 동동 굴렀다.

"이, 이상해. 혀, 혈아가 이상해. 자, 자꾸 울어. 혀, 혈아가 자꾸 우, 울어."

"뭐, 뭔 소리야, 이 병신아!"

전방으로 내달리던 가오성이 신형을 돌려 윤에게로 황급히 되돌아왔다.

 그 모습을 한심하다는 듯 아홉 명의 복면무인이 말에서 내려 바라봤다.

 "혀, 혈아가 아, 안 간다고, 자, 자꾸 울기만 해. 자, 자꾸 울기만 해."

 윤의 이해할 수 없는 행동에 가오성이 어금니를 꽈득 깨물었다.

 마지막 희망조차 사라진 순간이었다.

 정말 윤만큼은 꼭 지켜주고 싶었는데.

 '정말 미안하다, 꼭 지켜주고 싶었는데. 쌩!

 순간 가오성의 고개가 복면무인들을 향해 팩 돌려졌다.

 그런 그의 두 눈빛에 광기가 넘실거렸다.

 "좋다, 쌩! 죽을 때 죽더라도 혼자 가진 않는다."

 가오성이 악을 써가며 전의를 불태웠다.

 한 복면무인이 그 모습을 불쌍한 듯 바라보았다.

 "어둠이 길어 시간이 좀 남는데 벌써 끝난 거요? 할 말이 남았다면 좀 더 해도 되오. 마지막인데 그 정도 배려는 해야 않겠소."

 한 복면인이 느긋하게 팔짱을 낀 채 말했다.

 그 모습이 참으로 한가롭고 여유로워 보였다.

 쥐 한 마리를 포위한 아홉 마리의 고양이를 보는 느낌이랄까.

 "까지 말고 그냥 덤벼, 새꺄! 멋없으니까."

 "후후후, 멋을 내려 그런 것이 아니었거늘. 그저 마지막이니 시간을 좀 더 주려 했을 뿐인데, 이거 괜한 오해가 있었나 보오,

위기를 맞다 239

젊은 친구."

"친구는 얼어 죽을! 키는 난쟁이 똥자루만 한 새끼가 대갈통만 커가지고선. 난 너같이 기형적으로 자란 놈을 친구로 둔 적 없으니까 어서 덤비기나 해, 이 쏨새야! 쓰잘머리 없는 말 지껄이지 말고!"

가오성의 거친 입담에 복면인의 눈매가 순간 매섭게 꿈틀거렸다.

"정히 그걸 원한다면 어쩔 수 없는 일이지."

스르릉—

주위의 복면무인들이 복면인이 중얼거리듯 말을 하자 마치 그것이 명령이라도 된 양 자신들의 위험천만한 검을 뽑아 들었다.

검이 뽑히는 소리가 저리도 섬뜩했던 것인가.

복면무인들의 서슬 퍼런 기세에 가오성의 목울대가 순간 움찔거렸다.

꼴깍—

애써 두려움을 떨쳐 내려 발악하였지만 이성과 상관없이 점점 덩어리가 커지는 공포 때문에 가오성의 뒷목이 뻣뻣하게 굳어졌다.

그런데 그때였다.

"오, 오지 마! 오, 오지 말라고!"

거리를 점점 좁혀오는 복면인들을 향해 윤이 발광을 하듯 괴성을 질러댔다. 그리고 이건 또 뭔가 싶어 복면인들이 너나 할 것 없이 일순 멈칫거렸다.

"으음."

복면인의 입에서 가벼운 신음성이 새어 나왔다.

복면인은 바보 윤도 죽음의 공포를 느끼고 있는 것이라 생각했다. 사실 바보를 죽이는 일은 살인을 밥 먹듯이 한 복면인조차 내키지 않는 일이었다.

인정에 끌려서가 절대 아니었다.

뭐랄까, 무인으로서 자존심의 문제였다. 하지만 명령이기에 바보 윤은 죽여야만 했다.

"어쩌겠느냐? 이것이 너의 운명인 것을……."

순간 멈칫했던 복면무인들이 다시금 윤과 가오성을 향해 걸음을 옮겼다.

가오성의 등 뒤에서 고개를 푹 숙인 채 벌벌 떨고 있는 윤의 모습이 측은하기 그지없었다.

"이 병신아! 그렇게 두려우면 지금이라도 늦지 않았으니까 어서 뛰라고! 제발!"

지킬 수만 있다면 지켜주고 싶었다.

하지만 그럴 수 없기에 악을 쓸 수밖에 없었다.

그런데 그 순간,

"비, 비켜."

더듬대는 모양새를 보아하니 윤이 내뱉은 말이 분명했다.

그런데 이 분위기는 대체 뭐란 말인가.

등골이 서늘하게 식을 만큼 섬뜩한 음성이었다.

고개를 푹 숙인 채 벌벌 떠는 저 꼬락서니를 한 윤이 내뱉을 수 있는 음성이 결코 아니었다.

가오성이 알고 있는 윤은 순진무구한 바보일 뿐이었다.

그런데,

"죽인다."

윤이 느릿하게 고개를 들었다.

섬뜩할 만큼 차가운 음성.

소름이 돋을 만큼 살기가 넘실거리는 눈빛.

믿을 수 없게도 가오성은 거짓 한 점 담기지 않은 윤의 돌변에 머리칼이 쭈뼛 서는 공포를 느꼈다.

저벅—

"유, 윤아! 왜 이래, 인마! 정신 차려! 정신 차리라고!"

가오성이 미친놈처럼 흐느적거리며 복면무인들을 향해 다가가려는 윤의 어깨를 밀치며 일갈을 내질렀다.

우습게도 그런 가오성의 손끝이 세차게 떨렸다.

윤의 어깨를 밀칠 때마다, 아니, 그의 몸에 손이 닿을 때마다 알 수 없는 섬뜩한 공포가 느껴졌기 때문이다.

진정 말로 표현 못할 공포였다.

그래서였다.

막무가내로 걸음을 옮기려는 윤을 가오성은 끝내 막지 못했다.

하지만 윤을 막지 못한 대신 가오성의 전의는 새롭게 불타오르고 있었다.

윤의 돌변에 그토록 덩어리를 키우던 복면무인들에 대한 두려움이 거짓말처럼 깡그리 사라지고 말았던 것이다.

*　　.*　　　*

　용혈검을 칭칭 감았던 노끈이 착각일지 몰라도 저절로 스르르 풀렸다.
　그리고 용혈검을 포근히 감쌌던 하얀 천마저 풀어헤쳐지자 검붉은 검광이 어둠 속에 은은하게 피어났다.
　지이이잉—
　가오성은 미친 바보 윤이 겁에 질려 떠드는 거짓말인 줄 알았다.
　그런데 믿을 수 없게도 용혈검이 정말 울고 있었다.
　"……"
　윤이 구슬피 울음 짓는 용혈검을 쥔 오른팔을 축 늘어뜨린 채 두 발로 대지를 굳게 디디곤 사방을 느릿하게 쓸어봤다.
　그런 그의 눈빛이 어둠을 붉게 물들이고 있다는 착각을 불러일으켰다.
　"저 아이, 무공을 익혔던가?"
　"오합지검을 펼친 적이 있다고 언젠가 들은 적이 있습니다."
　복면인의 물음에 인근 복면무인이 대답했다.
　"범상치 않은 검이로군. 강북 검성 용사량의 용혈검이 영물이라 들었는데."
　기형적으로 자란 복면인의 두 눈에 순간 탐욕의 빛이 어렸다 사라졌다.
　"내키지 않은 걸음이었는데 그나마 위안이 되는군."

아무것도 모르는 바보인 줄로만 알았는데 제법 드센 기세를 뿜어내는 윤을 바라보며 복면인이 스스로를 위로하듯 말했다.

"이 정도면 충분한 배려를 했다 생각하는데……. 그만 마무리를 지어라!"

복면인의 말에 복면무인들이 기민한 움직임을 보이며 윤과 가오성에게로 다가갔다.

통상 약자 앞에선 어깨를 으스대고 싶은 것이 인간의 심리다.

물론 모든 사람이 그런 것은 아니었다.

그런데 복면무인들의 움직임은 조심스럽기 그지없었다.

그 기세로만 봐도 확연한 실력 차가 느껴지지만 그들의 몸놀림에선 그 어떤 거드름도 찾아볼 수가 없었다.

말 그대로 최선을 다하고자 전력을 쏟는 느낌이었다.

파팟!

한 달음에 거리가 현격히 좁혀졌다.

윤과 가오성의 모습이 폭풍우에 휩싸인 등잔불처럼 위태로워 보였다.

찰나지간 모든 것이 끝날 것만 같았다. 아니, 그리되는 것이 당연한 수순이라 모든 이가 확신했다.

심지어 가오성조차 그런 생각을 하고 있었다.

하지만 우습게도 말도 안 되는 역순의 변화는 윤의 작은 움직임에서 시작되었다.

채앵—

빛처럼 빠른 쾌검이 그대로 윤의 목젖을 꿰뚫을 것만 같았다.

그 순간 윤의 발끝이 좌로 반보 미끄러졌다.

단순한 반보의 움직임이었다.

그런데 놀랍게도 그 반보로 인해 복면무인의 검이 윤의 옆 목만을 찢은 채 빈 허공을 꿰뚫었다.

촤아—

윤의 목에서 시뻘건 선혈이 튀어 올랐다.

목숨은 건졌다 하나 튀어 오른 핏물의 양으로 보아 찢긴 상처가 얕지 않아 보였다.

고통도 적지 않으련만 윤의 표정은 무심할 정도로 차갑게 굳어 있었다.

석상을 보는 듯, 아니, 죽은 사람을 보는 듯 윤의 표정은 무심했다.

그저 그가 살아 있다고 느낄 수 있는 건 살기가 넘실거리는 그의 두 눈뿐이었다.

차앙—

윤의 목젖을 비껴간 복면무인의 검이 살아 있는 뱀처럼 기이하게 틀어졌다.

더 이상 실패를 번복할 수 없다는 듯 복면무인이 자신의 모든 것을 일검에 담아 윤의 심장을 재차 노리며 짓쳐들었다.

그 순간 윤의 이글거리는 두 눈으로 복면무인의 견정 아래로 드러난 자그마한 빈틈이 잡혔다.

혈아의 검끝이 움직인 건 바로 그 순간이었다.

쐐애애액—

윤은 윤대로, 복면무인은 복면무인대로 쌍방 모두가 방어를 도외시한 공격을 펼쳐 내려는 듯 작정을 하고 서로에게 덤벼들었다.
 그 모습을 멀찍이서 지켜보는 복면인의 눈살이 절로 찌푸려졌다.
 "어리석은! 바보를 상대로 양패구상이라니!"
 복면인이 수하의 어리석은 판단에 분노하여 작지 않은 음성을 내뱉었다.
 그런데,
 서걱!
 맨살이 베이는 섬뜩한 소음이 터졌다.
 "크윽!"
 윤을 공격했던 복면무인이 고통에 찬 신음성을 내뱉었다.
 '어, 어떻게?'
 복면무인이 놀란 두 눈을 부릅떴다.
 분명 윤의 심장을 뚫었는데.
 털썩—
 복면무인이 힘없이 대지 위에 무릎을 꿇었다.
 순식간에 몸을 빠져나간 핏물로 인해 현기증이 일었기 때문이다.
 복면무인의 옆구리에서 피가 분수처럼 터져 나왔다.
 지혈을 할 수 없을 만큼 길고 깊은, 돌이킬 수 없는 상처였다.

 맹수의 눈빛.
 다음 먹이를 찾은 윤의 두 눈이 광기에 젖어 번들거렸다.
 "맹랑한 놈! 한 수를 감추고 있었구나!"

복면무인들이 득달같이 달려들어 윤을 포위했다.

어처구니없게 쓰러진 동료의 모습에 모두들 적지 않게 놀란 표정이었다.

씨익—

윤의 한쪽 입꼬리가 슬쩍 말렸다.

그런데 그 순간,

파앗—

윤이 움직였다. 아니, 움직이는가 싶었다.

"헛!"

한 복면무인의 입에서 헛바람이 토해졌다.

어느새 자신의 목젖까지 들이닥친 용혈검 때문에 화들짝 놀랐던 까닭이다.

사악—

복면인의 옆얼굴에서 핏물이 튀었다.

본능적으로 위험을 피했기에 망정이지 자칫 목이 달아날 뻔한 상황이었다.

"놈!"

자존심이 상했음인가.

복면인의 입에서 일갈이 터졌다.

쐐애액—

윤을 향해 섬뜩한 기세가 사방에서 쏟아졌다.

피할 곳이 없었다.

그렇다고 막을 수도 없었다.

절체절명(絶體絶命)의 위기가 바로 이런 것인가 싶었다.

그런데 그 순간, 윤의 몸뚱이가 아래로 푹 꺼졌다.

쾌애애액—

윤이 두 다리를 최대한 넓게 벌린 기마자세로 자신을 에워싼 복면무인들의 하체를 향해 용혈검을 폭풍처럼 휘둘렀다.

서걱— 푹—

고기가 썰리고 살덩이가 뚫리는 섬뜩한 소음이 동시다발적으로 터져 나왔다.

순식간에 사방이 시뻘건 핏물로 휩싸였다.

파팍—

복면인들이 너나 할 것 없이 기겁한 표정으로 뒤로 훌쩍 물러났다.

그들의 얼굴은 고통에 잔뜩 일그러져 있었다.

하의가 핏물에 흠뻑 젖은 무인도 있었고, 발목이 반쯤 잘려 쩔뚝거리는 사람도 있었다.

그들 표정이 하나같이 딱딱하게 굳어 있었다.

"……"

윤이라고 성할 리 없었다.

오른 상박이 검날에 길게 베였고, 좌측 옆구리에선 시뻘건 선혈이 꾸역꾸역 흘러나왔다.

상처가 무척 깊어 보였다.

고통 또한 꽤 커 보였다.

그런데,

씨익—

윤의 얼굴에 섬뜩한 미소가 걸렸다.

그의 얼굴에서 고통의 흔적 따윈 찾아볼 수가 없었다.

비록 심장 소리는 멈추지는 않았으나 서로가 서로에게 남긴 상처는 돌이킬 수 없는 중상임이 분명했다.

격렬한 싸움이 계속될 수밖에 없는 이 상황을 생각한다면 윤과 복면무인들은 출혈로 인해 반 각은커녕 반의 반 각도 버티기가 힘들어 보였다.

가오성의 처지라고 나을 건 없었다.

한 명의 복면무인도 벅찬 상황이거늘 세 명의 신랄한 공격을 받아내고 있었다.

가오성의 전신은 이미 핏물로 범벅이 된 지 오래였다.

'죄, 죄송합니다, 노야.'

가오성의 시야와 정신은 점점 뿌옇게 흐려졌다.

당장 지혈을 해도 모자랄 판에 크고 작은 검상을 계속해서 입어 출혈이 심했던 까닭이다.

그래도 대단한 일이었다.

셋을 상대로 지금까지 버티다니.

'후후후, 이거 정말 대단한걸. 제, 제길! 노야를 조금만 더 빨리 모셨다면 좋았을 것을. 오성아, 네 인생이 그렇지, 뭐. 크크큭!'

용노야가 전수해 준 무명검을 생각하자 가오성의 입가에 자부심이 가득한 미소가 매달렸다.

더 이상 죽음 따윈 두렵지 않았다.

그저 가오성의 머릿속을 가득 메운 것은 오직 하나.

무명검에 대한 위대함뿐이었다.

그리고 그 위대함을 빨리 접하지 못한 자신의 인생이 그저 불쌍하단 생각뿐이었다.

"철혈무가의 하급무사라 들었는데 솔직히 놀랍고, 대단했소."

모든 것을 체념한 채 휘청거리는 가오성을 향해 한 복면무인이 진심을 담아 말했다.

"하급무사가 아니라 중전무사야, 씁새야! 크크크! 그리고 당연하지, 새꺄! 내가 누군지 알아? 내가 바로 용혈검 용사량님의 세 번째도 아닌 두 번째 제자여, 이 새꺄! 그리고 저 미친놈이 내 사형이고, 이 새끼들아! 알아들어?! 썅!"

가오성의 악에 받친 음성이 사방을 쩌렁쩌렁 울렸다.

서 있을 힘도 없지만 어디서 그런 힘이 나왔는지.

"인정하오. 그러니 이제 그만 편히 가시오."

가오성은 검을 곧추세워 짓쳐오는 복면무인의 모습이 희끗한 한 점으로 보였다.

그리고 이제 눈을 감을 일만 남았다 생각하니 문득 윤의 바보 웃음이 보고 싶어졌다.

'미친놈이고 바보지만 그래도 사형인데. 썅! 노야라면 부, 분명 허락해 주셨을 텐데.'

쐐액—

복면무인의 날카로운 검이 공기를 사정없이 가르며 가오성의 목젖을 가르려 짓쳐들었다.

그런데 그 순간,

까강—

복면무인이 화들짝 놀라 자신의 검을 튕겨낸 물체가 날아온 방향을 쫓았다.

느낌으로 판단컨대 자그마한 원형 물체였다.

하지만 그 속도가 너무나 빨라 물체가 날아온 방향을 찾을 길이 없었다.

복면무인이 잔뜩 굳은 낯빛으로 검을 곧추세웠다.

"……."

엄청난 긴장감이 그의 전신을 휘감아 도무지 움직일 엄두가 나질 않았다.

누구인지 모르나 물체를 던져 자신이 펼친 검의 경로를 틀어 버렸다.

그런데 물체가 날아온 방향을 도무지 종잡을 수가 없었다.

만약 누구인지 모를 그가 검이 아닌 자신을 노렸다면…….

순간 복면무인의 모골이 송연해졌다.

그리고 그런 생각을 한 지 채 한 호흡이 지나기도 전에,

퍼억—

또 어디서 날아왔는지 자그마한 원형 물체가 그대로 복면무인의 미간에 푹 틀어박혔다.

그 흔한 비명도 없었다. 복면무인이 그대로 썩은 고목처럼 힘없이 쓰러졌다.

그 모습에 저 멀찍이 서 있던 복면인이 당황하여 황급히 장내로 뛰어들었다.

"그, 그대는?"
복면인이 놀라 더듬거렸다.
그런 그를 비껴 지나치며 느닷없이 장내로 등장한 한 사내가 복면인을 향해 무심히 말했다.
"곱게 죽고 싶다면 도망갈 생각은 버려라."
팟—
말을 마치기가 무섭게 사내의 신형이 빛처럼 흔들렸다.
그가 향한 방향은 여전히 미친놈처럼 두 명의 복면무인을 향해 혈아를 휘두르고 있는 윤을 향해서였다.
윤을 에워쌌던 복면무인들 중 두 명은 이미 전투 불능 상태로 바닥에 널브러져 있었다.

두두둑—
한 복면무인의 고개가 기이하게 꺾이며 그대로 대지 위로 푹 쓰러졌다.
그 모습에 남은 복면무인 하나가 뒤로 주춤 물러섰다.
"물러서지 말고 오라."
"그, 그, 그대는?"
귀신이라도 본 양 복면무인이 사시나무 떨 듯 벌벌 떨었다.
그토록 절제된 행동을 보이던 무인이었지만.
팟—
또다시 사내의 신형이 흔들리는가 싶었다.
그런데 그의 신형이 눈 깜짝할 새 복면무인의 면전에 당도했다.

두둑—

먼저 간 동료처럼 힘없이 고개가 반대로 꺾인 복면무인이 반항 한번 하지 못하고 그대로 바닥에 꼬꾸라졌다.

그런 그를 슬쩍 일견한 사내가 도저히 눈으로는 쫓을 수 없는 손놀림으로 반쯤 미친 듯 보이는 윤의 마혈을 짚곤 허공을 향해 일갈을 내질렀다.

"은영들은 어서 영주와 무사의 생명을 살펴라!"

"존명!"

파파팍!

그의 일갈이 떨어지기가 무섭게 장내로 예닐곱의 또 다른 복면인들이 득달같이 모여들었다.

그들은 장내로 들어서기가 무섭게 두 패로 나뉘어 윤과 가오성에게 달라붙었다.

저벅—

그토록 치열했던 장내를 단 몇 수만에 깔끔하게 정리해 버린 사내가 신형을 돌려 기형적으로 자란 복면인에게 느릿느릿 걸음을 옮겼다.

"그, 그대는……."

대체 누구를 본 것일까.

복면인이 전신을 세차게 떨었다.

"검을 버려라."

사내가 무심히 명령했다.

이에 복면인이 최면이라도 걸린 듯 자신의 생명과도 같은 검을 힘없이 땅 위에 떨어뜨렸다.

"적여립인가?"

아무런 감정도 담기지 않은 음성이었다.

하지만 복면인에게 있어서는 천둥 굉음처럼 들릴 뿐이었다.

"그가 나섰다면 음서서가 꾸민 짓이겠군."

음서서를 중얼거리는 사내의 눈빛이 순간 광기에 젖은 듯 무섭게 타올랐다.

"……."

복면인은 후들거리는 두 다리로 선 채 손끝 하나 움직이질 못했다.

그저 사신(死神)을 만난 듯 죽음마저 잊어버린 공포에 젖어 무심한 사내의 처분만 기다릴 뿐이었다.

그렇게 막 두 호흡이 지날 즈음 사내가 움직였다.

퍼억—

섬뜩한 소음이 어둠을 울렸다.

그 소음에 복면인의 두개골이 움푹 꺼져 버렸다.

第九章 깨어나다 (상)

수호무사

누군가 울고 있다.
다 큰 어른이 왜 저토록 서럽게 우는 것일까.
소년은 생각한다.
울음소릴 듣던 소년 또한 결국 눈물을 흘린다.

울던 어른의 두 눈이 말을 한다.
미안하다고.
그 어른이 소년의 두 손을 꼭 잡는다.
따듯하다.
하지만 소년이 슬쩍 잡힌 손을 빼낸다.

이야기를 나눈다.

아니, 소년이 이야기를 듣는다.
좀처럼 이해하기 힘든 이야기들뿐이다.
하지만 소년은 두 주먹을 꼭 쥔 채 묵묵히 울던 어른의 이야기를 듣는다.

온 세상이 하얗게 뒤덮인 눈밭을 걷는다.
무릎까지 파묻힌 눈 때문에 걷기가 쉽지 않다.
누군가 손을 내민다.
그의 손을 외면한다.
소년은 군소리없이 묵묵히 걸음을 옮길 뿐이다.

너무 긴 여정이다.
몸뚱이에서 힘이 모조리 빠져나가는 느낌이다.
스르르 눈이 감긴다.
감기는 소년의 두 눈으로 한 명의 얼굴이 어렴풋 스친다.
아니, 또 한 명의 얼굴이 스친다.
한 명은 울던 어른이다.
그럼 저 사람은.

잠에서 깬 소년이 웃고 있다.
언제까지나 웃을 것처럼.
소년은 바보처럼 웃고만 있을 뿐이다.
하지만 그 웃음과 달리 그의 마음은 진한 슬픔에 젖어 서러운 눈물을 흘리고 있었다.

*   *   *

  끔뻑— 끔뻑—
  가오성의 두 눈이 연신 끔뻑거렸다.
  비록 짧게 스친 오만가지의 상념이었지만 아무리 생각해 봐도 여긴 저승이 아니었다.
  저승이라는 곳이 이승과 이리 똑같을 순 없었다. 그렇다면 살아 있다는 말인데…….
  '뭐, 뭐지, 이거?'
  "으윽!"
  상체를 일으키려던 가오성이 옆구리를 부여잡으며 고통스런 신음성을 내뱉었다.
  "진짜 살아 있잖아. 이거, 뭐가 어떻게 돌아가고 있는 거야, 지금?"
  뒷골까지 전해진 고통과 쌓인 의문은 컸지만 가오성의 얼굴은 밝았다.
  당연했다.
  개똥밭에 굴러도 이승이 좋은 건 사실이었으니 말이다.
  "윤아!"
  힘겹게 몸을 일으킨 가오성이 주위를 두리번거리며 윤을 찾았다.
  하지만 아무도 없었다.
  향긋한 냄새가 가득한 정갈한 내실엔 오직 가오성 자신만 존재할 뿐이었다.

"제기랄! 바보야, 부탁이니 제발 살아만 있어라."

상체가 온통 하얀 천으로 칭칭 동여진 가오성이 고급스럽게 꾸며진 내실을 가로질러 방문을 밀어젖혔다.

그런 그의 얼굴에 고통의 빛이 역력했다.

"……."

문을 열고 나온 가오성을 기다린 건 기다란 복도였다.

복도 한쪽으로는 귀한 자단목으로 짠 문이 쭉 늘어서 있었고, 반대편 쪽은 왁자지껄 소음이 가득했다.

'뭐, 뭐야, 이거? 내가 왜 객잔에 와 있는 거야!'

소음 가득한 뻥 뚫린 일층의 풍경을 바라보던 가오성이 혼란스러운 듯 미간을 살짝 찌푸렸다.

삼층으로 세워진 사각형 구조의 객잔이었다.

쭉 늘어선 문들을 보아 이층과 삼층은 객실이었고, 삼층까지 뻥 뚫린 일층은 소음과 그 분위기를 보아하니 주루였다.

꽤 큰 규모였다.

장식도 화려한 것이 고급스럽기 짝이 없는 객잔이었다.

"손님, 깨어나셨습니까?"

말끔하게 생긴 점소이 하나가 가오성에게 말했다.

잠깐 눈이 마주쳤다 싶었는데 언제 이층까지 뛰어올라 왔는지 그 동작이 꽤 날랜 점소이였다.

"날 알아?"

"예, 예?"

점소이가 뜬금없이 자신을 아느냐고 물어보는 가오성의 음성에 당황한 표정을 지었다.

"날 아냐고?"

가오성이 짜증스런 말투로 다시 물었다.

"아! 네, 당연하죠. 손님께선 저를 모르시겠지만 저야 당연히 손님을 알고 있습죠. 부상이 꽤 심했습니다. 저 건너 장 의원이 말하길 조금만 더 지체했더라면 목숨을 잃을 뻔했다지 뭡니까. 한데 이렇게 깨어나신 걸 보니 역시 소문대로 장 의원이 명의이긴 한가 봅니다. 들리는 소문에 의하면 숨이 다 넘어간 사람도 살려냈다던데……."

묻지도 않은 말을 점소이가 혼자 주저리주저리 떠들고 있었다. 그런 그의 말을 가차없이 자르며 가오성이 물었다.

"혹시 나랑 같이 온 사람 없어?"

"왜 없겠습니까."

"이, 있어?"

"말 더듬는 분, 그분 맞죠?"

"그, 그래. 그 말더듬이 지금 어디에 있어?"

점소이의 말에 가오성이 다급한 표정으로 물었다.

"정말 장 의원이 용하긴 용하데요. 제가 보기엔 손님 못지않게 그 손님도 부상이 심했는데 장 의원이 별것 아니라며 며칠을 왔다 갔다 하니까 그분께선 금방 회복을 하시데요. 정말 장 의원, 대단하데요."

"쓰, 쓰잘머리 없는 말 그만 지껄이고, 그 말 더듬는 바보, 지금 어디 있냐고?"

뭔 말이 그리 많은지 점소이를 향해 가오성이 버럭 화를 내질렸다.

그에 화들짝 놀라 점소이가 황급히 대답했다.

"바로 옆 객실에 계실 건데요. 몸이 회복되고 나서 보름이 지나는 동안 저도 지금껏 그 손님 얼굴 한번 보질 못했습니다. 방문도 걸어 잠근 채 대체 방에서 무얼 하고 계신지 전혀 내실 밖을 나오질 않고 있습니다. 문 앞에 가져다 놓은 음식 그릇이 비워지는 걸 보면 분명 안에 계시다는 건데……."

벌써 등을 돌려 쏜살처럼 튀어가는 가오성이지만 점소이의 말은 좀처럼 끊이질 않았다.

그때 퍼뜩 뭐가 생각났는지 가오성이 신형을 휙 돌리며 말 많은 점소이에게 물었다.

"방금 전 뭐라 했어? 보름이라고 했냐?"

"네. 보름."

"그럼 내가 여기 온 게 대체 며칠 전이란 거야?"

가오성이 인상을 팍 쓰며 물었다.

"그, 그게 한… 이십 일은 넘었지요, 아마."

"누가 우릴 여기로 데려왔어?"

"아! 손님들을 데려오신 분들 말씀인가요? 아! 그분들 정말 점잖은 분들이더라고요. 제게 손님들을 잘 부탁한다며 그 귀한 은자까지 제 손에 얹어주시더라고요. 정말 어찌나 황송하던지……."

"제발 묻는 말에 대답만 해! 제발 좀!"

"아! 예, 알겠습니다. 그분들은 떠나셨는데요. 근데 아는 사이 아니셨어요?"

점소이가 물었지만 가오성의 신형은 이미 자리를 박차고 있었다.

"거참, 성질 더럽게 더럽네. 손님이면 다냐? 뭐 저딴 게 다 있어."

점소이가 절뚝절뚝 다급히 걸음을 옮기는 가오성을 바라보며 내심 중얼거렸다.

"필요한 게 있으시면 언제든지 불러주십시오, 손님! 제 이름은 노송입니다요!"

*   *   *

이것이 현실인지 꿈인지 도무지 구분이 가질 않았다.

분명 눈앞에 펼쳐진 세상은 훤한 대낮인데 뒤를 돌아보면 온통 어둠뿐이었다.

"……"

희끗한 영상 하나가 윤의 시야를 사로잡았다.

하지만 너무도 눈이 부셔 자신도 모르게 고개를 돌려 버렸다.

"……"

뒤를 돌아본 순간 윤이 두 눈을 동그랗게 떴다.

방금 전에 봤던 희끗한 영상이 어둠 속에도 존재했다.

하지만 보이지 않는 건 똑같았다.

몇 번을 고개를 앞뒤로 돌려가며 희끗한 영상을 잡으려 했지만 윤은 결국 아무것도 볼 수 없었다.

그렇게 얼마나 헤맸을까.

갑자기 윤의 귓가로 천둥 굉음이 울려 퍼졌다.

쾅! 쾅! 쾅!

"윤아! 나야, 나! 나라고! 문 열어!"

윤의 귓가로 울려 퍼진 소리는 다름 아닌 가오성이 거칠게 문을 두드리는 소리였다.

그 소리에 윤이 두 눈을 번쩍 떴다.

잠깐 졸았던 것일까.

그의 두 눈이 초점없이 흔들리고 있었다.

하지만 그것도 잠시,

초점없던 그의 동공에 힘이 조금씩 실리기 시작했다.

"……!"

그렇게 적지 않은 시간이 흐른 후 정신을 차린 윤이 고개를 세차게 흔들곤 서둘러 탁자 위를 정리했다.

"……."

용노야가 준 무공 서책을 서둘러 봇짐에 갈무리한 윤이 문을 향해 다가갔다.

쾅! 쾅! 쾅!

"윤아! 윤아! 문 열어! 나야, 나! 쥐라고, 인마!"

가오성이 들뜬 표정으로 방문을 거칠게 두드렸다.

하지만 뭔 일인지 방문은 쉽사리 열리지 않았다.

"야! 이 바보 새끼야! 나라고, 나! 쥐! 쥐! 몰라? 쥐 몰라?! 네놈이 잡았던 쥐 모르냐?!"

방 안에서 아무런 반응이 없자 가오성의 들뜬 표정이 이내 시커멓게 죽어버렸다.
 그렇게 얼마나 기를 쓰고 부서질 듯 방문을 두드렸을까.
 "헤헤."
 윤이 방문을 열곤 언제나 그랬듯 바보처럼 웃음을 지었다.
 그 해맑은 모습에 가오성의 두 눈이 뿌옇게 흐려졌다.
 대체 이 감정은 무엇일까.
 그토록 자신을 괴롭혔던 놈인데.
 이 바보 놈에게 당한 게 대체 얼마인데.
 순간 가오성이 윤을 와락 끌어안았다.
 "사, 살았구나! 살아 있었구나! 바보 천치 놈이 살아 있었다고! 이 바보 천치가 살아 있었다고! 하하하!"
 미친 사람처럼 웃는 가오성의 볼 위로 굵직한 눈물이 흘러내렸다.
 바보 윤의 얼굴을 보는 순간 아무런 생각도 떠오르질 않았다.
 그저 반갑고 고마울 뿐이었다.
 아니, 하늘께 감사하고 또 감사할 뿐이었다.

 내실로 들어선 가오성이 굵직한 눈물 자국을 훔치며 걱정 어린 음성으로 물었다.
 "너, 괜찮은 거야?"
 "뭐, 뭐가?"
 "몸 괜찮느냐고, 인마."
 "괘, 괜찮은데. 그, 근데 어, 어디 아퍼?"
 윤이 천으로 칭칭 동여진 가오성의 상체를 빤히 바라보며 물었다.

"아프긴, 멀쩡해."

아니, 가오성은 자신의 말과 달리 몹시 아팠다.

조금이라도 움직일라 치면 뒷골로 전해지는 극심한 고통을 감내해야만 했다.

"근데 왜 문을 잠그고 지랄이야, 지랄은! 아, 아니다. 내가 없을 땐 무조건 문 잠그고 있어. 나 말고는 절대 아무한테도 문을 열어주지 마. 알았어?"

행여 윤이 못 알아들을까 봐 몇 번이고 윤에게 당부하는 가오성이었다.

"근데 뭐 하고 있었는데 문을 그렇게 늦게 열어, 인마?"

가오성이 윤을 째려보며 여전히 걱정스런 음성으로 물었다.

"그, 그냥."

윤이 더듬대며 말을 얼버무렸다.

"그나저나 너, 정말 괜찮은 거야? 몸 말이야."

"어, 어."

"거참 이상하네. 나만 당한 건가? 난 아직도 아파 뒈지겠는데."

가오성이 욱신거리는 옆구리의 상처를 슬슬 문지르며 인상을 팍 찡그렸다.

"그렇다면 내 몸만 회복되면 된다 이거지. 알았어. 내 어떻게든 최대한 빨라 회복할 테니 윤이 넌 언제든 떠날 수 있게 항상 준비하고 있어. 알겠냐?"

"아, 알겠다."

가오성이 짐짓 심각한 표정으로 말을 하자 윤이 고개를 크게 끄덕이며 대답했다.
 그러다가 무슨 생각이 났는지 윤이 물었다.
 "그, 근데 하, 할아버지한텐 어, 언제 가?"
 "할아버지?"
 윤이 자신을 똑바로 쳐다보며 묻자 가오성이 순간 당황하여 눈알을 데굴데굴 굴렸다.
 "곧 가야지. 그건 그렇고, 오늘부터는 내 옆에서 절대 떨어지지 마. 무슨 일이 있어도 떨어지면 안 돼. 알겠냐?"
 "……?"
 "왜 대답 안 해!"
 "아, 알겠다."
 가오성이 언성을 높이자 그제야 윤이 더듬더듬 짧게 대답했다.
 "그리고 너, 뭐 기억하는 거 없어?"
 "뭐, 뭘? 모, 모르겠는데?"
 "우리가 어떻게 이곳으로 왔는지 기억나는 거 없냐고?"
 "모, 모르겠는데."
 "그럼 얼마 전 너와 내가 복면 뒤집어쓴 새끼들이랑 싸운 건 기억하겠지?"
 "싸, 싸워? 누, 누구랑? 모, 모르겠는데?"
 시종일관 모르겠다고 대답하는 윤이었다.
 그게 답답했는지 가오성이 버럭 소리를 질렀다.
 "이 멍청아! 대체 왜 그걸 기억 못해! 네가 나보고 비키라고

하곤 분명 그 복면 쓴 새끼랑 싸웠잖아! 아니, 네놈이 용혈검을 들곤 분명 그 복면 쓴……. 허, 허억!"

고래고래 소리를 치던 가오성이 갑자기 벼락을 맞은 듯 두 눈을 부릅떴다.

부지불식간 떠오른 그때 윤의 모습에 가오성의 온몸으로 소름이 좍 돋았던 까닭이다.

"너, 너… 저, 정말 기억 못하는 거야?"

가오성이 마치 귀신이라도 본 양 연신 말을 더듬었다.

윤이 그런 그를 가만히 바라보며 고개를 살짝 끄덕였다.

*   *   *

화려한 내실.

도도한 아름다움이 느껴지는 음서서의 표정이 잔뜩 굳어 좀처럼 펴지지 않았다.

"대체 일을 어떻게 처리한 것이오!"

음서서가 상대를 압도하는 눈빛을 쏘아내며 앙칼진 일갈을 내질렀다.

적여립이 그런 그녀의 눈빛을 은근슬쩍 피했다.

입이 열 개라도 정말 할 말이 없었다.

무려 이십 명의 척살조원이 투입된 일이었다.

그런데,

"죄송합니다."

유일하게 꺼낼 수 있는 말은 죄송하다는 말뿐이었다.

"그토록 침이 마르게 자랑하던 수하들이 아닙니까? 그런데 그 바보 하나를 잡지 못한단 말입니까! 대체 일 처리를 어찌했기에 이딴 결과가 나온단 말입니까!"

"으음."

적여립이 답답한 한숨을 내쉬었다.

이토록 호되게 당한 적이 과연 있었던가.

적여립의 얼굴이 시뻘겋게 달아오름은 어쩌면 당연한 결과였다.

"어서 찾으세요! 그 바보 놈의 흔적을 어서 찾으란 말입니다! 아시겠습니까?"

수하를 다그치듯 음서서가 말했다.

그런 그녀에게 적여립이 조심스럽게 입을 열었다. 어쨌든 할 말은 해야 했기 때문이다.

"바보와 가오성이란 중전무사를 쫓던 수하 아홉 명의 행방이 묘연합니다. 중전의 하급무사에게 당할 수하들이 아닙니다. 아무래도 조력자가 있는 듯합니다."

"그게 대체 무슨 말입니까?"

"말 그대로 아홉 명의 수하가 아직까지 돌아오지 않고 있습니다."

"바보를 놓쳤으니 돌아올 낯짝이 있겠습니까. 도망이라도 친 게겠지요. 흥!"

단단히 노한 음서서가 콧방귀를 뀌며 적여립을 경멸스런 눈초리로 쳐다봤다.

"역정만 내실 일이 아닙니다, 음 부인."

표정은 비굴했지만 그 음성엔 여유가 있었다.
"그렇다면 그 조력자의 흔적을 찾으면 될 일이 아닙니까?"
말이 쉽지 누구인지도 모를 조력자를 대체 무슨 수로 찾는단 말인가.
음서서 또한 그 사실을 모를 리 없었다.
하지만 끓어오르는 화를 표출할 방법이 없기에 빈정거렸던 것이다.
그녀의 상태를 잘 알고 있는 적여립이 심각한 표정으로 물었다.
"혹 짚이는 데는 없습니까? 이주하와 같이 여전히 용사량을 따르는 무리가 철혈무가 내에 존재할 것이 아닙니까?"
"이보시오, 적 소협. 지금 나더러 제삼의 조력자를 찾으라는 게요? 그걸 지금 말이라고 하는 게요? 내 직접 나서서 해결할 수 있는 일이라면 내가 왜 그대를 불렀겠소. 그 비싼 금자까지 들여가며 말이오."
음서서가 이를 바득바득 갈며 말했다.
"그저 음 부인의 고견을 듣고 싶었을 뿐입니다."
"흥! 내 그대에게 명단이라도 적어주리까?"
"으음."
얼음과 같은 음서서의 냉랭한 태도에 적여립의 표정이 살짝 구겨졌다.
그 분노가 너무 커서일까.
도대체가 말이 통하질 않았다.
그렇다면 방법은 하나였다.

그 기분이 가라앉기를 기다릴 수밖에 없었다.

"……."

"……."

그렇게 잠깐의 침묵이 흘렀다.

"내게 한 보고와 달리 혹 북호정에서 무엇인가를 찾은 건 아닙니까?"

"음 부인!"

음서서가 의심 가득한 음성으로 물었다.

그에 적여립이 상당히 불쾌하다는 듯 언성을 높였다.

적여립으로선 억울하기 짝이 없는 일이었다.

물론 용노야의 물건에 욕심이 났던 건 사실이다.

하지만 그건 어디까지나 생각일 뿐이었다.

그리고 음서서에게 전한 보고에는 정말 한 점 거짓도 담기지 않았다.

'결국 나를 의심한단 말인가? 바보를 놓쳤으니 이런 푸대접은 감내해야겠지.'

적여립으로선 억울한 일이지만 어쩔 수 없는 일이었다.

"그대에 대한 나의 의심이 풀리길 바라거든 한시라도 빨리 그 바보를 찾아야 할 것이오. 알겠소?"

"그러지요. 그나저나 용사량은 어찌 처리해야 할지……."

적여립의 음성엔 힘이 없었다.

"어찌 처리하긴 어찌 처리합니까. 처음 계획대로 처리하세요."

"알겠습니다."

음서서가 단호한 음성으로 말하자 적여립이 살짝 고개를 숙이며 짧게 대답했다.

"그 일은 어찌 진행되고 있습니까?"

다소 누그러진 음성으로 음서서가 물었다.

"팔 할의 인원을 채운 상태입니다. 앞으로 보름이면 모두 채울 수 있을 것입니다."

"그럼 언제쯤 대법을 시술할 수 있는 것이요?"

"완벽한 시술을 준비하기 위해선 빠르면 두 달, 늦어도 석 달은 필요할 것입니다. 그동안은 염 공자의 신변에 그 어떤 변화도 있어서는 안 될 것입니다."

"그건 걱정일랑 마세요. 어쨌든 부심이의 목숨이 달린 일이란 걸 명심해야 합니다. 이번 일처럼 실수를 저지른다면 그땐 가만있지 않을 것입니다. 무슨 말인지 아시겠습니까?"

"명심하겠습니다."

얼굴을 들 면목이 없는지 적여립이 음서서를 향해 연신 고개를 숙였다. 그런 그에게 음서서가 나지막이 입을 열었다.

"북호정의 문제로 철혈무가가 무척 시끄럽습니다. 가주의 심기 또한 무척 예민해진 상태입니다. 그러니 이곳으론 당분간 발길을 끊으세요. 내 말은 시종을 통해 닿을 것이니 그리 알고 있으면 될 겁니다."

* * *

정갈한 내실.

쪼르륵—

절세의 미남이라 불릴 만한 외모의 사내가 조심스럽게 찻잔을 채웠다.

온화한 미소가 감도는 사내의 손길 하나하나엔 감히 따를 수 없는 기품이 묻어 있었다.

"드십시오."

사내가 가오성에게 정중히 차를 권했다.

하지만 가오성은 차를 마실 생각이 전혀 없었다.

자신의 목숨뿐만 아니라 윤의 목숨까지 온전하다는 것은 분명 하늘께 감사해야 할 일이었다.

아니, 누군가 자신들을 구해주었다면 평생 갚지 못할 은혜를 입었음이 분명했다.

눈앞의 사내가 그 은폐를 베푼 은인일 수도 있었다.

하지만 가오성은 정신을 잃고 지금까지 벌어진 모든 일의 자초지종을 듣기 전에는 아무런 행동이나 어떤 말도 꺼내기 싫었다.

은인에게 무례일 수 있지만 더 이상 실수를 번복할 순 없었다.

자신의 실수로 가오성 스스로의 목숨이 사라지는 건 용납할 수 있었다.

하지만 그로 인해 윤의 목숨이 사라지는 건 더 이상 용납할 수 없었다.

"말씀드렸듯 차를 마시러 온 것이 아니라 어찌 된 영문인지를 물으러 왔습니다."

마구 엉킨 실타래처럼 가오성의 머리 또한 복잡하기 그지없었다.

그런 심정이 가오성의 표정에 고스란히 묻어 있었다.

"우선 묻겠습니다."

"……?"

우선 묻는다는 사내의 말에 가오성의 미간이 잔뜩 좁혀졌다.

"제가 무사께 그간의 자초지종을 말씀드린다면 무사께서는 제 말을 믿으실 수 있겠습니까?"

사내의 입가에 미소가 살짝 걸렸다.

남자인 가오성이 봐도 혹할 만한 모습이었다.

"믿고 안 믿고는 순전히 내 소관인데 그게 주인장과 대체 뭔 상관이 있단 말이오?"

은인일지도 모르는 사람인데, 그렇기에 이러면 안 되는 것임을 알면서도 가오성이 삐딱한 자세로 되레 물었다.

"듣고 보니 일리가 말이군요. 그렇다면 답해드리지요. 무사께서는 무엇이 궁금하십니까?"

고개를 살짝 끄덕이곤 사내가 입을 열었다.

그런 그에게 가오성이 작정한 듯 말했다.

"내가 내 발로 이곳을 찾지는 않았을 거요. 그렇다면 누군가 나를, 아니, 우리를 이곳으로 데려왔다는 이야기인데, 우리를 여기로 데려온 자가 대체 누구요?"

"제가 아는 귀인께서 그대들을 데려왔습니다."

"귀인? 그러니까 그 귀인이 누구냔 말이오?"

"비밀을 지킬 것을 제게 당부하셨기에 그것은 말씀을 드릴 수가 없습니다. 원체 왼손이 하는 일을 오른손이 모르게 움직이는 분이시라."

눈치 빠른 가오성이 혹시 사내가 거짓말을 하는 건 아닌지 그의 안면을 샅샅이 살폈다.

"주인장, 혹시 나를 아시오?"

"무사께서 저를 모르시듯 저 또한 무사님을 처음 뵙습니다."

"그럼 나와 같이 온 말더듬이는 아시오?"

"그분 또한 처음 뵙는 건 마찬가지입니다."

아무리 뚫어지게 쳐다봐도 상대의 표정에서 거짓을 찾기란 쉽지 않았다.

그렇다면 사실이란 말인가.

'아니, 아니, 분명 무엇인가 숨기는 게 있을 것이다. 귀인이라고? 그걸 지금 나보고 믿으라는 거야. 내가 뭐 바보인 줄 아나. 쓰읍!'

가오성이 내심 고개를 도리질 쳤다.

"그 귀인이 우리를 이곳으로 데려오곤 대체 주인장께 뭐라 말하더이까?"

"별말씀 없으셨습니다. 그저 목숨이 경각에 달린 상처를 입었기에 서둘러 의원을 불러 달라 하셨으며, 만일 목숨을 건진다면 건강이 완쾌될 때까지 손님들을 부탁한다 하셨습니다. 물론 귀인께서는 적지 않은 금자를 제게 내어주셨습니다."

"하아~"

사내의 말에 가오성이 기가 차다는 듯 헛바람을 내뱉었다.

과연 상대가 하는 말을 믿어야 할지 믿지 말아야 할지 도통

감이 잡히질 않았던 까닭이다.

"그 귀인이라는 분이 아무런 사심 없이 우리를 도왔다는 말이오? 설마 그 귀인이 내가 알고 있는 분이란 말이오? 내가 아는 귀인이라곤……."

당연히 있을 리 없었다.

그래서 가오성은 자신의 뒷말을 이을 수가 없었다.

"역시나 제 말을 믿지 않으시는군요. 뭐 믿지 않아도 저는 상관없습니다. 믿고 안 믿고는 순전히 무사님의 몫이 아니겠습니까. 그저 전 손님들을 치료하는 데 든 비용과 손님들의 숙식에 필요한 대금 모두를 귀인께 받았으니 이것으로 제 거래는 끝이 났습니다."

대화를 하는 내내 시종일관 미소를 잃지 않는 사내였다.

대화가 거듭될수록 답답해지는 건 가오성뿐이었다.

대체 상대의 말을 어디까지 믿어야 하는 것인지.

"주인장의 성함을 물어도 되겠소?"

조금은 퉁명스런 음성으로 가오성이 물었다.

"그렇군요. 이제 보니 서로 간에 통성명도 없었군요. 이곳 유운객잔을 운영하고 있는 건유운이라고 합니다, 무사님의 존함은 어찌 되시는지……?"

"가오… 가오득이라 하오."

아무 생각 없이 자신의 이름을 말하려던 가오성이 뜨끔하여 궁여지책으로 잽싸게 이름을 지어냈다.

"어쨌든 이것도 인연인데 반갑습니다."

"반갑소."

가오성이 인상을 찡그리며 마지못해 대답했다.

가오성이 인상을 찡그린 건 아무런 궁금증도 해결하지 못했다는 답답함 때문이었다.

'휴우~ 더 물어봐야 온전한 대답을 해줄 것 같지도 않고. 이거 정말 미치겠네.'

눈치 빠른 가오성이 재빨리 머리를 굴렸다.

어쨌든 살아 있다는 것이 중요했다.

그리고 자초지종은 차차 알면 되고, 우선은 몸을 추스르는 것이 먼저였다.

한시라도 빨리 몸을 회복해야만 안전한 곳으로 길을 떠날 수 있기 때문이다.

"어찌 차 한 잔 안 하시고 일어서는 것입니까?"

건유운이 굳은 얼굴로 일어서는 가오성을 향해 서운한 듯 말했다.

"차 싫어하오."

가오성이 짧게 말했다.

물론 거짓말이었다.

무슨 차인지는 모르겠지만 청아한 다향이 코끝을 간질일 때마다 가오성의 입안에 절로 침이 고였다.

하지만 이 찝찝한 기분으로 유유자적 차를 마실 수는 없었다.

"어쨌든 고맙습니다. 은혜는 잊지 않겠습니다."

가오성이 건유운을 향해 포권을 하며 감사의 뜻을 표하곤 이내 내실을 벗어났다.

*   *   *

"아가씨, 제발 조금이라도 드셔요. 제발요, 아가씨."

어린 시녀 소은의 애원에도 무유화는 꿈쩍도 하지 않았다.

그저 멍한 시선으로 창밖만을 바라볼 뿐이었다.

휘이익—

활짝 열린 창으로 날이 선 찬바람이 휑하고 불어와 무유화의 머리칼을 쓸어 넘겼다.

"날이 너무 차잖아요. 이러다 몸이라도 상하면 어쩌시려고요."

소은이 허겁지겁 달려와 창을 닫으려 하자 그제야 무유화가 입을 열렸다.

"그냥 둬."

"아, 아가씨."

무유화를 바라보는 소은의 두 눈이 어느새 붉게 물들었다.

소은은 고개를 들 수가 없었다.

하루가 다르게 야위어만 가는 무유화를 볼 때마다 커다란 죄를 지은 것 같았기 때문이다.

유일하게 마음을 기댈 수 있었던 용노야와 윤이 갑자기 사라졌으니 얼마나 마음고생이 심할 것인가.

"소은아……."

"네, 아, 아가씨."

소은이 아무런 힘도 느껴지지 않는 무유화의 음성에 울먹이며 대답했다.

"가슴이 왜 이리 아픈 걸까. 왜 이리 가슴이 시린 걸까. 그냥 모든 걸 버리고 떠나면 덜 아플까."

"아, 아가씨……."

결국 참지 못하고 소은이 글썽글썽 눈물을 흘렸다.

"다 나 때문인데, 모든 것이 다 나로 인해 벌어진 일인데 가슴이 너무 아파. 그래서 더 미안해, 정말 미칠 것 같아."

무유화의 두 볼로 투명한 눈물이 주르륵 흘러내렸다.

"죄송하고 너무도 미안해서 보고 싶단 말도 못하겠어. 너무 보고 싶은데……."

보고 싶은데 이젠 볼 수가 없다.

그렇게 외치고 싶은데, 너무도 죄송해, 너무도 미안해 목이 메어 외칠 수가 없었다.

"그때 소리친 게 너무나 마음에 걸려. 그래서 여기에 가시가 박힌 것처럼 너무 아프고 답답해 미칠 거 같아."

꽉 막힌 가슴 언저리를 눌러보지만 아픔만 더욱 커질 뿐이었다.

"그가 아팠을 걸, 힘들었을 걸 생각하면 눈물을 참을 수가 없어. 나 이제 어떡하면 좋지. 미안하다고 말하고 싶은데 그가 이젠 못 듣는 거잖아. 흐흑."

말을 하던 무유화가 북받치는 감정을 결국 주체하지 못하고 새하얀 두 손으로 얼굴을 감싸며 흐느꼈다.

"하, 할아버지가 그렇게 된 것도, 윤이가 그렇게 된 것도 다 나 때문인데, 다 나 때문인데……. 죄, 죄송해요, 할아버지"

하염없이 눈물만 흐를 뿐이었다.

"……"
좀 더 잘해주고 웃어줄 것을.
자신이 웃는 걸 그토록 좋아했는데.
왜 그땐 웃어주지 않았을까.
그때의 일들이 너무도 큰 후회가 되어 무유화의 마음을 저 끝 나락으로 떨어뜨리고 있었다.

第十章 깨어나다 (하)

수호무사

바보가 갑자기 입을 다물었다.
웃음도 사라졌다.
더불어 외부와 완전히 단절된 공간에서 홀로 생활했다.
모든 것이 갑자기 일어난 일이었다.

이상했다.
이곳이 꿈속이든 현실이든, 그곳이 어디이든 전혀 궁금하지 않았다.
기쁘지도, 슬프지도, 두렵지도, 화가 나지도 않았다.
아무런 감정도 느낄 수가 없었다.
단지 머릿속만 점점 헝클어질 뿐이었다.
그날이 오기까진 결코 맞추지 않으려 했는데, 스스로 흩어놓

앉던 조각들을 제자리로 가져다 놓았다.
 그럴수록 감정은 점점 메말라 갔다.
 이 세상에 홀로 서 있는 기분이었다.
 그렇다고 주변을 잊은 것은 아니었다.
 그저 관심을 두려 해도 도무지 관심이 가질 않을 뿐이다.
 그런데 유독 서책을 볼 때만은 그렇지 않았다.
 서책에 그려진 도해는 눈을 떴을 때도, 눈을 감았을 때도 언제나 전신을 휘어 감는 뜨거운 느낌을 전해주었다.

 "……."
 서책을 넘기는 윤의 손길이 세심하기 그지없었다.
 행여 소리라도 날까 조바심 가득한 손길로 조심스럽게 서책을 다루는 윤이었다.
 '구천류, 제일검 동천류검, 기검식.'
 윤의 정신이 서책에 완전히 녹아든 듯 그의 표정에 한 점 변화도 없었다.
 '좌 반, 우 일. 기검.'
 서책에 빠져든 윤의 몰골은 말이 아니었다.
 두 눈두덩이 퀭하니 들어갔고, 그토록 보기 좋던 볼살 또한 움푹 꺼져 비루먹은 개를 보듯 그 모습이 형편없었다.
 변해도 너무 변한 모습이었다.
 '역 일, 우 반, 좌 일 보. 사검.'
 윤이 내심 중얼거리며 용혈검을 든 자신의 모습을 마음속으로 그렸다.

믿기지 않았지만 그 모습이 마치 현실처럼 그의 마음속을 가득 메웠다.

그리고 또 하나 믿기지 않는 사실은 윤이 서책에 빠져들면 들수록 그의 온몸이 더위를 먹은 듯 뜨거워지고 있다는 사실이었다.

"……."

예전 윤의 모습이 결코 아니었다.

형편없이 달라진 그의 육체뿐만이 아니라 그의 눈빛 또한 결코 예전의 그가 아니었다.

그렇게 한참을 꿈을 꾸듯 서책에 빠져 있던 윤이 조심스럽게 신형을 일으켰다.

그리곤 느릿한 걸음을 옮겨 문을 향해 다가갔다.

"……."

손톱을 물어뜯으며 문밖에서 서성이는 가오성이었다.

그런 그에게 노송이 방실방실 웃으며 다가왔다.

"식사하세요. 식사 차려놨습니다. 이건 말더듬이 손님 것이고……."

노송이 음식이 담긴 조촐한 그릇들을 문 앞에 내려놓으며 중얼거렸다.

"뭐 해요? 식사 차려놨다니까요."

"시끄럽다. 바쁘다. 그러니까 그냥 가라."

'쳇! 바쁘긴 개뿔.'

노송이 퉁명스런 가오성의 음성에 내심 투덜대며 언제나 그랬듯 총총걸음으로 자리를 떴다.

그렇게 얼마의 시간이 흐르고, 윤의 거처를 꽉 닫고 있던 문이 드디어 삐걱 하며 열렸다.

순간 가오성이 열린 문틈으로 왼손을 불쑥 집어넣곤 오른손으로 밖의 문고리를 덥석 잡았다.

"자, 잠깐 나랑 말 좀 하자."

가오성이 온 힘을 쏟아 문을 열려 했지만 뭔 힘이 그리 센지 윤의 손아귀에 잡힌 문은 꿈쩍도 하질 않았다.

"너 지금 집에 안 간다고 나한테 삐친 거냐?"

가오성이 조금이라도 더 문틈으로 파고들고자 애를 쓰며 말했다.

"얀마! 그냥 좀 말 좀 하자는 거잖아. 그, 그나저나 뭘 처먹었기에 힘이 이리 센 거야?!"

문을 열고자 악을 써보지만 윤의 힘을 감당하기란 결코 쉬운 일이 아니었다.

"너 정말 왜 그래! 아, 아니, 제발 윤아, 나랑 이야기 좀 하자. 내가 다 말해줄게. 정말 다 말해준다니까! 아니, 집에 가자, 집에 갈 테니 제발 문 좀 열어봐! 제발 좀!"

가오성이 애걸복걸하며 매달렸지만 윤은 아무런 감흥도 없다는 듯 그저 문만 닫으려고 할 뿐이었다.

문을 열려는 가오성과 문을 닫으려는 윤의 실랑이가 지속되는 가운데, 총총히 사라졌던 노송이 언제 다시 왔는지 조금 벌려진 문틈으로 윤의 거처 내부를 기웃거리다 입을 열었다.

"도와드려요?"

"보면 몰라, 인마! 빨리 거들지 않고 뭐 해!"

가오성이 점점 닫히는 문을 안간힘을 다해 막으며 다급하게 외쳤다.

하지만 노송이 막 도우려고 하던 찰나 가오성이 기겁하여 고래고래 악을 써댔다.

"아! 아아! 소, 소, 손!"

쾅!

"아, 아~"

가오성이 문짝에 찍힌 벌건 왼손을 부여잡곤 고통스런 표정을 지었다.

"아파요?"

"보면 몰라, 인마! 쌍! 도우려면 빨리 돕던지. 조상이 거북이냐?! 새꺄!"

가오성이 노송을 향해 버럭 소리를 질렀다.

얼마 전까지라면 기겁을 했을 노송이지만 이젠 겁은커녕 실실 웃음만 짓는 그였다.

"그러게 혼자 있고 싶다는 사람을 왜 자꾸 괴롭혀요."

"뭐, 인마?! 이게 정말!"

불난 집에 기름을 붓는 격으로 노송이 이죽거리자 가오성이 왼손을 들어 그의 머리를 쥐어박으려 했다.

"벌써 손이 다 나았나 보네요. 그나저나 식사하실 거예요, 안 하실 거예요? 바빠 죽겠는데 빨리 결정을 하셔야 치우든 말든 할 거 아니에요. 치워요?"

"휴우~"

가오성의 입에서 커다란 한숨이 새어 나왔다.

마음 같아서는 노송의 대갈통을 그냥 한 대 후려치고 싶었지만 차마 그럴 수도 없는 노릇.

그저 쫑알쫑알 떠드는 노송을 바라보며 한숨만 푹푹 내쉬는 가오성이었다.

그러던 가오성이 노송을 향해 개미가 기어가듯 나지막한 음성을 토해냈다.

"먹을 거야, 치우지 마."

*   *   *

건유운이 팔짱을 낀 채 창밖 풍경을 바라봤다.

소복이 쌓인 흰 눈이 그의 눈을 사로잡았다.

하얀 눈으로 뒤덮인 세상이 참으로 순수해 보였다.

문득 건유운은 저 눈처럼 이 세상도 순수하면 얼마나 좋을까 생각했다.

하지만 상념에서 이내 현실로 돌아온 건유운이 쓴웃음을 지으며 고개를 살짝 도리질 쳤다.

부러울 것 하나 없는 건유운이었다.

외모는 말할 것도 없고 쌓은 재물 또한 더할 나위 없이 많았다.

지닌 학식 또한 적지 않았고, 젊은 나이답지 않게 온화한 인품을 가져 쌓은 재물의 일부를 어려운 사람들을 위해 쓰고 있다는 사실은 이제 공공연한 저자의 비밀이었다.

저자의 모든 젊은이가 유운객잔의 건유운을 본보기로 삼을 정도로 그의 성공은 독보적이라 할 수 있었다.

 정말 남부러울 것 하나 없는 건유운이지만 요즘 들어 그의 표정은 어둡기만 했다.

 "객잔주님, 노송입니다."

 "들어오너라."

 건유운이 창밖으로 두었던 시선을 거두며 입을 열었다.

 그렇게 건유운과 노송이 자그마한 탁자를 사이에 두고 함께 자리했다.

 "식사는 잘 하시더냐?"

 건유운이 물었다.

 물론 윤을 두고 하는 말이었다.

 "식사는 잘 하시는데 하루에 고작 한 끼뿐입니다. 그걸 먹고 대체 어찌 사는지 저로선 정말 이해하기 힘듭니다. 방금 전 문틈으로 잠깐 뵈었는데 몰골이 정말 말이 아니더라고요. 삐쩍 곯은 게 마치 해골을 보는 것 같았습니다."

 "식사를 준비하는 데 각별히 신경을 쓰라 숙수께 이르고, 너 또한 식사를 거르신다 하여 소홀히 대해서는 절대 안 될 것이다. 알았느냐?"

 "여부가 있겠습니까. 그나저나 객잔주님."

 노송이 짧게 대답하곤 눈빛을 초롱초롱 빛내며 건유운을 불렀다.

 "왜 그러느냐?"

 "대체 저 손님이 누구인데 객잔주님께서 이토록 신경을 쓰시는 것입니까? 소인, 도대체 이해가 가질 않습니다. 저 손님이 그리도 귀한 손님입니까?"

"후후."

노송의 궁금증에 건유운이 살포시 미소를 지었다.

그리곤 그가 말했다.

"손님을 대함에 귀하고 안 귀하고가 어디 있겠느냐. 객잔을 찾는 손님들이 있기에 객잔과 내가 존재할 수 있는 것이니 모든 손님이 귀한 것이 아니겠더냐. 너도 객잔을 차리는 것이 꿈이라 하질 않았더냐. 그런 네가 손님의 경중을 따져서야 어찌 올곧은 객잔을 차릴 수 있단 말이더냐."

"그야 그렇지만······."

노송이 검지로 코끝을 연신 문지르며 말끝을 흐렸다.

"무사께서는 여전하시더냐?"

"아이고, 말도 마십시오. 그 사람 성격 정말 이상합니다. 제가 뭔 말만 하면 성질부터 내고 윽박질이지 뭡니까. 처음엔 정말 무서웠는데 지금은 뭐 그다지 무섭진 않습니다. 꼴에 무사라고 검은 차고 다니는데 성질이 저리 괴팍해서야. 쯧쯧!"

노송이 혀를 쯧쯧 차며 안쓰럽단 표정을 지었다.

"무사님의 몸 상태는 좀 어떠시더냐?"

"아주 팔팔합니다. 하루에 식사를 여섯 번이나 하는데 먹는 양도 아주 장난이 아닙니다. 뱃속에 거지가 들어앉은 건지 그렇게 먹어대는데도 배가 고프다고 난립니다. 같이 온 동료는 굶어 죽을 판인데, 나참! 그렇게 먹고도 배가 안 터지는 걸 보면 정말 저로선 이해할 수가 없는 일입니다."

"후후후."

천진난만하게 떠들어대는 노송을 바라보며 건유운이 기분 좋은 미소를 흘렸다.

언제나 그랬지만 참 밝은 노송이었다.

조실부모(早失父母)하고 어린 동생 셋을 홀로 건사하면서도 힘든 표정 하나 짓지 않는 그였다.

그런 노송이 기특하여 건유운은 항상 그를 곁에 두고 보살펴 주고 있었다.

"어쨌든 손님들이 가시는 그날까지 노송이 네가 각별히 신경을 쓰도록 하여라."

"객잔주님, 그건 걱정하지 마십시오. 제가 알아서 잘 모시고 있으니까 말입니다."

노송이 자신있다는 듯 호언했다.

그런 그에게 건유운이 물었다.

"그나저나 이번에 환이가 학사에 들어간다 하질 않았더냐?"

환이라면 노송의 첫째 동생인 노환을 말함이었다.

"헤헤, 그놈이 이 형과 달리 공부를 좀 좋아해서 큰맘먹고 허락을 해줬습니다."

"형편도 넉넉지 않을 터인데."

"객잔주님께서 품삯을 넉넉히 챙겨주셔서 모아둔 돈이 제법 됩니다. 사실 제가 객잔주님을 만나지 못했더라면 제깟 놈이 무슨 재주로 공부를 할 수 있었겠습니까. 어림 반 푼 어치도 없는 일이지요. 하하!"

말은 그랬지만 동생 노환을 생각하는 노송의 얼굴엔 자부심과 기쁨이 가득했다.

"기특하구나."

"기특하긴요, 뭘."

쑥스러운 듯 노송이 뒷머리를 긁적였다.

그런 그에게 건유운이 미리 준비해 두었던 밀봉된 흰 서찰을 노송에게 내밀었다.

"……?"

당연히 노송의 얼굴엔 의문이 깃들었다.

그런 그를 대견한 듯 바라보며 건유운이 입을 열었다.

"얼마 되진 않지만 넣어두어라. 이젠 이것저것 돈 들어갈 일이 많아질 것이다."

"아, 아닙니다. 이러시지 않아도 됩니다, 객잔주님."

노송이 기겁하여 거칠게 손사래를 쳤다.

"네가 유운객잔을 위해 뛰는 것에 비하면 아무것도 아니니라. 그래도 내 성의이니 받아두었음 싶구나."

"개, 객잔주님……."

노송이 감격하여 말을 더듬었다.

그는 굶주림에 지친 동생들을 위해 한 푼이라도 더 벌려고 거지처럼 거리를 배회할 때 처음 건유운을 만났다.

그 손길을 따라 유운객잔에 발을 들인 후 꿈에도 그리던 끼니 걱정을 덜 수 있었다. 더불어 넉넉한 품삯을 쪼개어 모으니 이젠 동생의 학자금까지 모을 수 있었다.

이 모든 것이 건유운이 베푼 은혜였다.

그 은혜가 너무도 크고 감사해서 노송은 유운객잔이 자신의 것이라도 된 양 이리 뛰고 저리 뛰며 열심이었다.
 "공으로 주는 것이 아니라 더욱 열심히 뛰라고 주는 것임을 잊었더냐? 후후."
 건유운의 입가에 넉넉한 웃음이 매달렸다.
 "가, 감사합니다, 객잔주님. 이 노송, 객잔주님께서 베풀어주신 은혜 절대 잊지 않을 것입니다."
 노송이 고개를 푹 숙인 채 내심 중얼거리며 눈물을 글썽였다.

*   *   *

 마치 솜이 물을 빨아들이듯 책장을 넘기는 속도가 무척 빨랐다.
 "이렇게, 그리고 요렇게, 또 요렇게. 그렇지. 바로 이거였어."
 책장 하나를 넘기곤 두 손을 허공에 허우적거리는 가오성의 모습이 무척 조잡해 보였다.
 하지만 그 우스운 동작 하나하나를 펼치는 가오성의 표정은 진지하기 그지없었다.
 "햐아! 이거 정말 대단하단 말밖에 할 말이 없구나."
 동작을 반복하다 감탄을 터뜨리고, 또 서책 속에 두 눈을 푹 파묻었다가 또다시 동작을 반복하고, 그리고 재차 감탄을 터뜨리고…….
 새벽바람부터 일어나 점심까지 거르며 가오성이 한 일의 전부였다.
 며칠째인지도 몰랐다.

윤이 갑자기 입을 닫아버린 후 깊은 걱정에 빠져 있다 무심코 생각이 나 용노야가 전수해 준 무공 서적을 펼쳤는데, 그 후 가오성 또한 그대로 방구석에 처박혀 용노야가 전수해 준 무공에 푹 빠져버렸던 것이다.

사실 몸이 완쾌되고 난 후 유운객잔을 떠나야 할 것인가 말 것인가를 두고 깊은 고민에 빠졌던 가오성이었다.

윤의 안전을 위해서라면 하루라도 빨리 이주하가 말해준 곳으로 떠나야 옳지만 무슨 이유인지 갑자기 입을 닫고 객실에 처박혀 버린 윤으로 인해 도저히 객잔을 뜰 수가 없었던 것이다.

결국 가오성은 고민에 고민을 거듭하다 유운객잔에 머물기로 결심할 수밖에 없었다.

윤이 저렇게 막무가내로 고집을 피우고 있는데 가오성 홀로 떠난다 한들 아무런 의미가 없었기 때문이다.

그렇게 지내다 보니 유운객잔이란 곳도 그리 나쁜 곳은 아니었다.

말을 섞다 보니 객잔주가 거짓말을 하는 것 같지도 않았고, 그리 나쁜 사람 같지도 않았다.

결정적으로 외부와 완전히 단절된 생활을 하고 있었기에 당분간 자신과 윤의 안전에 대한 걱정을 떨칠 수 있을 것 같다는 느낌이 가오성의 마음을 굳히는 결정적인 계기가 되었다.

그 덕에 가오성은 날이 가는 줄도 모르고 무공 수련에 푹 빠져 헤어 나오질 못하고 있었다.

"대체 둘 다 뭐 하는 거야?"

노송이 윤과 가오성의 거처를 이리 갔다 저리 갔다 왕복하며 연신 투덜거렸다.

오늘도 역시 두 사람 모두 음식엔 손도 대질 않았다.

노송이 가져왔던 그 모습 그대로 음식이 차갑게 식어 있었다.

"작정하고 틀어박힌 거야? 아니, 틀어박힐 땐 틀어박히더라도 식사는 거르지 말아야지. 도대체 이해를 할 수가 없네, 정말로."

노송의 투덜거림은 오늘도 여전히 유운객잔에 울려 퍼지고 있었다.

* * *

유운객잔은 아침나절부터 붐비기 시작해 문을 닫는 그 순간까지 사람들의 발길이 끊이질 않는다.

계절의 영향도 받지 않았다.

그 이유가 무엇인지 묻는다면 솔직히 나열할 내용이 한두 가지가 아니었다.

그래도 그중 딱 세 가지를 꼽자면 하나는 친절이고, 둘은 청결, 셋은 맛이었다.

그 이유가 흔한 것들이었지만, 그래도 사람들은 유독 유운객잔을 고집했다.

참 이상한 일이었다.

객잔주 건유운이 여유롭게 걸음을 옮겼다.

하루에도 몇 번씩 객잔 이곳저곳을 점검하는 그였다.
"맛은 괜찮습니까?"
"객잔주님, 숙수 하나는 정말 잘 뒀습니다. 중원에서 이런 맛을 찾기란 정말 쉽지 않지요."
"부족한 저를 만나 고생하는 숙수께 항상 고마워하고 있습니다. 그나저나 이번에 표국을 여신다면서요?"
"언제 또 그 소식을 들었습니까. 하여간 소식통이 따로 없습니다. 껄껄!"
"괜히 유운객잔이겠습니까."
건유운이 일층 주루를 돌며 손님들과 인사를 주고받았다.
그 친분이 꽤 오래된 듯 인사를 주고받는 그들 사이엔 어색함이 없었다.
"뭐 더 필요하신 건 없으십니까? 부족한 것이 있으면 언제든 불러주십시오."
건유운은 한 걸음을 옮기기가 무섭게 고개를 숙였다.
그만큼 손님들이 많다는 의미였다.

일층의 주루를 다 돌아본 건유운이 이층의 객실로 향했다.
"……"
건유운이 멈춰 선 곳은 윤이 머무는 객실 앞이었다.
똑. 똑.
건유운이 객실의 문을 가볍게 두드렸다.
"객잔주입니다."
건유운이 부드러운 음성으로 자신의 존재를 알렸다.

내부에선 아무런 인기척도 들리지 않았다.
하지만 건유운은 기다렸다.
그렇게 꽤 오랜 시간이 흘렀다.
끼익―
결코 열리지 않을 것만 같던 객실 문이 끼익 하고 열렸다.
"잠시 들어가도 되겠습니까?"
건유운이 묻자 윤이 잠시 망설이다가 고개를 끄덕였다.

그토록 정갈했던 내실은 그야말로 엉망진창이었다.
두 달이 넘게 청소 한 번 하질 않았으니 어쩌면 당연한 일이었다.
"불편하신 점은 없습니까?"
건유운이 사람 좋은 미소를 지으며 묻자, 윤이 고개를 끄덕였다.
깨끗한 영웅건과 깔끔한 비단옷을 두른 건유운과 비교하니 윤의 몰골은 그야말로 상거지 중에 상거지였다.
어깨까지 흘러내린 치렁한 흑발 하며 때 묻은 의복 하며, 너무도 상반된 모습을 한 두 사내였다.
"불편하시다면 객실을 옮겨드리겠습니다."
"……"
뜬금없이 객실을 옮겨준다니.
자신의 마음이라도 읽은 것일까.
하지만 대답없는 윤.
그의 눈빛은 한 점 흔들림이 없을 정도로 무심했다.

예전 그의 모습이 결코 아니었다.

"부담을 가지실 필요는 없습니다. 이미 대가는 지불 받았으니 말입니다. 결정만 하시면 지금 당장에라도 거처를 옮겨드리겠습니다."

건유운이 미소를 지으며 말했다.

그 미소가 참으로 매력적인 사내였다.

"……."

그의 말대로 솔직히 불편한 게 사실이었다.

객실이 좁다는 게 가장 큰 문제였다.

물론 숙박만 한다면 넓은 공간이었지만 할아버지가 전해준 무공을 익히기 위해선 더 너른 장소가 필요했다.

이 넓이로는 감히 혈아를 휘두를 엄두가 나질 않았다.

할아버지는 서책에 담긴 도해를 마음으로 기억만 하면 된다 했지만 윤은 전혀 그럴 생각이 없었다.

기억만 하는 것은 어렵지 않았다.

그 도해가 너무도 상세했기 때문이다.

하지만 윤은 기억한 것을 반드시 몸으로 익힐 생각이었다. 직접 혈아를 휘두르며 온몸으로 기억할 생각이었다.

보면 볼수록 무서운 무공이었다.

할아버지의 구천류검도 무서웠지만 정말 무서운 것은 철혈무가의 가주였던 무진강의 무상류였다.

하지만 절로 욕심이 생기는 무공들이었다.

그래서 윤은 그것들을 익히고 싶었다.

기억만 하는 것이 아니라 반드시 자신의 것으로 만들고 싶었다.
 강해져야만 하기에, 그래야만 지킬 수 있기에, 그렇게 해야만 철혈무가로 돌아갈 수 있기에.
 자신을 위해 온몸을 던진 할아버지와 자신만을 기다리고 있을 유화를 생각하면 눈물만 흘렸다.
 이대로 돌아갈 수 없음을 깨달았을 땐 피눈물이 흘렀다.
 자신이 할 수 있는 건 그뿐이었다.
 약자로서 눈물만 흘리는 것, 비겁하게도 고작 그뿐이었다.
 끄덕.
 윤이 고개를 끄덕였다.
 상대의 친절함을 의심할 만도 하련만 윤의 고민은 길지 않았다.

 잠시 후,
 "뭐, 뭐라고? 거처를 옮겨!"
 가오성이 윤을 향해 두 눈을 부라렸다.
 근 두 달 만에 만난 기쁨도 잠시였다, 정말 눈물까지 핑 돌 정도로 기뻤는데.
 "이 밥통아, 누굴 믿고, 아니, 뭘 믿고 거처를 옮겨! 안 돼! 짐 싸! 지금 당장 떠날 거야! 우린 갈 곳이 이미 정해져 있었다고! 네놈이 입을 꽉 다물고 거처에 처박혀 지금껏 안 나왔기 때문에 못 떠난 거였어! 알아?"
 가오성이 침을 튀겨가며 떠들어댔다.
 윤이 그 모습을 멀뚱한 표정으로 바라봤다.

그 모습이 또 답답해 보였던 것일까.

가오성의 얼굴이 순식간에 벌겋게 달아올랐다.

"뭐 해! 가서 얼른 짐 싸! 지금 당장 떠날 거라니까! 하여간 넌 너무 멍청해서 탈이야! 이 세상이 얼마나 무서운 곳인데! 그 누구도 믿어서는 안 돼는 곳이라고, 이 멍청아! 네놈이 믿을 사람은 오직 한 명뿐이야! 나, 쥐만 믿어야 한다고! 알겠냐? 알겠냐고?"

가오성이 부족한 자식을 나무라듯 윤을 타박했다.

그런데,

"아, 안 가."

"뭐? 왜 안 가?"

윤의 한마디에 가오성의 표정이 일시에 확 찌그러졌다.

"너, 너나 가."

"뭐? 너, 너나 가? 야, 이 병신아! 지금 그걸 말이라고 하냐? 말이라고 하냐고!"

가오성이 객실이 떠나갈 듯 소리를 질렀다.

윤의 표정을 보아하니 말이 통할 것 같지 않았다. 아니, 말이 통할 리 없었다.

그렇다면 힘으로라도 끌고 가야 했다.

하지만 가오성 자신에게 그럴 힘이 과연 존재할까.

당연히 존재할 리 없었다.

그렇다면 달리 방법을 찾아야 했다.

물론 유운객잔이 싫은 건 아니었다. 그렇다고 안전한 곳도 아니었다.

지금까지야 별 탈 없이 지냈다지만 앞으로 어떤 일이 벌어질지는 아무도 모르는 일이었다.

그렇기에 하루라도 빨리 이주하가 말해준 곳으로 길을 떠나야 했다.

그런데 어떻게…….

'이, 이런 빌어먹을! 대체 저 괴물을 무슨 방법으로 그 먼 곳까지 끌고 가야고?'

가오성의 억장이 무너져 내리고 있었다.

*　　　*　　　*

반경 십여 장의 석실.

더없는 고요가 흘렀다.

들리는 소리라곤 뜨겁게 뛰는 심장 소리뿐.

지이이잉—

용혈검이 울자 지루했던 고요가 깨졌다.

그리고 그 울음에 석실 벽이 움찔 몸서리를 쳤다.

"……"

윤이 착 가라앉은 두 눈으로 석실의 빈 허공을 노려봤다.

"후우~"

윤이 가볍게 숨을 골랐다.

그러기를 잠깐여.

쐐액—

순간 예리한 파공음이 밀폐된 석실을 긴장시켰다.

그것을 시작으로 윤이 용혈검을 휘두르며 미친 듯 사방을 쓸어갔다.

때로는 부드럽게, 또는 한겨울 서릿발처럼 매섭게.

"……"

용혈검과 하나가 된 윤이었다.

그의 움직임에 석실 내부가 금세 검붉은 검광으로 물들었다.

용노야의 구천류검 중 북천류의 마지막 초식인 북천십로가 윤의 몸속으로 녹아드는 순간이었다.

윤은 비 오듯 땀을 흘렸다.

그가 구천류검의 초식 하나를 익히기 위해 쏟아 붓는 정성은 이루 말할 수가 없었다.

체력이 고갈 날 정도로 용혈검을 휘둘러야만 가까스로 하나의 초식을 몸에 담을 수 있었다. 정말 초주검에 가까운 노력을 하지 않고서는 감히 익힐 수 없는 상승의 무학이었다.

초식을 익힘에 있어 그 깊은 오의까지 깨달을 수 있다면 더할 나위 없이 좋겠지만, 그건 애당초 바라지도 않았다.

할아버지께서 분명 말씀하셨다.

깨달음이라는 건 무조건 노력만 한다고 얻을 수 있는 물건이 아니라고.

깨달음은 기다림이라고 했다.

묵묵히 기다리는 자만이 얻을 수 있는 물건이며, 기연이라 했다. 조급함을 버리고 욕심까지 버리라 했다.

그저 마음으로 기억하고 몸으로 익히라 했다.

진심을 다해 혈아와 하나가 될 것을 강조했으며, 부단한 노력으로 묵묵히 기다린다면 언젠간 그 오의까지 너의 것이 될 것이라고.

그때는 무슨 의미인지 전혀 알 수가 없었다.

하지만 지금은 느낄 수 있었다, 할아버지가 무엇을 전하려 했음인지.

"……."

전신으로 엄청난 피로가 몰려들었다.

힘이란 힘이 다 빠져나간 느낌이었다.

서 있는 것조차 힘에 겨울 정도였다.

하지만 그 느낌이 싫지 않았다.

거짓말처럼 들릴지 모르겠지만, 피곤함보다는 상쾌함이 먼저였다.

"……."

윤의 표정이 밝아 보였다.

하나의 검식을 또 익혔다는 성취감이 그의 마음을 즐겁게 만들었던 까닭이다.

처음엔 홀로 무공을 익혀야 한다는 사실이 무척 두려웠다.

누구에게든 홀로서기는 두려운 법이기 때문이다.

하지만 이제는 두렵지 않았다.

두려움을 떨쳐 내니 슬슬 자신감이 붙었다.

윤이 수련을 마치고 석실을 나왔다. 날은 이미 어두워진 상태였다.

 사실 윤은 며칠이 지났는지조차 몰랐다.

 지하에 만들어진 석실은 빛 한 점 스미질 않는 공간이었다. 그렇기에 시간의 흐름을 잊을 수밖에 없었다.

 더구나 미친 듯 용혈검을 휘두르는 윤으로서는 더욱 그럴 수밖에 없었다.

 촤아아—

 윤이 우물물을 퍼 올려 땀으로 질펀해진 몸뚱이에 물을 끼얹었다.

 뼛속까지 그 한기가 느껴질 정도로 차가운 물이었다.

 하지만 윤은 눈썹 하나 찡그리지 않았다.

 "……"

 물에 젖은 의복이 윤의 몸뚱이에 착 달라붙었다.

 그대로 드러나는 그의 전신, 군살 하나 없는 완성된 몸뚱이였다.

 또 달라진 그의 모습을 보는 순간이었다.

 그때,

 "미친놈."

 탁 갈라진 음성이 어둠 저편에서 들려왔다.

 가오성의 음성이었다.

 "수련이 아무리 좋다지만 그래도 끼니는 챙겨 먹고 해야 할 거 아니냐고. 그러다 굶어 뒈져, 인마."

 가오성이 걱정스런 음성을 내뱉으며 윤의 곁으로 다가왔다.

 그 또한 무척 달라진 모습이었다.

풍기는 분위기만 보더라도 예전의 그와 확연히 달랐다.

"나흘이다, 나흘. 네놈이 석실에 틀어박힌 게 나흘이라고, 나흘."

가오성은 미친 듯 수련만 하는 윤이 항상 걱정이었다.

"가서 밥부터 먹어. 상 차려놨다."

끄덕—

가오성의 말에 윤이 가볍게 고개를 끄덕이곤 걸음을 옮겼다.

그 뒷모습을 가오성이 착잡한 시선으로 바라봤다.

'으이구, 독한 새끼! 뭐 저런 놈이 다 있어. 정말 무섭다, 무서워.'

가오성이 진저리를 쳤다.

자신 또한 이를 갈고 무공 수련에만 매진했다.

하지만 저 미친놈에 비하면 조족지혈에 불과했다.

'언제 저 미친 검귀 놈을 때려잡을 수 있을라나. 잡을 날이 오긴 올라나. 쩝!'

가오성이 윤이 사라진 곳을 바라보며 입맛을 쩝 다셨다.

하지만 내심과 달리 그의 표정은 자신감으로 충만했다.

그만큼 그의 성취 또한 남다르지 않다는 의미였다.

물론 건유운의 배려가 있기에 가능한 일이었다.

윤의 고집으로 어쩔 수 없이 옮긴 장소였지만, 무공 수련을 하기엔 완벽에 가까운 곳이었다.

처음엔 무척 긴장했다.

행여 불미스러운 일이라도 벌어질까, 몇날 며칠을 뜬눈으로 밤을 지새울 정도였다.

물론 지금도 긴장의 끈은 놓질 않았다.
하지만 처음과 달리 그 긴장이 많이 느슨해진 상태였다.
어쨌든 윤과 마찬가지로 가오성 또한 하루하루가 고단함의 연속이었다.
그래도 쉴 틈이 없었다. 아니, 쉬고 싶지 않았다.
우습게도 몸이 피곤할수록 더욱 고단함을 느끼고 싶었다.
고단함이 더해지면 더해질수록 점점 더 강해지는 느낌이었기 때문이다. 그래서였다.
가오성은 몸이 피곤하면 할수록 자신의 몸뚱이를 더욱 혹사시키기를 원했다.
"한번 붙어봐?"
가오성이 멀어져 가는 윤의 등을 바라보며 두 눈을 게슴츠레 떴다.
하지만 이내 고개를 절레절레 젓는 그였다.

*　　　*　　　*

그 길이 즐겁든 외롭든 아무도 관심을 주지 않았음에도 시간은 묵묵히 자신의 길을 걸어가고 있었다.
"라라랄! 라라랄라!"
새벽바람부터 콧노래를 흥얼거리며 분주히 몸을 놀리는 노송.
그러던 그가 뭔 생각에 힐끗 한곳을 뚫어지게 쳐다봤다.
노송의 시선이 닿은 곳은 윤과 가오성이 머무는 거처였다.

수풀로 뒤덮인 오지였다.

저 오지 안에 윤과 가오성의 거처가 존재했다.

곁에서 본다면 저 안에 과연 사람이 머무는 거처가 존재할까 의심부터 일었다.

하지만 숲을 헤쳐 이 각여를 걷다 보면 분명 저 안에 아담한 모옥 하나가 떡하니 자리를 잡고 있었다.

"참 대단한 사람들이야. 대체 저 안에서 무얼 하고 있는 거지. 일도 안 하고 음식만 축내고, 아니, 음식이라도 축내면 내 말을 안 해. 땅을 파봐. 음식이 나오나. 이런 귀중한 음식을 만날 버리게 만들고. 아, 아까워! 아주 한량들이 따로 없다니까. 객잔 주님께서는 도대체 왜 저런 사람들을 챙겨주시려 하시는 건지. 내가 아무리 봐도 한량들인데. 아! 음식 아까워 죽겠네, 정말. 이것도 또 다 버릴 거 아니야."

오늘도 역시 노송이 투덜댔다.

윤이 거처를 옮기는 순간 덩달아 노송의 거처도 옮겨졌다.

그 후 노송이 한 일은 하루에 한 번씩 윤과 가오성의 거처로 음식을 해다 나르는 일이었다.

유운객잔에 머문 경력이 꽤 되었기에, 더불어 동생들을 홀로 건사했기에 음식을 하는 건 어렵지 않았다.

당연히 음식을 나르는 것도 쉬웠다.

그런데 문제는 아무리 음식을 해다 날라도 도통 음식이 줄지 않는다는 것이었다.

"오늘은 또 뭘 하고 지내나. 아, 심심해! 휴우~"

노송이 하늘을 쳐다보며 한숨을 푹 내쉬었다.

하루하루가 심심해 미칠 지경이었다.

새벽에 일어나 음식을 만들어 나르고 나면 그 후론 할 일이 없었다.

쉬는 것도 하루 이틀이지, 일 년을 넘게 이 짓을 반복하니 정말 답답해 미칠 지경이었다.

"아~ 빨랑 돌아가고 싶다. 정말 몸이 두 개라도 부족했는데. 쩝!"

노송은 유운객잔에서 정신없이 뛰던 때가 그리웠다.

"휴우~"

노송이 고개를 절레절레 흔들며 긴 한숨을 내쉬었다.

"일 년이 넘었거늘. 참나! 이젠 기가 막혀 말도 안 나오네. 자기네들이 뭐 부처야? 득도라도 하려고? 살아 있기나 한 건지 죽은 건지. 그래도 음식이 비는 걸 보면 살아 있긴 한 건데."

노송으로선 정말 알다가도 모를, 좀처럼 이해하기 힘든 일이었다.

"얼굴 한 번 보는 게 이렇게 힘들어서야."

노송이 연신 투덜대며 고개를 절레절레 흔들었다.

"랄라랄!"

하지만 이내 투덜거림을 멈추고 본연의 일에 열중하기 시작했다. 그렇게 얼마의 시간이 흘렀을까.

방금 전 노송이 쳐다봤던 숲길에서 부스럭거리는 소리가 그의 신경을 박박 긁었다.

아무리 생각해도 들짐승이 일으키는 소음이 아니었다.

순간 노송의 고개가 팩 돌려졌다.

"어, 어, 어!"
노송이 화들짝 놀라 절로 말을 더듬었다.
그런 그가 벼락을 맞은 듯 두 눈을 부릅떴다.
하지만 그것도 잠시, 노송의 신형은 어느새 숲길을 향해 뛰어갔다.

"소, 손님!"
노송이 숲길을 헤쳐 나오는 윤을 향해 환한 표정으로 소리를 질렀다.
"드디어 나오셨군요."
노송이 봇짐을 등에 둘러멘 채 하얀 천으로 감싼 용혈검을 가슴에 품은 윤을 향해 말했다.
숲길을 헤쳐 나온 게 무슨 대수라고.
하지만 노송에게 있어선 엄청난 일이 아닐 수 없었다.
"……"
자신을 반기는 노송을 물끄러미 바라보는 윤.
그의 몰골은 정말 말이 아니었다.
비쩍 곯은 해골의 모습이 딱 이 꼴이었다.
'뭐야? 이거 완전 거지꼴이잖아!'
처음에 봤던 윤의 모습을 상상했던 노송이 거지 같은 그의 몰골에 크게 놀라 내심 중얼거렸다.
"어디서 본 얼굴 같은데, 날 알아?"
"네?"
윤의 물음에 노송이 이건 또 뭔 뚱딴지같은 말인가 싶어 짧게 반문했다. 그러다 무슨 생각이 났는지 노송이 박수까지 쳐가며 흥분해 말했다.

"어라! 손님! 이젠 말 안 더듬네요. 와! 말을 더듬지 않으니 정말 멀쩡한 사람처럼 보여요. 와! 진짜 신기하네요. 어쨌든 정말 반갑네요. 대체 이게 얼마만이에요?"

너무 반가워서일까.

노송이 윤의 손을 덥석 잡으려 했다.

그런데 그 순간,

스윽—

탁!

"아얏!"

간단한 손놀림이었다.

하지만 윤의 간단한 손놀림에 노송은 자신의 손목을 부여잡으며 고통에 겨운 신음성을 흘려댔다.

"아아! 왜 때려요?"

"날 아냐고?"

"그럼 몰라요? 재작년 겨울부터 제 손님이셨잖아요."

"손님?"

"네, 손님이요. 아씨, 반가워서 손 좀 잡으려는데 왜 때리는 거야."

노송이 화가 난 듯 윤을 힐끔힐끔 쳐다보며 구시렁거렸다.

그러다 노송이 궁금한 점이 생겼는지 윤에게 물었다.

"근데 손님도 무사예요?"

"무사?"

"네, 무사요. 그거 검 맞죠?"

노송이 윤이 품고 있는 하얀 천을 가리키며 물었다.

"……."

윤은 아무런 대답도 하질 않았다.

그저 잠시 미간을 찡그리더니 노송을 향해 뚝 한마디를 던질 뿐이었다.

"쥐는?"

"네? 갑자기 쥐라니요?"

삐쩍 곯은 해골이 인상을 쓰며 묻자 꽤 괴기스런 모습이었다. 아니, 왠지 모를 섬뜩함에 소름이 돋았다.

변해도 너무나 변해 버린 윤의 모습에 또다시 놀랄 수밖에 없는 노송이었다.

"쥐, 쥐라니요?"

자신도 모르게 노송이 말을 더듬으며 뒷걸음질쳤다.

가까이 있으면 안 될 것만 같은 이질적인 위험을 느꼈던 까닭이다.

그때였다.

해골의 모습이 또 하나 있었다.

이 해골은 그 정도가 좀 더 심한 해골이었다.

아무래도 움푹 들어간 볼살 주변을 수북이 덮어버린 헝클어진 수염 때문에 그런 듯싶었다.

그 해골이 윤을 향해 미소를 짓고 있었다.

그 모습이 왠지 모르게 섬뜩하단 느낌에 노송은 반가움마저 잊어버릴 정도였다.

"이게 얼마 만이냐, 바보야?"
가오성이 실실 웃으며 윤을 향해 느릿하게 걸음을 옮겼다.
그런 그를 향해 윤이 짧게 말했다.
"쥐."
"저 미친 새끼! 아직도 쥐라 하네. 썅!"
윤의 외마디에 가오성의 표정이 확 구겨졌다.
하지만 그것도 잠시,
"바보야, 이제 한판 붙어보자."
윤에게 다가온 가오성이 씨익 미소를 지으며 윤에게 말했다.
그런 그를 잠시 바라보던 윤이 말했다.
"나 바보 아냐."

『수호무사』 제2권에 계속…

조종호 新무협 판타지 소설

十度化身
십변화신

"너는 죽는다."
"……!"

뇌서중은 자신도 모르게 번쩍 고개를 치켜들어 뇌력군을 올려다봤다.
"다시 말해주랴? 난호가 망혼곡에 들어가면 네놈은 반드시 죽는다."

비밀에 싸인 중원 최고의 살수문파 망혼곡(忘魂谷).
그곳에서 십 년 만에 돌아온 화사평은 기억을 지우고
평화로운 삶을 꿈꾸지만,
주위엔 가문을 위협하는 자들이 존재하고 있었으니……

그의 손엔 망혼곡 삼대기문병기
용편검(龍鞭劍), 명혼기수(冥魂起手), 엽섬비(葉閃匕).
얼굴엔 서로 다른 열 개의 괴이한 가면.

망혼곡주 십변화신!
그가 일으키는 폭풍의 무림행!

Book Publishing CHUNGEORAM

유행이 아닌 자유추구 -
WWW.chungeoram.com

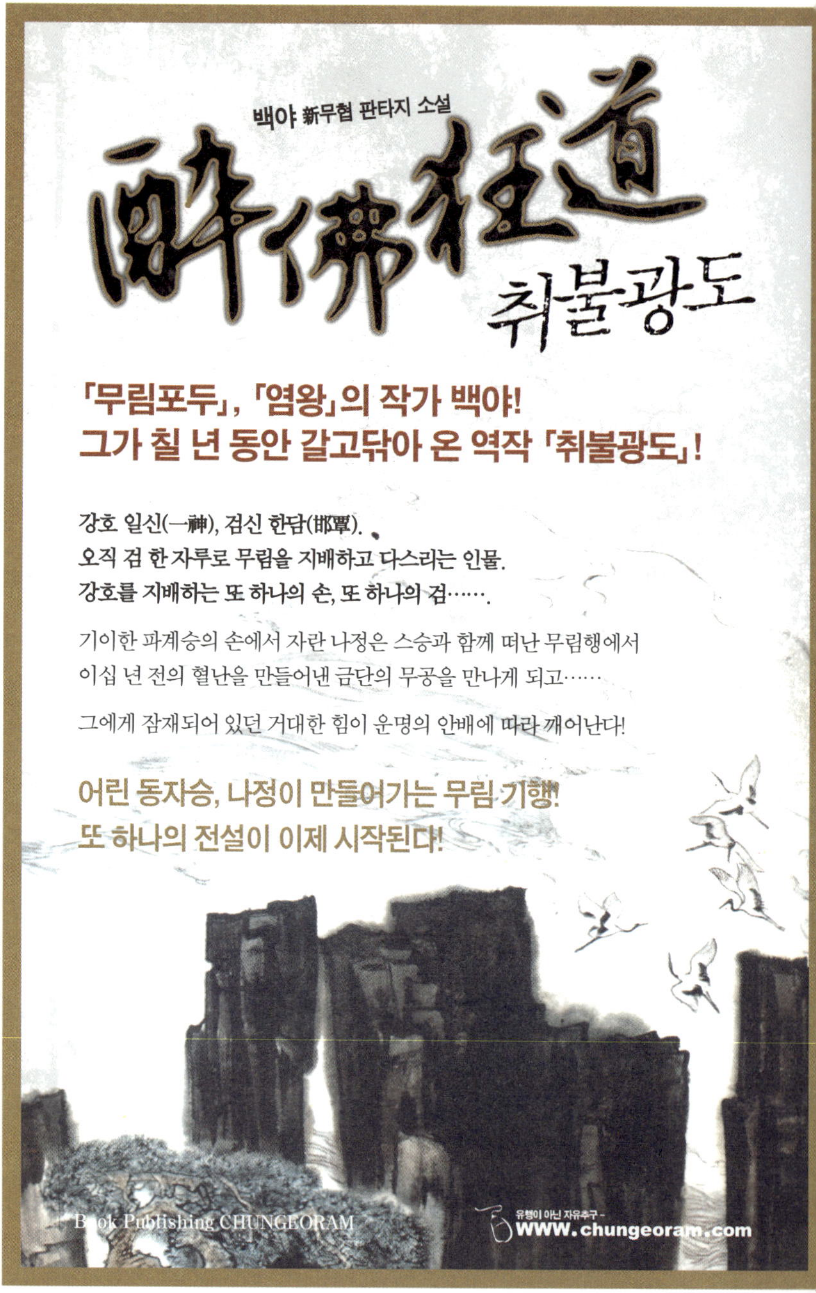

백야 新무협 판타지 소설

취불광도

「무림포두」, 「염왕」의 작가 백야!
그가 칠 년 동안 갈고닦아 온 역작 「취불광도」!

강호 일신(一神), 검신 한담(邯鄲).
오직 검 한 자루로 무림을 지배하고 다스리는 인물.
강호를 지배하는 또 하나의 손, 또 하나의 검…….

기이한 파계승의 손에서 자란 나정은 스승과 함께 떠난 무림행에서
이십 년 전의 혈난을 만들어낸 금단의 무공을 만나게 되고……

그에게 잠재되어 있던 거대한 힘이 운명의 안배에 따라 깨어난다!

어린 동자승, 나정이 만들어가는 무림 기행!
또 하나의 전설이 이제 시작된다!

Book Publishing CHUNGEORAM

유행이 아닌 자유추구 -
WWW.chungeoram.com

無籍門主
무적문주

눈매 新무협 판타지 소설

**강호가 혼란할 때마다 나타났던 전설의 문파
강호인들은 그들을 무적문이라 부른다.**

마도천하의 시대. 명문정파 비검문은 유일한 계승자인 설화를 보호하기 위해
표운성이라는 청년을 찾는데……

"헤헤, 돈 좀 주셔야겠는데요?"

걸핏하면 돈! 돈! 돈!
세상에서 가장 좋은 것도 돈이요, 가장 귀한 것도 돈이다.

그를 은밀히 따르는 어둠 속의 사군자(死軍者)들
서서히 드러나는 무적문의 실체

"은자의 은혜만 받는다면 나 표운성, 이루지 못할 것은 없다!"
돈에 환장한 문주가 나타났다!

Book Publishing CHUNGEORAM

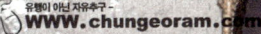

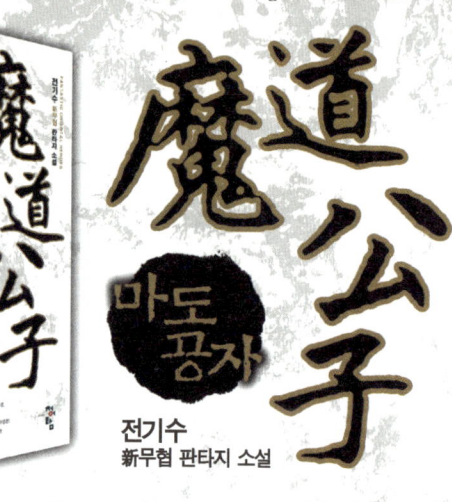

Book Publishing CHUNGEORAM

전기수
新무협 판타지 소설

2011년 새해
청어람이 자신있게 추천하는 신무협!

봉마곡에 갇힌 세 마두. 검마, 마의, 독마군.
몇십 년 동안 으르렁대며 살던 그들에게 눈 오는 아침, 하늘은 한 아이를 내려준다.

육아에는 무식한 세 마두에 의해
백호의 젖을 빨고 온갖 기를 주입당하면서 무럭무럭 성장한 마설천!

세 마두의 손에서 자라난 한 아이로 인해 이변이 일어나고,
파란이 생기고, 이윽고 강호에 새로운 바람이 불어온다!

마도를 뛰어넘어 천하를 호령할
마설천의 유쾌한 무림 소요기!!

유행이 아닌 자유추구 -
WWW.chungeoram.com
Book Publishing CHUNGEORAM